N. D. WILSON

A CANÇÃO DE ESPECTRO E GLÓRIA

Publicado originalmente em inglês por HarperCollins Publishers, como *Outlaws of Time: The Song of Glory and Ghost*.

Copyright do texto © 2016 por Nathan Wilson.

Copyright das ilustrações © 2016 por Forrest Dickison.

Traduzido e publicado com permissão da HarperCollins Children's Books, uma divisão da HarperCollins Publishers, 195 Broadway, New York, NY 10007

Copyright da tradução © Pilgrim Serviços e Aplicações LTDA., 2023.

Todas as citações bíblicas foram extraídas da Versão *Almeida Século 21* (A21), salvo indicação em contrário.

Os pontos de vista dessa obra são de responsabilidade dos autores e colaboradores diretos, não refletindo necessariamente a posição da Pilgrim Serviços e Aplicações, da Thomas Nelson Brasil ou de suas equipes editoriais.

Edição: *Guilherme Cordeiro Pires e Brunna Prado*
Tradução: *Marcos Otaviano*
Preparação: *Daniela Vilarinho*
Revisão: *Beatriz Lopes, Gabriel Lago e Mariana Sanana*

Capa e ilustrações: *Forrest Dickison*
Adaptação de capa para edição brasileira: *Matheus Faustino*
Diagramação: *Aline Maria*

CIP – BRASIL. CATALOGAÇÃO NA FONTE
SINDICATO NACIONAL DOS EDITORES DE LIVROS, RJ

W571f
    Wilson, N. D
      1. ed.
    Foragidos do Tempo: a canção de Espectro e Glória / N. D. Wilson; tradução Marcos Otaviano. – 1. ed. – Rio de Janeiro: Thomas Nelson Brasil, 2023. (Coleção Foragidos do Tempo 2)
      320 p.; 13,5 × 20,8 cm.
    Título original: *Outlaws of Time – The Song of Glory and Ghost*
    ISBN: 978-65-5689-681-6
    1. Aventuras – Literatura infantojuvenil. 2. Ficção – Literatura infantojuvenil.

    I. Otaviano, Marcos. II. Título. IV. Série.

05-2023/21   CDD 028.5

Índice para catálogo sistemático:

1.Literatura infantil   028.5

2.Literatura infantojuvenil   028.5

   Aline Graziele Benitez – Bibliotecária - CRB-1/3129

Todos os direitos reservados a Pilgrim Serviços e Aplicações LTDA.
Alameda Santos, 1000, Andar 10, Sala 102-A
São Paulo — SP — CEP: 01418-100
www.thepilgrim.com.br

Este livro foi impresso pela Lisgráfica para a Thomas Nelson Brasil em 2023. A fonte usada no miolo é Granjon 12. O papel do miolo é pólen natural 80g/m².

Para os primos:
Darby, Selah, Curran, Jack, Eden, Emma,
Faith, Julia, Cooper, Adam, Sam, Finn, Livy, Lily,
Ruby, Ryder, Nava, Max, Adeline, Rory, Lucia, Ameera,
Seamus e Marisol.

Em memória de quem ama todos eles,
Diane Linn Garaway

DIÁRIO DE JUDÁ Nº 7
TERCEIRO REGISTRO DE MAIO DE 2013

Estamos presos num duto do tempo. Vagando por uma corren-teza do tempo sem conseguir sair dela para caçarmos o Abutre. O ano atual é alguma versão de 2013, e estamos nos movendo por ele como humanos normais no ritmo padrão de um dia por dia. Se Pedro Aguiar vai se tornar o Padre Tiempo, quanto mais cedo, melhor. Onde e quando quer que Abutre esteja agora, ele não está tricotando casacos para os pobres nem vendendo biscoitinhos. Ele quer o mundo. Está atacando o mundo em algum lugar e Samuca está desesperado para impedi-lo. Mas, como eu disse, estamos presos. Uma ou duas vezes, Pedro nos transportou com ele por um espacinho de tempo, pulando alguns anos para a frente ou para trás, mas ele precisou fazer um enorme esforço, muitas tentati-vas e fracassou muitas vezes. Ele disse que sua versão mais velha provavelmente vai enviar alguém para treiná-lo, mas parece que está mais desejando isso do que acreditando. Aqueles dias que passamos reclamando juntos no calor do RACSAD parecem ter ocorrido em outra vida. Acho que foi mesmo. Estávamos nos escondendo com Samuca na época. Esperando a hora. Agora, nós vagamos em nosso ônibus como nômades, fingindo que somos caçadores. Mas nossa presa consegue se mover pelo tempo. Ele consegue trafegar pela escuridão exterior entre tempos. Samuca vai precisar de sorte... se é que a sorte tem algo a ver com isso.

Depois que Samuca atirou em um dos sete relógios de Abutre e resgatou Mila, todos nós acreditávamos que o arquiforagido poderia ser derrotado. A mente de Samuca parecia limpa pela primeira vez, e seu propósito, certeiro. Mas como isso sumiu rápido. Nós ao menos chegamos a enfraquecer o Abutre? Não tenho certeza disso. Roubamos uma garota dele. Arruinamos um plano em um tempo, mas muitos outros são possíveis. Ele foi paciente por repetidos anos, e Samuca destruiu essa paciência. Ele está furioso, sem dúvida. E eu não tenho certeza se ele moverá um dedo para ter paciência de novo. A cada dia que passa, fico com a impressão cada vez mais forte de que estamos nos afundando numa armadilha que está sendo construída ao nosso redor — acima e abaixo, na frente e atrás. Enquanto Samuca estiver vivo, ele vai ser temido como o garoto que estava destinado a deter El Abutre. Ainda que Abutre conquiste o mundo inteiro, não descansará em paz até que Samuca seja reduzido a pó.

Eu tenho certeza de que o Abutre tem um plano e que será sanguinolento, cruel e efetivo. Assim como tenho certeza de que o nosso plano é desajeitado, lento e, na verdade, mal é um plano. Nós sabemos que ainda restam seis jardins do tempo do Abutre. Seis lugares por onde ele consegue entrar e sair do tempo, como fazia em São Francisco. Nosso grande plano é encontrar um dos seis, mas não temos nenhuma pista para seguir e, a cada palpite de Samuca que nos leva à direção errada, Glória fica mais frustrada, meus irmãos do Rancho se tornam mais entediados e Pedro permanece mais distante, vagando sozinho sem dizer nada.

Glória está com a ampulheta que o Velho Pedro (Padre Tiempo) deu para ela. O item tem poderes. Ela quer que Pedro ensine a usá-la, mas isso só piora as coisas para ele. Eu sei que ele tenta explorar o tempo por conta própria, mas nem tentou transportar todos nós depois daquela noite em que o primeiro jardim foi destruído.

A única luz em nossos dias de peregrinação é a irmã de Samuca, Mila. Ela designou a si mesma como a mãe de nossa pequena tribo e tem feito bem essa tarefa. Sempre que Samuca e Glória discutem, ou Pedro fica à beira da fúria, ela simplesmente começa a cantar e, por um tempo, as coisas se acalmam.

Tenho saudade da biblioteca de histórias em quadrinho do RACSAD, então comecei a desenhar os meus próprios. Histórias curtas. Nem de longe boas o bastante para mostrar aos outros. Todas as nossas acomodações são difíceis. 2013 é hostil com um grupo de crianças órfãs num micro-ônibus cheio, acampando e cozinhando por onde passam na Califórnia. Nós parecemos ladrões e às vezes agimos como tais (se estivermos com fome suficiente). Mas a polícia ainda não pegou nenhum de nós em flagrante.

Hoje de manhã, Lipe Beicinho mudou o nome da nossa tribo. Não somos mais os Irmãos do Rancho. Ele disse que somos os Garotos Perdidos, como em *Peter Pan*. Mila é Wendy e Pedro é Peter Pan. Mas nosso Pedro é o oposto do Peter Pan. Nosso Pedro está desesperado para crescer. E logo.

DIÁRIO DE JUDÁ Nº 8
PRIMEIRO REGISTRO DE AGOSTO DE 2013

Os Garotos Perdidos não estão mais entediados. Coisas horríveis começaram a acontecer neste 2013 — coisas que nunca tinham acontecido neste ano antes. Parece que toda semana tem um novo e inesperado desastre nos jornais e nas televisões dos postos de combustível. Incêndios mataram dezenas de milhares num lado de Chicago enquanto um *tsunami* de um lago atacou o outro. No lado oeste, três represas estouraram na mesma semana. O noticiário chamou isso de terrorismo. Afirmou que alguém fez aquilo. Mas aí vieram os terremotos. Vulcões. Incêndios florestais. Agora, pessoas por todo lado começaram a falar sobre maldições. Julgamento. O fim. Em Oregon, encontramos cidades inteiras abandonadas. Eu não sei onde as pessoas acharam que poderiam se esconder, mas não as culpo por tentarem. Algumas cidades foram asfixiadas com fumaça. Outras foram sufocadas com o fedor de milhões de peixes mortos flutuando em lagos envenenados.

Nós nem precisamos tentar roubar nossa gasolina. E não precisamos acampar. Em Oregon foi a primeira vez que moramos em casas abandonadas. Estamos em Washington agora e, comparado ao que deixamos para trás, aqui ainda parece mais normal.

Todos nós temos certeza de que essa destruição é obra do Abutre, mas há uma grande discordância sobre o que devemos fazer. Samuca tem certeza de que o Abutre tem, no mínimo, passado por nosso fluxo temporal, porque a correntinha de relógio quebrada vive se mexendo sozinha, porém Samuca foi o único que viu isso. Ele insiste que estamos no tempo certo e acha que deve haver um jardim do tempo em Seattle, conectado a um alojamento num dos prédios mais altos. Mas Glória discorda completamente. Ela acha que toda a destruição e tragédia que vimos e ouvimos são consequências decorrentes das ações do Abutre e que tudo isso são repercussões de um passado recente. Glória acha que ele plantou as bombas, venenos e doenças diante de nós, em momentos anteriores, então ela quer que Pedro nos leve para trás, até encontrarmos um terreno normal de novo e caçarmos o Abutre, indo a um dos lugares que sabemos que ele vai atacar e montando uma emboscada. Até que faz sentido. Ela está carregando a sua ampulheta constantemente esses dias porque o objeto reage quando o tempo é alterado nas proximidades. Mais de uma vez, vi Glória arrancando a ampulheta do bolso e esperando enquanto ela tremia levemente em sua mão. Mas nunca treme durante muito tempo.

O restante dos Garotos Perdidos procurou Pedro, pedindo conselhos. Samuca deveria ser um herói, mas ele não é nosso líder, na real. Nós queremos que Pedro nos diga o que fazer e aonde ir, porém ele fica quieto. Meu saco de dormir está perto dele nas últimas noites. Quando ele pensa que estamos dormindo, ou ele levanta e se afasta, ou senta e anota algo com lápis em cartõezinhos, escrevendo, esperando, apagando, reescrevendo, esperando, apagando. Eu sei que ele deve estar tentando entrar em contato com sua versão mais velha. Eu espero que ele não esteja ficando doido. Passou a usar a bandana vermelha o tempo todo e sua preocupação o envelheceu. Ainda que suas habilidades de viagem no tempo não tenham amadurecido, seu temperamento está amadurecendo, e a cada dia ele está mais parecido com o garoto que se tornará o Padre Tiempo. Tem uma força flamejante nos olhos, mesmo que ela esteja se escondendo atrás de um monte de preocupação e confusão. Eu estou tentando desenhá-lo, mas ainda não consigo esboçar os olhos direito.

DIÁRIO DE JUDÁ Nº 12
QUINTO REGISTRO DE AGOSTO DE 2013

Estamos próximos do centro da armadilha agora. Todos conseguem sentir. Já passamos alguns dias em Seattle e a cidade parece normal: nada da destruição do Abutre chegou aqui por enquanto. Mas a ampulheta de Glória está tremendo praticamente o tempo todo, e eu passei cada segundo esperando o mundo explodir ao nosso redor. O dia todo, nós vagamos pelas ruas, dirigindo em qualquer direção que o relógio quebrado de Samuca esteja apontando. À noite, quando Samuca finalmente sucumbe, ele amarra a mão esquerda antes de dormir. As cobras estão apreensivas. Pinta chocalha com qualquer coisa, mas Pati ataca. Eu já vi o relógio flutuar para fora do bolso de Samuca enquanto ele ronca, puxando a corrente de ouro quebrada que ele prendeu com um clipe de papel no buraco do cinto, tentando alcançar o Abutre.

O golpe do Abutre vai chegar. Em breve.

PRÓLOGO

Glória Sampaio estava em pé na metade da ladeira, escutando os sons dominicais da cidade. Ela estava usando calças jeans surradas e desbotadas, enfiadas em botas de cano curto, e uma camisa de flanela folgada com as mangas dobradas até onde era possível. Uma pequena caixa de binóculos, também surrada, estava presa ao quadril direito, mas não tinha binóculos dentro. A caixinha guardava lápis, uma faca, um caderninho enrolado e uma ampulheta aberta nas duas extremidades, tudo isso sobre um fundo perpetuamente arenoso.

Seattle estendia-se sob o sol do verão diante de Glória — torres e prédios, fileiras de casas, colinas cobertas de árvores, indústrias e ruas, e, onde a cidade se encontra com a água, píeres, guindastes e cargueiros. Carros distantes fluíam rapidamente sobre estradas largas e muradas, distantes demais para ouvir. Mas centenas de milhares de vozes escorreram como uma onda sobre a colina, vindas de um enorme estádio de futebol americano que ficava entre Glória e a água. O som quebrou ao redor de Glória como espuma e se foi. Mas ela sabia que a onda de som voltaria assim que a multidão ficasse decepcionada ou impressionada.

Fazia muito calor naquele dia e o rabo de cavalo escuro de Glória esquentava sua nuca. Ela puxou o cabelo, juntou-o e o dobrou, prendendo-o num coque folgado no topo da cabeça.

Tirando a atenção do estádio, ela se virou para olhar o ônibus pequeno, quadrado e branco estacionado perto da calçada. Ele tinha uma parte da frente curta e achatada, que a lembrava do focinho de um pug, mas o corpo era mais como um elefante. Um elefante talvez fosse uma descrição mais fiel. Mas os meninos do Rancho para Adolescentes Carentes Santo Antônio do Deserto conseguiram mantê--lo funcionando, e o ônibus havia se tornado a coisa mais próxima de uma casa que Glória jamais teve, e não apenas ela. Samuca, Pedro, Mila e toda a turma dos garotos do RACSAD. O veículo tinha até escapado de São Francisco dos anos 1960 com eles. Mas, agora, não estava escapando para lugar nenhum. Estava estacionado com seu focinho curto virado para a base da montanha. Dentro dele, ela conseguia ver Judá — o cabelo castanho encaracolado precisava de um corte — sentado ao lado de uma janela aberta, escrevendo em seu diário. Ou desenhando figuras que ele se recusaria a mostrar.

Samuca dos Milagres estava sentado de pernas cruzadas sobre o teto do micro-ônibus. Seus olhos estavam fechados e o queixo apontava para baixo, tocando o peito. Ele estava usando uma regata branca velha que deixava os braços nus.

Os chocalhos nos ombros estavam parados, mas os dois braços se remexiam lentamente, quentes e ativos.

Glória se aproximou do veículo.

— Samuca?

Samuca não se mexeu, mas seu braço esquerdo se virou para Glória, posicionando-se num S, com os dedos moles balançando sob um par de olhos amarelos e de chifres cobertos por escamas, nas costas da mão. O chocalho no ombro esquerdo de Samuca tremeu.

— Para com isso, Pati — Glória mandou. — Você quer que eu o deixe dormir? Que pena. Samuca! — Glória assobiou e bateu palmas. Samuca não se moveu. Mas a mão direita passou diante do peito dele e olhou para Glória, ao lado de Pati.

Judá parou de escrever e olhou para Glória pela janela aberta do micro-ônibus.

— Ele está sonhando ali em cima? — Judá perguntou.
— Era para ele estar de vigia.

Glória pegou um lápis que estava dentro da caixa pendurada em seu quadril. Segurando-o pela ponta, jogou-o em Samuca como uma faca.

Samuca dos Milagres não estava sonhando. Ele estava vendo. Podia parecer um sonho, podia até parecer realidade, mas ele estava ficando melhor em diferenciar. Primeiro, ele quase sempre se via agindo com rapidez e confiança numa situação estranha, mas sem nenhum entendimento de qual poderia ser o seu plano. E ainda tinha seus sentidos. A dor estava quase ausente. A fadiga era mais como uma ideia no cérebro do que um ácido queimando os músculos. E o olfato poderia estar muito impreciso.

Por exemplo, Samuca escutou Glória assobiando para ele, mas de muito longe. Ele estava em pé num beco à noite, cercado por prédios de tijolo altos, encouraçados com escadas metálicas de emergência e pontuados de lixo. Estava chovendo. Forte. Caindo nos olhos. Ele cuspiu a água do rosto, mas não tinha gosto. E, embora o rosto estivesse molhado, os braços nus estavam secos — até quentes.

— Samuca! — A voz de Glória estava distante, em outro tempo. E ele tinha outras coisas para focar. Três, na verdade, olhando para ele da entrada do beco, iluminadas pela luz alaranjada que piscava de um poste, paradas como lápides.

Lápides que queriam matá-lo.

O Abutre estava no meio, a chuva escorrendo pela barba pontuda, um longo sobretudo de caubói balançando na chuva e atrás dele, como uma capa, as mãos de dedos longos a postos e prontas para sacar suas duas armas. As formas que o flanqueavam eram mais difíceis de definir — ambas baixas, ambas vestidas com roupas mais escuras que as sombras.

— Não seja rude — o Abutre disse. — Você não vai responder à garota? Convide-a para se juntar a nós.

— Quem? — Samuca perguntou.

O Abutre riu.

— Sua garota. A espertinha. Glória. Eu ficaria mais do que feliz em pegar o coração dela, assim como o seu.

Samuca forçou a mente, procurando uma memória.

— Nós já fizemos isso antes? Isso não parece uma memória. Não é como as vezes que tentei cruzar aquele cânion no Arizona. É algo diferente. Mas com certeza não é real.

O Abutre se endireitou lentamente, colocando suas feições sob a luz. As mãos esqueléticas ainda pairavam sobre as armas.

— Garoto, este momento é muito real. Mas não se preocupe. Vou transformá-lo numa memória em breve. — Ele sorriu. — Para um de nós.

— Não — Samuca respondeu. — Não é real. Não sinto o cheiro do lixo. — Ele olhou para a sujeira molhada que fora jogada contra as paredes. — E não me lembro de ter chegado aqui.

Um lápis o atingiu no braço esquerdo e então quicou sobre o chão em direção ao Abutre. A voz de Glória soou quase inaudível um pouco depois.

Samuca sorriu.

— Viu? — ele falou. — Não estamos aqui de verdade. Glória está tentando me acordar. Sabe de uma coisa? Acho que isso é algo que teria acontecido, mas agora não vai mais. Não é uma memória passada. É como um fantasma de um futuro que foi desfeito.

A mente de Samuca estava trabalhando muito, esforçando-se. Todos os horríveis fantasmas de memórias no deserto do Arizona realmente tinham acontecido. Todos eles haviam sido reais uma vez, até o Padre Tiempo transportar sua alma de volta no tempo e guiá-lo a um caminho diferente para tentar de novo. Mas isso aqui não era obra do Padre Tiempo. Samuca não havia sido transportado... O que significava que o Abutre é que tinha.

Samuca riu alto.

— Eita! — ele disse, apontando para o Abutre. — Você ia morrer neste beco! Você tava na minha mão, não tava? Você tá com medo! Isso ia acontecer e agora você tá fugindo!

Bom, você não pode se esconder! Eu estou com seu relógio. Eu vou te encontrar e vou acabar com você. Mas você já sabe disso, não sabe?

— Fugir? — O Abutre deu um passo largo à frente, cuspindo as palavras — Eu vou devorar o mundo inteiro ao seu redor. Você não é nada mais do que um verme no meio da maçã.

— Um verme destinado a matar você — Samuca retrucou. Mas seu humor estava esfriando. Ele não via medo algum nas linhas definidas do rosto de El Abutre; via apenas ódio. E impaciência.

—*Destinado* é uma palavra grande demais para alguém que já falhou tantas vezes quanto você, Samuel dos Milagres. E este momento não é um futuro fantasma. — Abriu-se um sorriso no rosto do Abutre. — Eu não trabalho mais com simples foragidos e matadores como servos. Tenho caçadoras maiores agora. As maiores de todos, na verdade. Espero mesmo que você goste delas. Vocês vão se conhecer em breve, porque elas encontraram a presa. Encontraram sua alma desprezível para mim aqui, neste momento de visão. Quando você acordar, sua alma vai voar de volta para o ninho no seu corpo físico, no seu presente físico… e minhas caçadoras estarão no encalço. Acorde, Samuca. — O Abutre riu. — Acorde. Nós preparamos para você um pesadelo muito real e bastante espetacular.

Samuca balançou a cabeça.

— Você não pode me encontrar a partir de um sonho.

O Abutre levantou as mãos ossudas e brancas para os lados, gesticulando para suas companheiras.

— Não, mas elas podem — ele respondeu. — Agora acorde, dos Milagres, está na hora de você encontrar sua morte... permanentemente.

As figuras sombrias que flanqueavam o Abutre começaram a se mover e atravessar o ar como bandeiras. Tinham cabeças femininas e o que parecia ser pele prateada. Seus braços recaíam como asas escuras e seus corpos não estavam presentes no espaço; eram ausências, cortes no ar que se abriam para o espaço profundo... e estavam se aproximando de Samuca.

— Samuca! — A voz de Glória estava distante. — Acorda! Por favor!

— Não cheguem perto de mim! — Samuca deu um passo para trás, levando as mãos às armas.

Mas ele não tinha armas. Pinta e Pati bateram as mãos dele na calça jeans molhada e não encontraram nada. As duas formas estavam crescendo enquanto se aproximavam. Samuca queria correr, sumir, acordar...

— Samuca! — A voz era de Pedro, gritando quase diretamente no ouvido esquerdo dele. — Temos que ir!

Pati chocalhou e deu o bote de lado.

Calor tomou conta do corpo de Samuca. Um brilho apagou a escuridão e a chuva, e Samuca estava subitamente piscando sob o sol de 2013, sentado de pernas cruzadas sobre o teto do micro-ônibus branco do RACSAD, enquanto olhava para a lateral de um enorme estádio abrigando dezenas de milhares de fãs de futebol americano e o brilhante estuário de Puget além dele.

Pedro Atsa Aguiar Inácio Tiempo estava em pé sobre o assento e guidão de uma velha motocicleta Triumph, inclinando-se sobre o micro-ônibus e batendo no teto com as mãos latejando de dor.

A mão esquerda de Samuca tinha agarrado Pedro pelo cabelo e Pati ainda estava chocalhando.

— Desculpa! — Samuca fez força para abrir os dedos e afastou Pati da cabeça de Pedro. Mais garotos estavam subindo a rua correndo em direção ao ônibus, alguns deles gritando. — Me desculpa! — Samuca falou de novo. — De verdade. Eu estava sonhando e Pati só...

— Não importa — Pedro respondeu, mas seus olhos bravos estavam travados em Pati. — Temos um problema maior.

Samuca apertou os olhos para o céu claro.

— Figuras sombrias? — ele perguntou. — Elas conseguiam voar. E ele disse que elas poderiam me encontrar.

— O quê? — Pedro balançou a cabeça. — Não. A polícia, Samuca. Nós pegamos cachorros-quentes demais. A polícia está atrás de nós. Agora desce e entra no ônibus. Nós precisamos dar o fora...

Samuca olhou para Pedro e para a moto abaixo dos pés dele. Ela tinha um carrinho de carona e estava transbordando com cachorros-quentes embalados em papel-alumínio. Pedro se deixou cair sobre o assento e deu a ignição com um chute rápido.

Garotos rindo e gritando entravam no ônibus, que balançava abaixo de Samuca enquanto eles subiam. Os olhos de Pedro estavam focados ladeira abaixo, em direção ao estádio. Luzes vermelhas e azuis piscavam. Glória ainda estava de pé na rua, olhando para Samuca.

Samuca sentiu um calafrio subir pelas costas. As duas cobras subitamente enrijeceram seus braços. O relógio de ouro saiu do bolso e esticou a correntinha, apontando diretamente para frente.

Debaixo de Samuca, o ônibus deu um espasmo e rugiu com vida.

Pedro acelerou a moto.

— Eu vou distraí-los! — ele berrou e engatou uma marcha na moto.

— Não! — Samuca gritou. — Espera!

Pedro olhou para cima assim que Samuca se levantou num salto. Uma rachadura preta se desenrolou no ar como uma faixa enquanto Samuca se virava em direção ao estádio.

— Você tem que nos transportar! — Samuca gritou. — Agora, Pedro! Agora! Qualquer lugar, menos aqui!

A fita preta virou uma cortina e ela começou a se abrir, puxada de lado nos cantos superiores por duas formas pretas e aladas.

Primeiro, havia só escuridão. Porém, quando o rasgo no céu se ampliou mais, Samuca não estava olhando para o nada, ele estava olhando para um *agora* diferente. Através da abertura estranha que se expandia, ele conseguia ver a mesma água, os mesmos barcos e as mesmas ilhas montanhosas à distância, mas os barcos estavam afundando, e as ilhas estavam cuspindo fumaça preta, e a água estava espumando. Ele conseguia ver o mesmo estádio com o mesmo vasto estacionamento cheio com os mesmos carros. Fora dessa abertura rasgada, mais carros brilhavam no sol abaixo de um céu azul. Dentro dela, lava fluía pelo estacionamento e todo carro em que ela encostava explodia.

Em um momento presente, 70 mil pessoas estavam comemorando enquanto homens jogavam um jogo com uma bola.

No outro *agora*, milhares de pessoas tropeçavam umas nas outras, tentando fugir de um estádio que desmoronava, somente para darem de cara com fogo líquido e exércitos de carros explosivos.

Enquanto Samuca, Pedro e Glória olhavam, a janela do horror voou na direção deles, alargando a visão que eles tinham da destruição, enquanto se aproximava. Ela se ergueu, revelando um céu preto de fumaça, e partiu para cima deles cercando-os por todos os lados.

Ela ia pegá-los. Ia engoli-los.

A caixa de binóculo no quadril de Glória estava tremendo e ela pegou a ampulheta, que já estava expelindo um longo tornado de areia espectral. Virou-o contra a mudança de mundos, mas era menor do que um chicote contra a maré.

— Pedro! — Samuca gritou. — Tira a gente daqui! Agora! Algum lugar! Qualquer lugar!

Pedro fechou os olhos e levantou as mãos.

O mundo fervente e vulcânico se fechou atrás dele como uma cortina caindo.

Mas Pedro não estava mais lá para ver. Ele estava na escuridão, flutuando entre tempos em direção a um futuro estranho e desconhecido.

Sobre a colina trêmula onde ele, Glória, Samuca, o ônibus e a moto estavam, agora havia apenas uma tempestade de areia dançando.

UM

Agora e Quando

GLÓRIA DESLIGOU O MOTOR DA MOTO. Como o velho carrinho de carona — e o peso de Pedro dentro dele — deixava a moto de pé, ela não precisava abaixar o pé. As duas botas permaneceram firmemente plantadas nos suportes de metal.

2976 horas tinham se passado para Glória Sampaio desde aquele momento em 2013, quando ela e os outros foram emboscados por Abutre e engolidos por um fluxo temporal mais brutal. Quando a lava saiu das ruas da cidade e a cinza vulcânica queimou seus pulmões, ela olhou para o relógio. Momentos depois, quando Pedro conseguiu de alguma forma levá-los anos adiante naquele futuro sombrio, num forte turbilhão de areia, o relógio dela continuou funcionando. Desde aquele momento, embora o relógio estivesse parado agora, ela estava anotando cada período de 24 horas no caderninho que guardava com a ampulheta. Já fazia 124 dias, e agora ela, Pedro e a motocicleta desligada estavam finalmente de volta naquela mesma colina onde estiveram quando os terrores vieram pela primeira vez. Mas não era nada comparado àqueles momentos terríveis.

O pequeno temporizador de cozinha movido a pilha que Glória guardava na caixinha de binóculos estava apitando rapidamente. Ela abriu a caixa, silenciou o temporizador, programou o alarme para dali a 24 horas, guardou-o na caixinha de novo e pegou o caderninho verde de espiral e um toquinho de lápis.

Pedro suspirou, arrumando-se no carrinho.

— Você errou por séculos — Glória disse. — De novo. Olhe ao redor. Estou estimando a década de 1850.

Mais um risco com o lápis e o caderninho voltou à companhia do temporizador. A caixa de binóculos foi fechada com um clique.

O dia 125 havia começado.

Glória esfregou as mãos no jeans desbotado e observou o cenário ao redor deles. O ar estava quente e o sol, claro. Evidentemente, eles haviam chegado a um dia de verão. Ela não precisava da velha jaqueta de lona que estava vestindo sobre a camisa de flanela, mas esperava precisar dela de novo assim que eles continuassem.

Essa Seattle não era muito uma Seattle. As colinas ao redor eram uma colcha de retalhos de madeira velha com faixas carecas de lenha empilhada. A maioria dos prédios maiores — armazéns e docas — estavam perto da água, mas alguns edifícios de madeira tortos estavam de frente um para o outro, do outro lado da larga estrada de terra onde Pedro e Glória estavam sentados agora. A quinze metros deles, um grande grupo de cavalos bufantes se esforçava para puxar um casco de navio coberto de cracas e do tamanho de três carroças grandes. A carroça de trás tinha quebrado e Glória conseguia ver os corpos estraçalhados de dois homens mortos presos embaixo dela.

Isso explicava por que ela e Pedro chegaram ali. Mortes — a partida de almas — sempre deixavam um buraco e era fácil novas almas chegarem através delas.

— Então... — Glória disse. — Tentar e tentar de novo? Isso definitivamente é bem antes de Abutre explodir tudo, mas acho que não vamos encontrá-lo colocando as armadilhas tão no passado assim.

Pedro não respondeu. Ele estava observando a rua diante deles.

Homens estavam gritando, tentando desesperadamente usar bastões para alavancar a quilha do navio de cima dos corpos esmagados. Outros lutavam para acalmar os cavalos de carga, que estavam empinando e pisoteando o chão, todos relinchando com raiva e medo. Lojistas horrorizados assistiam pelas portas abertas e mães de saias sujas seguravam as mãos de criancinhas, puxando-as para longe dos animais agitados e do navio encalhado e letal.

Observando nuvens de pó fino se erguerem ao redor de cascos de cavalos irritados, Glória apertou o longo e escuro rabo de cavalo e abriu a jaqueta, liberando o calor em excesso. No carrinho de carona ao lado, Pedro estava perfeitamente parado... até os dedos dele começarem a tamborilar sobre a borda do carrinho.

— Sinta-se livre para usar palavras — Glória disse. — Assim que você tiver alguma. Aonde vamos agora?

Uma bandana vermelha prendia o cabelo escuro de Pedro para trás, e ele estava usando uma velha jaqueta jeans. Quando parou de tamborilar os dedos e deixou os braços caírem ao lado do carrinho, areia escorreu silenciosamente de suas mangas e caiu no chão. Ele virou o rosto escuro para cima, em direção ao sol, e fechou os olhos.

— Eu gostaria de 2012 — ele afirmou. — Talvez. Provavelmente. Mas distâncias curtas são tão difíceis.

Glória viu quando o primeiro dos espectadores da tragédia do navio começou a perceber a motocicleta e a garota sentada sobre ela. Uma mulher arrumou seu chapéu de verão e apertou os olhos. Um homem suado e com o formato de um barril, com dois coldres e esporas, começou a caminhar na direção deles. Suas mãos tremiam demais para o gosto de Glória. Ela já tinha visto tiroteios do Velho Oeste mais do que o suficiente para várias vidas.

— Garota! — o homem gritou. — Você fez isso?

— É melhor nós irmos embora — Glória disse baixinho.

Pedro abriu os olhos, concentrando-se no homem que se aproximava.

— Estamos em 1884? — ele perguntou. — Estou tentando treinar minha percepção do tempo. Aqui me parece 1884.

O homem parou a nove metros, com pó se assentando sobre as calças já empoeiradas.

— Índio, saia dessa locomotivazinha e mantenha suas mãos para cima.

Pedro ignorou o tom do homem e sua ordem.

— Que ano é este, por favor?

Glória girou a chave na ignição e levantou o pé direito sobre a alavanca de partida.

O homem apertou os olhos e respondeu.

— Setenta. 1870.

Pedro se virou para Glória.

— Chutei mais perto. Eu falei 84, você estava nos anos 1850.

Glória sorriu.

— E você estava mirando em 2012? Grande viajante do tempo.

O homem deu outro passo cuidadoso para a frente.

— Não vou pedir de novo. Essa máquina aí não deveria ser operada por uma garota e muito menos por um selvagem.

— Você tá certo. — Glória acenou seriamente com a cabeça para o homem. — Então é melhor você se afastar. Você é o único selvagem que vejo. *No la toca.*

Glória pisou na alavanca.

— Como é? — o homem esbravejou.

Glória pisou na alavanca de novo e, desta vez, a moto rugiu com vida debaixo dela, tremendo e pronta. Uma dúzia de cavalos pesados já assustados pisoteou o chão e se remexeu contra os arreios. Nenhum deles havia escutado um motor como aquele antes. Nem as pessoas. Homens gritaram quando os cavalos empinaram. O navio balançou e começou a se inclinar. Outra roda rachou ruidosamente.

— Pedrinho — Glória disse. — Agora seria uma boa hora para sumirmos.

Pedro já estava com as mãos erguidas para o céu.

O homem-barril estava sacando as duas armas.

Glória engatou a marcha com o pé e girou o acelerador até o limite. Pó se ergueu como um rabo de galo atrás da roda traseira quando eles arrancaram para a frente, em direção ao navio, aos cavalos aterrorizados e aos homens ainda mais assustados tentando controlá-los.

Pedro abaixou as mãos.

Glória fechou os olhos quando milhares de grãos invisíveis de areia rasparam contra suas bochechas. Por um momento, ela se sentiu sem peso, flutuando na escuridão. E então ar frio e chuva substituíram a areia quente sobre a pele dela. Soltou o acelerador e abriu os olhos sobre outra era em Seattle, desta vez à noite. A moto derrapou até parar.

— Errou de novo — Glória observou.

— 1952. — Pedro tirou água do rosto e se inclinou para a frente no carrinho. — Mas estou chutando.

— Nada a ver. — Glória olhou ao redor. — Vou chutar nos anos 1930.

Ela e Pedro estavam na mesma rua, na mesma ladeira, mas agora ela estava coberta com asfalto brilhante e molhado, refletindo placas de neon e luzes de postes dourados e fracas. A rua era um jardim preto de gotas de chuva saltitantes.

Uma placa de neon de um hotel zumbia acima deles à esquerda, e uma loja amarelo-clara de móveis e eletrodomésticos brilhava para eles à direita. As fracas luzes amarelas da rua continuavam marchando à distância. Fracamente, Glória conseguia ver o mesmo corpo de água para onde o navio estava sendo levado.

Vapor escapava de buracos de bala num carro antigo e preto estacionado ao lado deles. As janelas estavam quebradas e Glória conseguia ver sangue do lado de dentro. Ela não olhou de perto. Ela não queria. Tinha aprendido repetidas vezes que, sempre que Pedro estava praticando, quando eles se moviam pelo tempo, tendiam a parar em momentos com… vagas recentes. Frequentemente por acidente. Até o Padre Tiempo velho, o Pedro mais poderoso que ele se tornaria, achava mais fácil se mover para espaços deixados no tempo por mortes recentes. E Glória odiava isso. Isso a fazia sentir-se como um corvo. Ou pior, um abutre.

— Quantas mortes ocorreram nesta colina? — ela perguntou. — Nós vamos parar em todas elas?

Tentando ignorar o pesadelo sangrento no veículo ao lado dela, Glória focou em um carro de polícia subindo a rua em direção a eles.

Os limpadores do para-brisa estavam se movendo loucamente e o próprio carro tinha o formato de uma bota de neve arredondada. Glória já tinha assistido a velhos filmes de gângsteres. Ela já tinha visto carros como aquele perseguindo mafiosos antes da Segunda Guerra Mundial.

— Diacho — Pedro disse. — Os carros têm muito a cara dos anos 1930.

— Você tá me deixando preocupada — Glória respondeu. — Eu achei que era para você estar melhorando nisso, não piorando. Você sequer vai conseguir levar a gente para casa?

— São os mortos — Pedro respondeu. — Não consigo sentir o buraco que eles deixaram até depois de termos escorregado para dentro dele.

— Eu sei como funciona. — Glória piscou para tirar do olho uma grande gota de chuva e secou a boca molhada com a parte de trás do braço.

— Sabe? — Pedro perguntou, enrijecendo o maxilar. — Você sabe como isso funciona?

Glória cruzou o olhar com ele e se recusou a piscar. Mesmo no escuro, ela conseguia ver a raiva nos olhos dele.

— Claro que não. Você é o único inteligente o bastante. Agora, deixe seu temperamento de lado e nos leve de volta até Samuca. Nós não deveríamos ter deixado ele.

O carro da polícia parou na rua e as luzes dele começaram a piscar. Dois policiais em casacos azuis com botões de latão brilhante saíram do veículo, um de cada lado. Ambos sacaram armas e miraram para Glória e Pedro por cima das portas abertas.

— Mãos ao alto! — o motorista gritou.

— Eu não entendo por que é tão difícil — Glória falou baixinho. — Ou você consegue nos transportar pelo tempo, ou não consegue, certo? Então, por que às vezes você consegue nos colocar dentro de exatos cinco minutos, e depois erra por séculos na tentativa seguinte?

Ela levantou as mãos e sorriu através da chuva para os policiais.

— Se conseguir fazer melhor, fique à vontade — Pedro retrucou.

— Não seja bobo — Glória respondeu. — Não sou eu quem está tentando crescer e ser o Padre Tiempo.

Pedro fungou e levantou as mãos de novo. Os dois policiais saíram de trás das portas do carro.

— Certo! Afastem-se da motocicleta — o motorista ordenou.

Pedro abaixou as mãos.

Escuridão. Falta de peso. Areia sibilante.

E então o fedor podre de enxofre. Calor ardente soprava ao redor de Glória. Fumaça queimava as narinas e mastigava a garganta dela por onde passava.

Pedro estava tossindo. Descendo a ladeira, na escuridão cinzenta além de onde o carro da polícia havia estado, faixas de lava pulavam no ar. O estádio de futebol americano estava desmoronando dentro de um lago de fogo.

Mais de 124 dias tinham se passado desde que Glória, Mila, Samuca, Pedro e todos os Irmãos do Rancho escaparam desta exata cena de horror e destruição.

— Acho que chegamos pouco depois da gente! — Pedro gritou. — Não podemos ter partido há muito tempo! O estádio ainda não desmoronou. E tem aquilo! — Ele apontou para o lapisinho no asfalto, o lápis que Glória tinha jogado em Samuca quatro meses atrás. Só que, nesse momento, ele só estava ali havia alguns minutos.

Glória não queria pensar sobre isso. Não com os olhos queimando e os pulmões criando bolhas a cada fôlego.

— Para de falar e vai! — Glória gritou. — Vai logo!

A caixa de binóculo no quadril dela começou a tremer. E então duas figuras de asas pretas desceram da nuvem de cinzas e pararam sobre a pista.

Eram mulheres. Baixas, mas de pescoço longo. Pequenas, mas vestidas com sombras intermináveis. Suas feições eram acentuadas e prateadas, refletindo a luz ao redor delas. E estavam sorrindo.

A mulher à esquerda deslizou para a frente lentamente. Quando ela falou, sua voz era como uma lâmina de adaga.

— Onde está dos Milagres?

— Pedro — Glória sussurrou. — Tira a gente daqui agora. Por favor.

— Espera — Pedro respondeu e depois ergueu a voz. — Quem são vocês? Vocês servem a Abutre?

Ambas riram. Atrás delas, uma longa gavinha de lava serpenteou para o céu.

— Poderia a morte servir a um único corvo? — A mulher da esquerda esticou os braços para os lados, vestida com asas de sombra preta. Por um momento, ela ficou quase translúcida e então Glória viu outra coisa. A mulher era um portal, um túnel, e através dela Glória viu de relance o sol ainda brilhando numa cidade não destruída. Ela estava olhando para um presente diferente.

— Fale sobre dos Milagres e vocês ainda poderão reentrar num lado mais gentil do tempo — a mulher garantiu.

— Ela está mentindo — Pedro retorquiu.

— Claro que sim. — Glória segurou o guidão da moto com firmeza. — Agora tira a gente daqui.

Pedro ergueu as mãos e suas mangas derramaram areia. Ambas as mulheres recuaram, surpresas.

— Irmã, eles estavam vagando — a mulher mais distante deles falou.

Pedro abaixou as mãos, e o mundo ao redor de Glória se distorceu e tremeu, tentando se mover abaixo dela. Por meio fôlego, ela estava flutuando livre, mas então caiu de novo no mesmo momento, arfando como se tivesse sido socada no estômago. Sua visão estava embaçando. Esvaindo-se.

Mas ela conseguia ver que Pedro estava flutuando no ar acima do carrinho de carona.

E as mãos prateadas da mulher estavam esticadas em direção a ele na ponta de asas impossivelmente longas e escuras.

— Ele poderia mesmo ser o sacerdote? — Glória ouviu uma delas falando. — Tão jovem e fraco?

— Beba o espírito que ele recebeu — a outra disse. — Mate-o agora.

O solo tremeu abaixo das mulheres sombrias. A rua se partiu e elas gritaram como gaviões enquanto rocha líquida e branca de calor brotava rapidamente do chão.

Glória fechou os olhos com força, mas até mesmo através das pálpebras a forma brilhante da lava permaneceu, fixando-se no formato incandescente de um garoto.

— Sumam! — ordenou uma voz de pedra rachando.

E Glória sumiu. Num piscar sibilante, com aquela única palavra, o mundo de fumaça e lava desapareceu como areia e ela estava de volta no ar frio do tempo certo, sentada sobre a motocicleta ao lado de uma pilha de papel higiênico e latas de chili que ela e Pedro tinham coletado antes de tentarem trabalhar secretamente em suas viagens temporais.

Mas ela não estava sozinha.

DOIS

Touro e Cão

Algumas civilizações precisam de milhares de anos para se erguerem. Algumas precisam de alguns ladrões, algumas noivas roubadas e algumas décadas de construções de tijolos sólidos. Algumas se erguem a partir de tribos, e outras a partir de exploradores perdidos ou colônias, e algumas a partir de pessoas que simplesmente desistiram de caminhar, de remar ou de escalar e decidiram que estavam cansadas demais para ir mais longe e que este penhasco, aquela ilha, aquele pedaço de gelo flutuando ou aquele deserto já eram longe o bastante, muito obrigado.

Algumas civilizações jamais vão morrer. Outras estão condenadas assim que a primeira tenda é montada. E algumas crescem e ficam grandes e velhas antes de apodrecerem e colapsarem em milhares de tribos pequenas, se derem sorte, ou em nada mais do que pó ao vento, se não derem.

Se você vive num século próximo, em um de uma dúzia de fluxos temporais diferentes, pode ter ouvido falar de uma cidade chamada Seattle. Você pode até morar numa versão de Seattle agora, em seu momento imediato. Talvez você a conheça como a linda cidade de peixes, colinas, aviões e magia elétrica construída entre vastas enseadas de um frio mar do Norte, enormes montanhas cobertas de neve e colinas com arbustos menores. Talvez você a conheça como uma terrível cidade de escravistas e opressão, ou como uma cidade vibrante de escolas, bibliotecas e igrejas, uma cidade rica ou uma cidade pobre, uma cidade que ama futebol americano ou uma cidade que só joga jogos de tabuleiro. Talvez a cidade que você conhece seja somente uma grande ruína perto do mar.

Seattle foi um lugar amável, um lugar selvagem e uma metrópole próspera e agitada que cresceu e cresceu e cresceu até descobrir que suas lindas montanhas não eram tão lindas por dentro.

Samuca dos Milagres conheceu duas Seattles. Primeiro, uma Seattle em um 2013, cheia de sol e brisa do mar com cheiro de peixe, prosperando em uns lugares, com dificuldades e debilitada em outros. Samuca tinha dormido em seus parques e sobre o teto do ônibus debaixo de suas pontes e viadutos. E então outra Seattle e outro 2013 o tomaram. As montanhas explodiram. Picos, encostas e penhascos voaram pelos ares. E, embora milhões de toneladas de rocha derretida tivessem passado pelos subúrbios e pela cidade, derramadas sibilando estuário salgado adentro, Pedro tinha conseguido pular no tempo, com todos eles, outros vinte anos para a frente (até onde eles conseguiam dizer), para 2034. Mas eles não tinham mudado de fluxo temporal. A destruição persistia, porém agora estava décadas atrás deles.

A Seattle onde Samuca dos Milagres estava esperando Glória e Pedro voltarem de sua busca por suprimentos tinha ficado linda de novo, de uma forma dura e brutal. Linda da forma como cemitérios podem ser lindos, mesmo abandonados e com mato. Linda da forma como a morte e a ressurreição sempre são. Linda na quietude da rocha vulcânica preta espalhada ao redor de ilhas de prédios arruinados, mas ainda em pé de alguma forma, vestidos com samambaias e coroados com musgo. Vida verde e viçosa tinha emergido ao longo das bordas de cada leito de lava e as montanhas ainda soltavam fumaça silenciosamente anos depois de sua fúria, até mesmo sob a chuva fraca, como se estivessem ordenando que a cidade jamais acordasse de novo. Jamais se erguesse.

Essa Seattle silenciosa e morta era a Seattle que Samuca dos Milagres melhor conhecia. E ela fazia o coração dele doer como uma daquelas músicas sobre morte e saudade que sua irmã cantava quando estava pensando sobre lugares e pessoas que eles dois tinham perdido. A cidade arruinada despertava tristezas dentro dele porque ele sabia que a destruição era, em parte, obra sua. Samuca havia falhado em matar o Abutre e as consequências dessa falha choviam sobre o mundo desde então.

Samuca sabia que, se tivesse escolhido matar El Abutre em vez de salvar a irmã, ficaria repleto de remorso e seu coração teria ficado completamente partido. Mila estaria morta, Samuca se odiaria, mas centenas de milhares de outras pessoas ainda estariam vivas. Cidades teriam continuado vivas sem qualquer noção do quanto estiveram perto da destruição.

Mas essa não foi a escolha que Samuca fez. Ele teve tanta certeza de que conseguiria ter as duas coisas: Mila poderia ser salva e Abutre, morto. Por quê? Porque era isso que ele queria. Mas vontades e desejos não podem apagar escolhas. Às vezes, uma estrada bifurca e ambos os caminhos levam à dor.

Desde a noite em que o velho Padre Tiempo dissera adeus no estacionamento da pizzaria na Califórnia, Samuca dos Milagres tinha dormido 274 vezes, sempre pensando nas milhares de pessoas sem rosto que morreram por causa dele. Glória desenhava uma pequena lua no caderninho toda vez que eles iam dormir e a riscava com um traço toda vez que acordavam. E, com cada traço, Samuca sabia que seu fracasso tinha durado mais um dia.

Quase metade desses dias tinham se passado nesse lugar estranhamente quieto, onde uma cidade inteira do oeste havia sido destruída. Quantas vidas foram presas somente na lava preta que Samuca conseguia ver de onde ele estava?

Ele afastou esse pensamento e então tremeu. Não se sentia culpado por ter salvado a irmã. Como poderia? Não, ele se sentia culpado por falhar em matar Abutre. Por falhar em parar aquele maluco antes que ele liberasse sua amargura e raiva violenta sobre o mundo. Com cada dia que passava, Samuca tinha certeza de que mais vidas haviam sido perdidas, mais destruição havia sido programada em algum lugar e em algum tempo. E toda manhã Samuca acordava esperando que talvez tudo acabasse antes de ele precisar dormir de novo. Antes de a próxima cidade queimar. Abutre apareceria e a Providência daria a Samuca mais uma chance para consertar as coisas.

Mas não hoje. O sol estava baixo, as nuvens altas, e, embora a maior parte do dia de inverno tivesse sido quente o suficiente, o ar carregava numa brisa um frio úmido que era forte o bastante para manter os braços de Samuca cruzados firmemente sob seu poncho de lã pinicante, apesar das ceroulas vermelhas e da grossa camiseta de flanela que ele estava usando por baixo. O cabelo cheio, outrora dum loiro desértico, tinha escurecido ao longo dos meses que ele viajara para o norte e tinha ficado desgrenhado a ponto de ele desejar ter eletricidade e uma maquininha de corte. Mas agora os tufos de cabelo eram o que mantinha sua cabeça aquecida. Ele estava usando jeans empoeirados e botas de caubói de pontas quadradas, que Mila lhe dera dois meses antes, no dia em que ela insistira que era o aniversário dele.

Sob o poncho, ele sempre usava um coldre de duas armas modificado, mas os dois revólveres antigos que tinha usado para enfrentar o Abutre estavam escondidos numa gaveta de meias a quilômetros dali, juntamente com as últimas balas. Munição, assim como comida e papel higiênico, era bem difícil de achar no cemitério vulcânico de Seattle, saqueado ao longo de décadas por gangues e clãs territoriais. Em vez das armas do Velho Oeste, Samuca carregava uma pequena besta preta de duas cordas com pontas de prata desgastadas — um arco reprojetado e consertado pelas mãos ágeis e precisas de Bartô, quem mais entendia de mecânica dentre os Irmãos do Rancho RACSAD.

A besta ficava pendurada no coldre direito de Samuca com a corda puxada e pronta. O coldre esquerdo agora era uma aljava repleta de várias flechas curtas e perversamente afiadas. Algumas, Bartô havia coletado e modificado; outras, ele tinha projetado e feito com sucata. Samuca tinha praticado bastante com a nova arma. Havia até caçado com ela. Mas ele nunca teve que usá-la numa luta. E tudo bem por ele. Pelo menos até Samuca encontrar Abutre. Ou Abutre encontrar Samuca.

Samuca estava vigiando de uma colina íngreme perto da costa de rocha vulcânica do estuário, somente a algumas centenas de metros do píer enferrujado onde ele tinha amarrado seu barco de metal maltratado. De onde ele estava, conseguia ver incontáveis carcaças de navios ao longo de quilômetros de costa, brotando de águas rasas ou parcialmente presos em recifes vulcânicos. Em terra, rios secos e lagos de rocha vulcânica preta cercavam ilhas de colinas verdes coroadas com estruturas parcialmente queimadas e apodrecidas. E, por todo lado, as montanhas culpadas por essa vasta destruição ainda estavam fumegando.

Na água, muito além do largo barco de metal que ele tinha amarrado a uma torre de aço na parte rasa do estuário, dúzias de plumas de vapor se erguiam da superfície, onde rachaduras vulcânicas espreitavam como monstros esperando para emboscar suas presas.

Samuca dos Milagres já vira muita coisa em suas muitas vidas, mas vulcões eram relativamente novos. E intimidadores. A desolação silenciosa ao seu redor parecia um pesadelo. E ele sabia tudo sobre pesadelos.

Quantas pessoas na cidade tinham sobrevivido àquele terrível dia e aos dias seguintes? Onde estavam agora, nesta versão do futuro? Nos campos das pradarias do Nebraska? Wyoming? O que era apenas outra forma de se perguntar quantas pessoas não haviam escapado. Quantas almas haviam sido perdidas na rocha? E na água? E envenenadas pelas cinzas? Abutre sabia? Quantas vítimas ele contou? E a culpa que Samuca estava sentindo desapareceria um dia?

Samuca girou os ombros, chocalhando ligeiramente, e colocou esses pensamentos de lado, por enquanto. Glória e Pedro estavam atrasados. Ele pegou do bolso o relógio de ouro com a corrente quebrada e o deixou pendurado sobre a perna. Não flutuou e não repuxou. Abutre não estava por perto. Mas ele estava funcionando. Colocou-o de volta no bolso e apertou os olhos em direção ao casco de metal do barco ainda balançando ao lado do píer, onde eles o tinham deixado. Nenhum ladrão. Nenhum gângster. Somente gaivotas. Um bando pairava lentamente acima de Samuca. Alguns mais o observavam do chão, com penas sopradas para trás pela brisa.

Abaixo do poncho, ele lentamente descruzou os braços. Pati resistiu, tentando se juntar a Pinta de novo.

Pati odiava Seattle. Até quando o sol estava forte, havia umidade de mais no ar, vinda do mar. O que ela queria, tanto quanto qualquer criatura viva pode querer, era o sentimento de um ratinho quente na barriga e uma pedra quente para se esticar em cima ao fim de um longo dia no deserto. Sentir todo esse desejo o tempo todo e nunca conseguir satisfazê-lo a deixava brava. Ela tinha que se conformar com ter o calor do sangue de Samuca bombeando abaixo do seu e com ter que se enrolar em cima da barriga dele com a rival rosada na outra mão. E Pati nunca gostara de um ninho cheio, desde há muito tempo, no dia em que ela se remexera com vida, saindo da barriga da mãe num tufo de irmãos perniciosos, e imediatamente fugira enquanto sua mãe comia os mortos. Agora, ela nunca ficava sozinha.

39

Passava o tempo todo ouvindo os pensamentos do garoto a quem estava presa e os impulsos silenciosos do idiota rosado que estava preso como ela. Em outra vida, ela o teria matado.

Pela última hora, ela e o Rosado estiveram enroscados firmemente um no outro, sobre a barriga do garoto, toleravelmente quentes. Mas agora o garoto estava tentando mover as duas, arrastando-as para o ar.

Pati sentiu as escamas da cabeça passando pelas do Rosado.

Na escuridão abaixo do poncho, ela conseguia detectar os olhos azuis acinzentados dele quando passaram pelos dela.

Pinta. O pensamento chegou confusamente à mente dela, vindo da dele. *Ele me chama de Pinta.*

Pati teria sibilado, mas não tinha boca. E ela estava sendo arrastada para fora do seu lugar quente.

Rosado! ela disparou de volta. E então tentou se segurar à outra cobra. Juntas, elas conseguiriam lutar contra o garoto. Conseguiriam ficar sobre a barriga dele para sempre.

Pinta piscou, recusando-se a segurar de volta. *Idiota.* Ele deveria odiar o ar frio tanto quanto ela.

Samuca puxou os dois braços para fora.

FRIO. O pensamento subiu das duas mãos, mas o da mão esquerda aflorou como um palavrão raivoso na mente dele.

— Qual é! — ele falou alto. — Não é ruim. Só espera o Natal chegar. Aí vocês vão sentir frio.

Puxando os dois braços para longe do corpo, Samuca colocou o poncho sobre os ombros e puxou do cinto com a mão direita uma revista em quadrinhos enrolada e dobrada.

Sua irmã estava empolgada por lhe dar as botas de caubói no aniversário dele, mas Glória Sampaio o conhecia um pouco melhor do que Mila. Ela lhe dera uma caixa com quadrinhos antigos, a maioria do Homem-Aranha e do

Hulk, e esse presente melhorou absolutamente tudo nos últimos meses.

Pinta, a cascavel rosa no braço direito de Samuca, contraía e dobrava o braço dele num S fechado no ar frio, enquanto Samuca virava a página do quadrinho.

Pati, a cascavel-chifruda no braço esquerdo de Samuca, estava rígida, concentrando-se na gaivota mais próxima. Seu chocalho estava silencioso no ombro de Samuca, o que significava que ela estava pior do que brava. Ela queria ferir a gaivota.

Matar.

Era a palavra favorita de Pati, o pensamento que a mão esquerda enviava para a mente dele mais do que qualquer outro. Havia outros desejos das cobras que ele agora conseguia entender, mas somente quando eram intensos.

— Ah, pode parar. O pássaro não tá fazendo nada — Samuca ordenou e forçou Pati a ajudar com as páginas da revista em quadrinhos enquanto Pinta se apertava ainda mais contra o frio. — Eu *tenho* sangue quente — Samuca acrescentou, virando a primeira página da revista colorida grosseiramente. — O que significa que vocês também têm. Então, relaxem. Vocês não vão morrer. Só pensam que vão.

O Homem-Aranha estava empoleirado no alto de uma ponte suspensa. Se Samuca já tivesse ido a Nova York, poderia tê-la reconhecido. Mary Jane estava ferida, inconsciente e segura nos braços do super-herói. Sem ler nenhuma das palavras na página, Samuca estudou a imagem.

É claro que ele gostava. É o que um herói deve fazer e como deve ser.

E, como era para Samuca dos Milagres ser um herói, como ele deveria ter matado Abutre dois séculos antes do momento onde ele estava agora e salvado cidades como Seattle da aniquilação total nas mãos daquele carniceiro vilão viajante temporal, Samuca não se sentia nada como o Homem-Aranha. Talvez se a figura fosse o herói derrubando a garota. Ou o herói empoleirado sobre a ponte, olhando para as ruínas fumegantes do que era Manhattan, agora engolida por lava.

Ou, talvez, se o herói tivesse mãos com suas próprias personalidades e que mal conseguia controlar, e estivesse preso vigiando um barco vazio numa cidade vazia, destruída porque ele deixara um vilão escapar, enquanto uma garota que o salvara mais vezes do que ele a salvara estava em algum lugar numa moto, procurando comida e papel higiênico com outro garoto. Se o herói no quadrinho tivesse sido desenhado assim, aí Samuca se sentiria mais como ele. Exatamente como ele, na verdade, mesmo sem a fantasia do Aranha.

Todas as gaivotas ainda de pé sobre os restos ásperos da rua se afastaram com alguns pulinhos.

Pati sentiu o que as aves sentiram. Um possível predador estava vindo. O garoto não sabia. Rosado também não sabia, ou não se importava.

O chocalho de Pati tremeu ligeiramente no ombro esquerdo de Samuca, só o suficiente para chamar sua atenção.

Samuca abaixou a revista. O animal sabia de algo que ele não sabia.

Onde?, ele perguntou. Pinta não parecia se importar com nada além da temperatura do ar. Sensações de Pati fluíram braço acima. Samuca examinou a ruína diante de si. Ele conseguia sentir a agressão de Pati claramente. Sabia que ela queria assustar, avisar, atacar, mas ele não sabia o que era a ameaça nem onde estava. A única forma de saber com certeza era deixando Pati fazer o que queria.

Com um revólver no coldre, ele teria sido mais cuidadoso em relaxar o braço esquerdo. Nunca havia deixado Pati controlar uma arma, a menos que ele quisesse que coisas morressem. Mas Pati não tinha nenhuma arma para agarrar, exceto se ele fosse lutar corpo a corpo usando um virote de besta como adaga.

Samuca relaxou os músculos do braço esquerdo. Por uma fração de segundo, sentiu o prazer de Pati. E então sua mão esquerda pulou na direção do coldre e se levantou de novo, enroscando-se para trás e apontando uma flecha brilhante e curta diretamente para trás dele.

— Epa! — um homem falou. — Precisa disso não, garoto, precisa não.

Samuca se virou, seguindo o braço. Ao lado de uma parede caída a uns quatro metros, um homem magricela com uma barba desgrenhada e um casaco de chuva verde e largo estava tremendo com seu machado meio levantado.

Pinta também estava apontando agora, mas a cobra rosada não se deu ao trabalho de pegar a besta no quadril de Samuca. Em vez disso, a mão direita segurou a revista enrolada num tubo apertado.

— Dá o fora. Não tenho nada para você levar — Samuca falou.

— Sua mão atira flechas? — O homem riu. — Socorro! Me ajudem!

— Elas poderiam já ter te matado — Samuca respondeu. — Você deu sorte. Então vá andando, vá.

O homem limpou a garganta e se moveu apreensivamente, olhando para os ombros de Samuca.

43

— É um belo poncho que você está vestindo. — As mãos do homem giravam no machado enquanto ele dava um passo à frente. — Acho que deve servir em mim.

Samuca largou a revista no chão. Instantaneamente, Pinta pegou a besta do quadril e começou a fazer o chocalho zumbir. Pati também zumbiu. Mas Pinta não estava apontando para o homem do machado. O braço direito de Samuca dobrou o cotovelo para trás, apontando para bem longe de sua visão periférica.

— Garoto, você tá se dando um nó — falou o homem do machado.

Expirando lentamente, Samuca fechou os olhos e tentou aquietar a mente o bastante para tentar sentir o que suas mãos estavam vendo. Pati estava focada na forma quente do homem do machado. Mas Pinta tinha outras três formas com que se preocupar. Uma pequena e duas grandes.

— Você trouxe amigos — Samuca afirmou, com os olhos ainda fechados. — Vocês três podem parar aí mesmo.

— Seus braços — uma garota disse. — O jeito como eles se dobram…

Ela parecia jovem. E aterrorizada. O que era bom agora. Samuca precisava parecer assustador. Especialmente quando ele tinha quatro inimigos em potencial e uma besta que só podia atirar duas flechas.

— Eles não só se dobram. Eles nunca erram — Samuca replicou.

Ele abriu os olhos, encarando o homem do machado, mas pensando sobre as formas atrás.

— Você está… chocalhando — a garota disse.

Samuca não respondeu. Se eles o atacassem, correr para o barco não adiantaria nada. Não poderia largar Glória e Pedro, e ele não fazia ideia de quanto mais tempo eles iriam demorar.

Virando-se lentamente, Samuca deixou Pati atrás para encarar o homem com o machado e focou a atenção nos três problemas de Pinta.

A garota tinha um cabelo vermelho soltos e cacheados ao redor de um rosto liso e pálido. Seus olhos eram da cor do céu ensolarado atrás dela e estava usando um colete de inverno vermelho grande demais e jeans antiquíssimos enfiados em botas altas de borracha. Mais importante, ela estava flanqueada por dois grandes homens barbados, obviamente irmãos, ambos usando suéteres velhos e desgastados e apontando rifles para o peito de Samuca.

Samuca guiou Pinta e a besta para o homem à direita.

— Não pode atirar em nós dois — o homem rugiu.

— Eu não quero atirar em nenhum de vocês — Samuca respondeu. — Nem na Moranguinho aí no meio. Mas vou.

A garota piscou lentamente.

— Moranguinho? — ela perguntou.

— Cabelo vermelho. Que nem a boneca. — Samuca balançou a cabeça. — Esquece. Minha irmã tinha uma. Em outro tempo. Agora, por que essas armas estão apontadas para mim?

— Eu sou Samuca — a garota explicou. — Esses dois são Touro e Cão, e chamamos aquele com o machado de Dirceu. O que está acontecendo com seus braços e por que você está vasculhando por aqui? Não é seu território.

Samuca dos Milagres sorriu.

— *Eu* sou Samuca — ele disse. — E, se vocês forem amigáveis, não precisam se preocupar de forma alguma com meus braços. Só estou esperando uns amigos. Não vou ficar aqui por muito tempo.

O homem grande à direita, Cão, se inclinou até a barba estar no cabelo vermelho da garota. E então ele sussurrou alto.

— Ele não tem amigos. Só quer a gente tenso. A gente devia pegar o barco dele.

— Eu ouvi isso — Samuca respondeu. — E é a coisa mais burra que já ouvi em muito tempo. A menos que você tenha se cansado de respirar.

A garota Samuca deu alguns passos para a frente, cruzou os braços e estudou Samuca com olhos curiosos, lentamente absorvendo tudo, desde a revista em quadrinhos no chão até o velho poncho e as cabeças reptilianas escamosas que brotavam nas costas das mãos dele.

— Você veio dos quadrinhos — ela disse. — Mas de verdade.

Samuca levantou os ombros enquanto os dois chocalhos zumbiam.

— Acho que sim — ele falou.

A ruiva acenou com a cabeça para Touro e Cão.

— Bem, vão em frente — ela mandou. — Atirem nele.

TRÊS

Super

Num piscar de olhos, Samuca atirou sua besta duas vezes, sentindo ambos os gatilhos cederem e ambas as cordas pularem. Cada virote encontrou seu alvo antes que Samuca pudesse sequer recuar das balas que ele sabia que viriam.

Um tiro alto e um grito de dor de um homem grande. E, depois, nada além de um eco distante.

Samuca olhou de volta, meio agachado, sem ferimentos. Touro estava tentando arrancar uma flecha enroscada de dentro do cano do rifle. Cão estava chupando a mão direita ensanguentada.

A garota Samuca puxou os cachos para trás. E então sorriu. Samuca não gostou nem um pouco do sorriso dela. Mas parte dele gostou muito. O sorriso fazia ele lembrar de Pati. Talvez porque ela tivesse acabado de ordenar aos homens que o matassem.

— É difícil acreditar que você é real. Eu tinha que confirmar — ela falou. — E eu já achava que você não iria matá-los. Não estamos seguros aqui. Mas você tem que nos dar sua besta e vendar suas mãos de cobra, ou algo assim, e não pode se chamar Samuca se quiser ficar no nosso acampamento.

— Eu não vou fazer nada com minhas mãos — Samuca retorquiu. — E não vou para o acampamento de vocês. Então, acho que posso continuar sendo um Samuca. Você não vai precisar voltar a ser uma Samanta.

— Samara — a garota corrigiu. — Samara Franco. E você vai vir. Isso foi bem maneiro, mas sua besta está vazia. Você não tem muita escolha.

Cão cuspiu sangue e examinou o ferimento na mão.

— Deixa ele. Mas leva o barco. E nós deveríamos encontrar o armazém dele. Qualquer um com um barco e combustível tem um estoque em algum lugar por aí.

Matar. O pensamento fluiu de Pati e subiu pelo braço de Samuca. Ela segurou o virote com mais força e seu chocalho começou a tremer. Obviamente, o homem do machado estava tentando se esgueirar para cima dele de novo.

Samuca se virou, girando o pulso, deixando Pati mirar. A flecha girou numa espiral e acertou o esterno do homem surpreso, mas sem velocidade o bastante para causar algum dano. Ela mal atravessou o casaco verde de chuva dele.

— Eita! — Ele puxou o virote e o jogou no chão.

Pati pegou outro com a mão esquerda de Samuca.

— Eu não vou a lugar algum com vocês, nem meu barco.

Touro finalmente conseguiu arrancar o virote do cano do rifle e, com um peteleco, o atirou para o lado.

48

— Ele não entendeu — ele disse para Samara. — Você não entendeu — ele disse para Samuca. — Aqui não é nosso território. Também estamos invadindo. E, se não sairmos logo...

Tiros distantes ecoaram sobre as ruínas de lava. O som do motor de uma motocicleta nervosa veio em seguida.

Samuca e Samara, Touro e Cão e Dirceu, todos observaram as colinas ao redor. A pelo menos um quilômetro e dois córregos de lava escura de distância, Samuca viu a moto antiga e o carrinho de carona descer uma rua rachada entre prédios inclinados e subir em rochas de lava. Somente uma garota estava montada nela, com o rabo de cavalo balançando. O carrinho parecia vazio.

— Quem é aquela? — Samara perguntou.

— Glória — Samuca respondeu. Mas nada de Pedro. Ele deveria estar no carrinho. Segurando a besta com os pés, Samuca recarregou rapidamente. Dois virotes. — Vocês deveriam ir embora. Acho que ela não vai gostar de vocês.

Uma pequena picape enferrujada rodando alta acima dos pneus pulou sobre a rocha, seguindo a moto.

— Vamos, Glória — Samuca murmurou. — Aperta esse acelerador.

Uma arma disparou de algum lugar muito mais próximo e pedras espirraram da rua diante de Samuca. Dirceu caiu ao lado dele, inconsciente e sangrando.

— Protejam-se! — Samara gritou, mas Samuca a segurou pelo colete antes que ela pudesse se jogar para o lado. A ruiva se virou, mirando um soco na cabeça de Samuca, mas Pati segurou o punho dela com a mão esquerda de Samuca.

— Arma, balas, arma reserva, qualquer coisa. Preciso do que você tiver — Samuca falou.

Outra bala explodiu na rua. Estilhaços de pedra acertaram a bochecha de Samuca enquanto o barulho do ricochete sumia. Samara se soltou e se agachou atrás de uma baixa parede, em ruínas, que havia entre Touro e Cão. Samuca ficou sozinho com o corpo de Dirceu. A moto estava chegando perto, assim como a picape atrás dela, mas Glória estava mais rápida do que o perseguidor, então conseguia se virar por enquanto. Samuca se agachou com a besta levantada nas duas mãos e se virou num círculo rápido, procurando a ameaça mais próxima. Ele não viu nada, mas, quando a besta passou pelo que restava de um prédio chamuscado a uns cem metros ladeira abaixo, Pati a puxou de volta e a segurou firme como pedra, mirando numa janela escura do segundo andar.

Matar.

Samuca esperou. Pati não era completamente confiável. Poderia ser um gato. Ou um cachorro. Ou simplesmente uma pessoa com má sorte o bastante para estar assistindo.

Então, Samuca viu o cano e o clarão e, uma fração de segundo depois, ouviu o tiro quando algo passou raspando a orelha dele.

Pati mirou a besta usando a mão esquerda, mas Pinta puxou o gatilho. Uma. Duas vezes.

As flechas zuniram, fazendo um arco e então entraram no quadradinho logo acima de onde Samuca vira o clarão. A arma do atirador caiu pela janela. Um antebraço mole ficou balançando no peitoril.

Samuca prendeu a besta no gancho do coldre e voltou a atenção para Glória. A picape estava se aproximando dela rapidamente.

Samara e seus guarda-costas se levantaram cautelosamente.

— Touro — Samuca chamou, apontando para um dos homenzarrões. — Me empresta esse rifle.

— Eu sou o Cão — ele respondeu. — E é para devolver. — Jogou a velha arma pelo ar, a qual aterrissou pesadamente nas mãos de Samuca.

O peso da arma encheu Pati e Pinta de adrenalina. As escamas nos braços de Samuca tremeram dentro das mangas quando ele inspecionou rapidamente o velho rifle. A coronha de madeira já tinha perdido quase todo o verniz e o metal tinha perdido o preto, mas estava limpa e cuidada. O rifle era um modelo antigo do Velho Oeste, com a alavanca que Samuca já tinha visto em toda ilustração de caubói que ele já havia estudado e nas mãos de amigos e inimigos no Arizona, dois séculos antes.

Ele segurou o rifle à sua própria maneira, com a mão esquerda contra a lateral do cano, dando a Pati uma linha de visão clara para controlar a mira. Pinta era mais responsável com o gatilho.

— Não vamos machucar ninguém — Samuca sussurrou para si mesmo. — Só vamos tirar aquela picape da cola de Glória. Atirem nos pneus.

Sobre a lava, a moto estava quicando muito lentamente para escapar, mas a caminhonete balançava demais para o homem pendurado na janela do carona conseguir um tiro certeiro em Glória.

Segurando o fôlego, confiando em Pati mais do que gostaria, Samuca começou a apertar o gatilho.

Pati puxou o cano rapidamente para a esquerda de Samuca. A coronha da arma bateu contra o ombro dele como uma mula brava, dando coice para matar. Seus ouvidos gritaram um com o outro através do cérebro. O tiro foi mais alto do que qualquer outro que ele já tinha ouvido.

A uma quadra dali, o alvo de Pati caiu de joelhos. Ele era grande e parecia ainda maior com o enorme casaco de pele. Tinha uma espingarda na mão esquerda e a direita estava erguida para jogar uma granada em Samuca. Ele caiu de bruços.

Pinta ejetou o cartucho vazio com a alavanca, e Pati procurou outro alvo. Uma explosão arrancou a fachada de um prédio já arruinado, enterrando o homem e seu casaco onde haviam caído.

Com os sentidos aguçados e o coração batendo, Samuca se virou e concentrou-se nos perseguidores de Glória.

Mas Pati apontou a arma para Glória.

— Não! — Samuca afastou Pinta do gatilho e depois rapidamente trocou a arma de lado.

Pinta segurou a lateral da arma, apertando os dedos de Samuca contra o cano quente e tomando o controle da mira. Pati ficou esperando impacientemente perto do gatilho.

— Temos que ser rápidos aqui — Samuca falou. — Rápidos.

O homem na caminhonete atirou e Samuca viu Glória fazer uma careta, tirando a mão do acelerador. A moto fez uma curva perigosa.

O primeiro alvo dele estava girando e pulando a pelo menos 850 metros de distância. Havia uma brisa. Mesmo com Pinta mirando, qualquer coisa poderia acontecer dando um tiro a essa distância. Mas não atirar decerto seria pior.

Samuca soltou ar pelo nariz e sentiu o coração desacelerar. A motocicleta fez uma curva e a caminhonete a seguiu, mostrando para Samuca os pneus do lado do motorista.

Agora, Samuca ordenou às mãos.

A arma chutou, cuspiu o cartucho, mirou de novo e chutou de novo tão rápido, que os dois tiros se misturaram num único estampido.

Samuca cambaleou para trás de dor.

A 850 metros dali os pneus dianteiro e traseiro do lado do motorista da picape explodiram praticamente ao mesmo tempo. Os dois impactos de bala e a pele ferida nas partes de trás dos dedos de Samuca indicavam que Pati tinha puxado a alavanca e dado um segundo tiro tão rápido quanto Samuca piscara. E Pinta tinha mantido a concentração, mudando de alvos com a mesma velocidade. Não parecia possível, até mesmo para elas. Parte dele ficava feliz quando suas mãos trabalhavam juntas tão bem, mas a parte mais sensata dele ficava… apreensiva.

A caminhonete vacilou, inclinou-se e rolou sobre a rocha de lava inclemente. O eco do metal amassando substituiu o eco do tiro. A moto conseguiu se estabilizar e apontar na direção de Samuca.

Cão, agora de pé, pegou o rifle quente das mãos de Samuca e estudou o cano.

Samuca levantou as mãos.

— Pergunte a elas. Ou não — ele disse. — Elas não vão responder.

— Isso é ruim — Touro respondeu. — Quando os outros descobrirem que você matou um deles… — ele olhou para a picape — vão querer vingança.

Samuca olhou para o homenzarrão e depois para Samara. O rosto dela estava sério no centro da sua juba encaracolada e vermelha. Cão ainda estava encarando as cabeças de cobra nas costas das mãos de Samuca.

— Sabe — Samuca falou para Samara, acenando com a cabeça para Touro —, seu musculoso aqui parece mais durão quando não fala.

Mais duas caminhonetes enferrujadas pularam sobre o distante campo de lava com os motores rugindo. As caçambas das duas picapes transbordavam com homens. Todos empunhando rifles.

Touro e Cão agarraram os braços flácidos de Dirceu e começaram a se afastar, arrastando seu corpo entre eles.

Samara ficou ao lado de Samuca, observando o novo problema aparecer.

— Sabe o único motivo para termos vindo aqui? — Samuca perguntou. — Papel higiênico. Só isso. Mais nada. Pelo menos, foi isso que meus amigos me disseram. Não tenho certeza se acredito neles. — Ele fez uma careta, esfregando o ombro direito. — Espero que eles encontrem alguns rolos. — Virando-se, ele sorriu para Samara. — Foi bom te conhecer, Samuca. Agora, eu preciso mesmo botar esse barco para funcionar. Vamos sair apressados.

Samara puxou uma velha pistola do colete e apontou para o peito dele.

— Não. — Ela balançou a cabeça. — Você vem comigo. Precisamos de alguém como você. Um super-humano ou seja lá o que você for. Você poderia mudar tudo para nós.

Samuca olhou para o cano da arma e então olhou nos olhos de Samara. Ambos os chocalhos começaram a zumbir, e um furor intenso começou a ferver, subindo pelos braços e entrando na cabeça dele.

— Me escuta — Samuca rosnou e verificou o progresso da moto. Quinhentos metros, e entrando numa inclinação fora de vista. — Se você acha mesmo...

Pati o interrompeu.
Matar.
A mão esquerda de Samuca deu o bote, arrancando a arma das mãos de Samara e batendo a coronha na cabeça dela. Ela desmontou diante dos pés de Samuca.

— Ai, meleca! — Samuca olhou para as picapes, para Touro e Cão ainda se afastando, para o píer onde ele tinha amarrado o barco, e depois para o cabelo cacheado e vermelho escondendo as botas dele. — Glória, se você não tiver papel higiênico… — Samuca fechou a cara, mas a raiva já havia arrefecido completamente. — Acho que vou me importar. Muito.

Matar.
Pati tentou virar a arma.

— Ah, cala a boca — Samuca mandou. Ele balançou a mão esquerda, forçando os dedos a abrir, apesar da raiva de Pati. A arma voou por cima de uma parede e quicou ruidosamente fora de vista. — Você já fez o suficiente, sua cobra chifruda estúpida. Só virotes para você.

À distância, pouco visível através da neblina, um cume quebrado cuspia fitas alaranjadas numa cortina de pedra recém-derretida.

Tossindo, Glória esfregou os olhos rapidamente com a mão esquerda. A moto girou embaixo dela, que bateu a mão de volta no guidão. O cheiro péssimo do enxofre ainda lhe queimava o nariz. Fumaça ainda assombrava seus pulmões. Apesar do ar frio e da brisa, sua pele ainda parecia quente o bastante para criar bolhas.

Pedro foi levado. Aquelas coisas aladas flutuaram levando ele, tirando-o do carrinho enquanto a cidade vomitava lava, gases e cinzas ao redor deles. Ela tinha certeza de que ambos morreriam lá mesmo, mas aí a forma brilhante apareceu e a jogou adiante no tempo, para quando as desventuras daquele dia haviam começado... junto com os suprimentos que ela e Pedro coletaram.

Só que agora, em vez de estar sentada tranquilamente num monte onde ela os tinha deixado, homens armados estavam jogando-os na caçamba de uma caminhonete. Mais duas estavam roncando a uma rua dali.

Os homens surpresos deram a ela apenas segundos para se recuperar. Ela girou o acelerador e se afastou quando as primeiras balas começaram a zunir, abaixando-se sobre o guidão e esperando que o barulho dos tiros alertasse Samuca para preparar o barco.

Como Samuca tinha encontrado um rifle, Glória não sabia, mas ela estava animada com esse achado. Tinha que ter sido ele. Quem mais teria conseguido dar um tiro daquele? Ela até sabia qual mão estava mirando. Pati teria mirado nos humanos, não nas rodas da picape.

A moto entrou numa faixa de pedra lisa, subindo em direção aos prédios decadentes onde Samuca deveria estar esperando. Glória olhou para trás, para a picape já amassada e para as outras duas ainda perseguindo, cheias de homens armados. Ela sabia que era um alvo difícil, mas algum otário ainda poderia dar sorte.

Alcançando um bolso de dentro da jaqueta com a mão esquerda, Glória puxou a ampulheta que o Padre Tiempo lhe dera. Estava quente em sua mão e o vidro tinha escurecido para um azul-safira escuro. Pedro a tinha alertado para não usá-la até receber instruções e saber manejá-la com segurança; ele havia feito várias suposições horríveis sobre o tipo de coisa que poderia dar errado. Mas foi a versão mais velha de Pedro que dera a ampulheta para ela no estacionamento da pizzaria sem quase nenhum aviso.

Glória estava completamente farta de ser alvo de tiros por hoje. E ela tinha praticado com a ampulheta mais do que apenas "um pouco" nas noites em que não conseguia dormir e a Lua era a única testemunha.

Glória pensou sobre o que ela queria e sentiu o vidro imediatamente girar em sua mão. Areia preta escorreu de uma das extremidades abertas. Seguindo o estímulo da ampulheta, ela a girou acima da cabeça e balançou rapidamente em direção ao chão. Instantaneamente, a areia atrás dela ficou branca, espalhando-se numa folha de fumaça e depois se expandindo numa casca entrelaçada de vidro quente tão fino quanto um sopro e tão espaçado como renda. E o estranho ovo crescia em qualquer direção a que a ampulheta fosse.

Dentro do túnel crescente de vidro, o tempo corria, mas parecia normal — o motor da moto tremia, os amortecedores pulavam, os pneus rasgavam a áspera rocha de lava. Porém, do lado de fora, vapor de água estava imóvel no ar. Chamas emergiam de canos de armas como caracóis se esticando para fora de suas conchas pela manhã. As caminhonetes passavam sobre protuberâncias como veículos espaciais com pouquíssima gravidade.

Segurando a ampulheta para cima, Glória girou o acelerador com vigor, subindo a ladeira dentro de sua teia de vidro, brilhando, chiando e fumaçando, em direção aos prédios onde ela e Pedro tinham deixado Samuca. Pouco antes de chegar ao topo, Glória girou a ampulheta na mão e a balançou atrás de si.

Vento frio atingiu-lhe o rosto quando ela entrou de novo no fluxo temporal original. Atrás dela, quando o vidro rachou e virou areia, seu túnel temporal foi quebrado e engolido pelo tempo de fora com um som como de espuma do mar na praia.

Diante dela, com a besta erguida e os olhos arregalados, Samuca dos Milagres pulou do meio do caminho. Mas ele não ficou surpreso por muito tempo. Vento soprou em seu velho poncho e forçou-se sobre seu cabelo enquanto ele pegava uma garota ruiva inconsciente do chão e se esforçava para enfiá-la no carrinho de carona. Quando a garota estava dentro, Samuca pulou sobre a moto atrás de Glória.

— O nome dela é Samara! — Samuca gritou. — Cadê o Pedro?

Glória nem tentou responder. O sequestro de Pedro a aterrorizava. E ficar aterrorizada a deixava brava. Ser alvo de balas a deixava com mais raiva ainda. Mas o fato de que Samuca tinha arrumado tempo para trazer consigo uma ruiva inconsciente superava absolutamente tudo.

Ela engatou a marcha com um chute e partiu em direção aos prédios arruinados, fazendo curvas entre eles enquanto descia a ladeira em direção a águas escuras e calmas, a um píer estraçalhado e ao velho barco de metal.

Glória sentiu Samuca escorregar para trás no assento quando acelerou. Ela meio que esperava que ele caísse, mas a mão esquerda dele agarrou na barriga dela, segurando com força.

— Pedro foi levado! — ela gritou por cima do ombro. — Ele sumiu!

58

QUATRO

Terra do Nunca

ILHAS DE ESCURA VEGETAÇÃO perene se erguiam sobre a água prateada do estuário de Puget, destacadas contra o plano de fundo de névoa, vapor e fumaça. Ondas longas e brilhantes se dobravam e rolavam atrás do solitário barco.

Glória Sampaio estava sentada na proa, nas tábuas grossas onde a moto estava amarrada. A adrenalina da perseguição estava sumindo, mas lentamente. Em sua cabeça, ela continuava repetindo a própria decisão de usar a ampulheta daquele jeito. Foi um dos momentos em que mais se aproximara do perigo nas últimas semanas, mas ela ainda não teria conseguido sem invadir um fluxo temporal mais rápido. Seu estômago ainda estava incomodado. Quase nauseado. Era assim sempre que ela fazia algo como aquilo. Talvez fossem os nervos, o medo de cometer um erro terrível e acabar presa ou velha e enrugada. Talvez fosse a preocupação de que Pedro tivesse sumido para sempre, de que quem — ou *o quê* — quer que a tivesse salvado não tivesse feito a mesma coisa por ele. Ou talvez fosse a simples e inevitável consequência de passar por algo que mortais não estavam preparados para passar.

Ou talvez fosse o mar.

Glória preferia essa opção. Ela só estava um pouco enjoada por causa do mar. Se realmente vomitasse, essa seria a única explicação que Samuca receberia. O vento úmido empurrou o rabo de cavalo escuro de Glória sobre o ombro e lutou contra mechas soltas na testa. Ela passou o dedo numa marca de bala no garfo da roda da frente e estudou a garota ruiva, inconsciente no chão, ao lado das botas de Samuca.

Não importava como pensava sobre isso — sobre ela: trazer a garota para a ilha tinha que ser um erro.

— Você a matou? — Glória gritou acima do motor alto.

Samuca estava apertando os olhos contra o vento enquanto guiava o barco, com Pinta no acelerador e Pati no timão, e o poncho voando como uma capa atrás dele. Sempre ficava em pé para pilotar o barco, mesmo tendo um assento perfeitamente bom ali. As duas cobras obviamente odiavam cada minuto de vento frio e demonstravam seu ódio com tremeliques e espasmos que subiam pelas escamas visíveis nos antebraços de Samuca. Sob o poncho, ele tinha levantado as mangas até onde iam, e as cobras não ficaram felizes.

— O quê? — Samuca gritou de volta.

— Nada! — Glória balançou a cabeça. Não era uma pergunta de verdade. Ela tinha visto a garota se mexer algumas vezes, e não apenas os cachos dela sendo estupidamente lindos e pitorescos ao vento.

— O quê? — Samuca gritou de novo.

— Você é um idiota! — Glória gritou, sorrindo.

Samuca sorriu de volta. Ele não havia escutado.

Glória queria poder dormir assim tão profundamente no casco do barco, mas de preferência sem um galo do tamanho de um ovo no crânio. Ela desejava várias coisas, porém mais especificamente que eles conseguissem se desprender desse tempo ridiculamente estraçalhado e seguir em frente (ou para trás), preferencialmente para um fluxo temporal onde o El Abutre não tivesse conseguido explodir a maior parte do Noroeste do Pacífico.

Samuca subitamente desligou o motor. O vento parou e o barco afundou um pouco mais na água, à deriva.

— O que você estava dizendo? — Samuca perguntou.

— Nada — Glória retrucou. — Pode continuar. — Ela olhou para trás, para a cidade arruinada. Algumas colunas de vapor subindo da superfície do estuário agora obstruíam a vista.

— Você parecia brava — Samuca respondeu. — Você fez aquela cara de frustrada.

Glória grunhiu e fechou os olhos.

— Essa mesma. Exatamente — Samuca acrescentou.

— Hoje é o pior dia — Glória respondeu. — Sério. Teríamos que voltar lá para o Arizona, te colocar naquele desastre de trem e deixar Abutre atirar nos seus braços para ser pior que hoje. — Ela abriu os olhos e levantou as sobrancelhas. — E, pelo menos, daquela vez você estava realmente lutando contra ele. — O barco balançava gentilmente debaixo deles. Glória soltou um suspiro e colocou as mãos na cabeça. Seu estômago estava ficando cruel. Cruel dema...

Glória se virou e se jogou sobre a borda do barco. Seu estômago se esvaziou na água salobra e ficou subitamente calmo. Ela girou de volta lentamente.

— Você tá bem? — Samuca perguntou. — Comeu alguma coisa?

— Tô bem — Glória respondeu e limpou a boca com a manga da jaqueta de lona. Ela não tinha opções melhores.

— Glória? — Samuca perguntou.

— É por causa do mar. E não importa — Glória disse. — Você sabe por quê? Você atirou em pessoas hoje. Pessoas atiraram em mim. Por quê? Estávamos lutando contra o El Abutre? Nós finalmente o encontramos? Ele nos encontrou? Estávamos fazendo algo importante pelo menos?

Samuca obviamente sabia que era melhor não responder. Glória ficou ajoelhada e enfiou a mão numa grande bolsa verde dentro do carrinho de carona. Ela puxou um rolo amassado de papel higiênico e o mostrou para Samuca.

— Foi por isso! — ela continuou. — Por isso! Um único rolo! O resto foi levado. Pedro foi levado. E só temos um rolo de papel higiênico!

— Ainda bem que você conseguiu um — Samuca falou. — Sério.

Glória arremessou o rolo e Pinta o pegou no ar, salvando-o de voar para a água, enquanto Glória enfiava a mão de novo na bolsa e tirava um pacote de plástico amarelo.

— Sabe o que é isso? — ela perguntou, balançando-o. — Porcarias de recheadinhos! O resto foi roubado. Pessoas tentaram me matar por causa disso. Você já comeu um? É só geleia seca dentro de biscoito! Por que eu não achei um pacote de Oreo?

— Não sei o que é um recheadinho — Samuca falou baixo. Seu rosto sardento estava intencionalmente inexpressivo e Glória sabia. Ele a estava julgando, mas tentando parecer que não estava.

62

— Ninguém sabe — Glória disse. — E quem come geleia seca? — Ela rasgou o pacote, tirou um biscoitinho macio e quebradiço, e o jogou em Samuca. Pati pegou perfeitamente entre o indicador e o polegar de Samuca, o que irritou Glória ainda mais. Samuca colocou a coisinha na boca e mastigou devagar. Glória conseguia ver o prazer nos olhos dele e depois viu o pânico quando ele tentou disfarçar. Claro que ele não admitiria ter gostado, não quando ela estava assim.

Assim? Assim como? Como ela estava?

Glória sentou-se nas tábuas e se jogou para trás, olhando para o azul do céu através de uma abertura na névoa.

— Eu perdi Pedro em troca de um rolo de papel higiênico e um pacote de biscoito de velho, enquanto você deu uma de homem das cavernas e bateu na cabeça de uma garota. Você deveria ter deixado ela lá.

— Eu não poderia. Se eu tivesse deixado ela lá, aquelas pessoas perseguindo você teriam matado ela.

— Claro. A coisa certa a fazer é arrastá-la para a sua caverna.

— Não seja boba.

Glória fechou os olhos de novo.

— Por que não? — ela perguntou. — Tudo é bobo.

— Isso é por causa de Pedro — Samuca falou.

Glória riu, mas parecia zangada.

— Claro que é. Não podemos fazer nada sem ele. Somos tão úteis quanto destroços.

— Ele já sumiu outras vezes. Várias vezes. — Samuca tentou pensar em palavras que Pedro Aguiar tinha usado para descrever suas saídas ocasionais da ilha. — Ele sai quando tem que ir se tornar o que ele precisa se tornar.

Glória sentou-se e balançou a cabeça.

— Não. Isso é diferente, Samuca. Ele não saiu sozinho. Eu já te falei. Ele foi *levado*.

Samuca olhou para ela. Glória fungou e abraçou os joelhos. Ele olhou para as colinas pretas de Seattle.

— Por aquelas pessoas nas picapes? Então, por que estamos aqui? Por que saímos de lá? Temos que voltar!

Glória não respondeu.

Samuca saiu de trás do timão com os punhos cerrados.

— Quem levou ele, Glória? O que é que você não está me contando?

— Ele não foi levado aqui. — Glória olhou para o lado, evitando o olhar de Samuca. — Nós voltamos para o dia em que a destruição aconteceu. Enquanto estava acontecendo. Estávamos naquela ladeira de novo. Aí vieram essas criaturas com asas e... — Glória fechou os olhos, tentando limpar da mente as imagens dos acentuados rostos prateados em corpos de sombras. Mas eles só ficavam mais claros. — Pedro foi sequestrado. Tinha mais alguma coisa lá, também. Algo forte o bastante para simplesmente me mandar embora.

— Vocês estavam caçando Abutre? Sem mim?

— Não queríamos estar lá. Não queríamos. Não naquele instante.

— Glória, olha para mim!

Glória olhou. E o que ela viu foi exatamente o que estava esperando. Os braços de Samuca enroscados num par de S apertados, prontos para atacar. Veias estavam infladas sob a pele humana dele até as dobras das mangas. Os músculos do seu maxilar pulsavam. Os olhos estavam sérios e penetrantes. Em breve, haveria zumbido de chocalhos.

— Nós falamos sobre isso. Falamos sobre não nos separarmos. Dissemos que eu lidaria com as coisas.

— *Você* falou sobre isso — Glória corrigiu. — Nós jamais concordamos com nada. E todos nós tínhamos nossos motivos, mas eles não importam agora. O que importa é que Pedro está desaparecido e nós estamos aqui.

— Por onde vocês foram?

— Por aí. Pedro ficava nos levando para anos aleatórios. Estávamos tentando voltar quando escorregamos para lá logo após as erupções.

— E? — Samuca perguntou. — Abutre estava lá?

Glória balançou a cabeça.

— As criaturas. São mulheres. Ou cópias estranhas de mulheres. Elas tiraram Pedro do carrinho de carona feito um balão. Achei que íamos morrer, Samuca. E de repente teve essa coisa... tinha o formato de um garoto, porém mais como um fantasma. Um fantasma de fogo tão brilhante que eu consegui vê-lo através das pálpebras. A próxima coisa que percebi foi quando eu já estava de volta aqui, sendo perseguida. Sem Pedro. — Ela encarou de volta os olhos de Samuca. — Essa assombração sabia o tempo de onde eu vim, Samuca. Ela me mandou direto para cá. Mas ficou com Pedro. Pelo menos... espero que sim. O que ou quem quer que ele seja.

Glória esperou. O cabelo de Samuca balançou ao vento, mas seu rosto era como uma rocha.

— Eu sei como você se sente — ele disse. — Você não está chateada por Pedro ter sumido. Você está chateada porque foi deixada para trás.

— Samuca, isso não é justo — Glória se levantou. — Você realmente quer arriscar sua memória por nada? Você quer que os devaneios comecem de novo? Foi assim que eles nos encontraram, para início de conversa, ou você não consegue se lembrar nem disso? Você não consegue se mover pelo tempo como Pedro.

Samuca assentiu e voltou para o timão.

— Tenho certeza de que Pedro está bem. Ele sempre está — Samuca falou.

— Você tem certeza de que estamos bem sem ele? Porque, da última vez que conferi, nós não fizemos muito mais do que só sobreviver. Estamos presos no apocalipse, e Pedro é o único que poderia ter qualquer chance de nos levar de volta.

Aos pés de Samuca, Samara gemeu e lentamente se sentou. Assim que se ajeitou, puxou o cabelo para trás, fazendo uma careta de dor.

— Samara — Samuca disse com rispidez. — Conheça Glória. Glória, Samara.

Glória deu um sorriso forçado para a garota.

— Então. Ouvi que você está bem mal. Se eu estivesse lá, nós nunca teríamos trazido você com a gente — Glória disse.

Samara olhou para a água quieta ao redor do barco e depois de volta para a cidade.

— Vocês têm que me levar de volta! — Uma raiva azul-clara brilhou em seus olhos. Suas bochechas ficaram vermelhas e a voz tremeu. — Agora! Me levem de volta!

— Ela é um doce — Glória falou para Samuca. Então, assobiou para a ruiva e apontou para Seattle. — Pode nadar, se quiser.

Samara se esforçou para se levantar, piscando com dor e cuidadosamente sentindo a cabeça. Ela ficou em pé bem diante de Samuca, olhando bem nos olhos dele. Ele desviou o olhar rapidamente para os pés. Quando ele finalmente olhou para a frente, ela ainda o estava encarando.

— Eu sei quem você é — Samara disse. — Mas não achei que a história fosse real. Eu esperava que você fosse ajudar a gente.

— Deixa eu adivinhar — Samuca respondeu. — Você leu um livrão antigo sobre o Velho Oeste em que eu quase mato um vilão em São Francisco, mas ele foge? Eu já li e até gostava. Mas não gosto mais.

Glória riu. Samuca a ignorou. Samara desceu os olhos para as mãos de Samuca. Pati tremeu, e Samuca mexeu o ombro para jogar o poncho sobre ela. Quanto a Pinta, ele estava girando a mão de Samuca atrás dele para ter uma visão melhor de uma gaivota.

— Eu não sabia que tinha um livro — Samara disse. — Mas eu não leio livros, mesmo. Meu irmão tinha todos os quadrinhos. E nós vimos o filme. Touro e Cão o encontraram. Meu pai faz noites de filme quando o gerador funciona.

— Um filme? — Glória perguntou. — E quem são Touro e Cão?

— Quadrinhos... — Samuca falou. — Tipo, quadrinhos? Sobre mim?

— O garoto parecia um pouco com você, mesmo usando fantasia. Ele era mais bonito. Mais loiro. E não tinha sardas. Mas as cobras nos braços... — Samara se inclinou perto de Samuca para olhar Pinta — A rosada e a chifruda eram exatamente iguais às suas, e tão letais quanto elas.

Samuca olhou para Glória. O rosto dela estava completamente sério.

— Quadrinhos — Samuca falou. — Que loucura. Mas acho que faz sentido. O livro de Judá não mudou desde que saímos de São Francisco. Acho que aquela história está terminada.

— Você acha que Judá escreveu quadrinhos sobre a gente? — Glória cheirou o frio. — O Judá do futuro escreveu o livro e o Padre Tiempo o levou de volta no tempo para ajudar sua memória. Como você explica quadrinhos aleatórios sobre nós aparecendo numa Seattle destruída?

— Não estou tentando explicar nada — Samuca respondeu. — Mas Judá anda trabalhando em quadrinhos. E agora quadrinhos apareceram. Duvido que seja coincidência.

— Quem é Judá? — Samara perguntou. Ela se aproximou de Samuca. — Ele é bem velho? Os quadrinhos pareciam bem antigos. Acho que tenho um de 1991. E o filme está numa fita de 1986. Judá é velho assim?

— Filme — Glória disse com um tom inexpressivo. — Certo. Não é surpreendente que ela quisesse te sequestrar. Você é o super-herói por quem ela tem uma quedinha. Vamos ter que arranjar uma fantasia para você.

— Tanto faz. Temos que ver esses quadrinhos. Eles podem ajudar — Samuca respondeu.

Glória levantou as sobrancelhas.

— Ajudar? E o livro ajudava? Ele mudava o tempo todo e tinha um monte de coisa errada.

— Não, nós é que entendíamos um monte de coisa errada — Samuca retorquiu. — Como nós vivemos mudou o que o Judá futuro escreveu. Ele ajudou. Só não dava instruções.

— Achei que você pudesse *ajudar* a gente — Samara disse. — Achei que talvez o você de verdade não fosse tão… *mau*.

— Mau? — Samuca ficou surpreso.

68

— Licença. O que você quer dizer com isso? — Glória perguntou.

Samara olhou para Glória, depois de volta para Samuca.

— No filme, ele era um foragido no Velho Oeste. Pegava o que queria. Roubava coisas. Matava pessoas. Destruía cidades inteiras trabalhando para um supervilão chamado Abutre, fazendo a vontade dele; e, quando finalmente tentou se rebelar contra o chefe, foi morto. É um filme bem triste.

— Deixa eu adivinhar — Glória disse. — Ele se rebelou tentando salvar a irmã?

— Você viu esse filme? — Samara perguntou. — Ou isso foi verdade?

— Quase isso — Glória respondeu. — Sobre a irmã, pelo menos. Ela ainda foi salva.

— Quase isso? Eu não morri. Como isso é quase? — Samuca falou. — Eu nunca trabalhei para Abutre. Nunca. Em nenhuma vida.

— Você não tem certeza — Glória falou baixinho. — Não sabemos até quando no passado os fluxos do tempo vão. 250 anos atrás de hoje, Samuca dos Milagres poderia facilmente ter feito várias escolhas terríveis na vida e ter ido trabalhar para Abutre.

Samuca lançou um olhar direto para ela com o humor de Pati.

— Não. Não diga isso.

— Mas então Abutre é real também? — Samara perguntou.

Glória assentiu e respondeu:

— El Abutre. Sim, ele é real. Real o bastante para queimar e demolir a sua versão de Seattle.

— Como assim, minha versão?

— O que eu quero dizer é que existe pelo menos uma outra versão de Seattle que não foi explodida e demolida — Glória explicou. — Nós estávamos lá. Esta versão aqui nos engoliu exatamente quando tudo estava explodindo.

As sobrancelhas de Samara se abaixaram e a cabeça dela se inclinou, duvidosa.

— Mas todas as erupções aconteceram 21 anos atrás. Eu nem tinha nascido.

— Nós pulamos para a frente. Se não tivéssemos pulado, teríamos virado cinzas. — Glória riu da suspeita de Samara. — Se você leu nossas histórias do Velho Oeste, já deveria saber que nós nos movemos por aí.

— Os quadrinhos não se passam no Velho Oeste — Samara falou. — Eles são de um tempo de cidades altas e brilhantes, quando meu pai era novo. Antes das inundações, terremotos e vulcões.

— Vamos levar ela de volta — Samuca falou. Ele girou a velha chave enferrujada na ignição e o motor gargarejou.

— Não podemos voltar. Já está tarde — Glória disse.

Samara pareceu preocupada.

— Mudei de ideia. Eu não quero voltar. Não agora. Quero que vocês me mostrem o outro tempo. Me levem com vocês. Mas não para o futuro. Me mostrem o passado.

— Não — Samuca recusou. — Mesmo se pudéssemos, não te levaríamos. E não podemos. Amanhã, vamos te levar de volta. E você vai me mostrar esses quadrinhos.

— Mas eu achei que vocês tinham dito… — Samara olhou de Samuca para Glória. — E nos quadrinhos… Por que vocês não podem se mover pelo tempo?

— Por que você não pode? — Samuca retrucou.

O motor rugiu. Glória sorriu, deu de ombros para Samara e sentou-se de novo nas tábuas.

— Espera! — Samara gritou. — Se você está aqui, Abutre está aqui também?

— Se ele estiver, eu vou acabar com ele. — Samuca gritou de volta. — Agora, se segura!

Enquanto o barco avançava, Samara segurava na lateral, mas seus olhos, de dentro da nuvem de cabelo vermelho esvoaçante, estavam concentrados em Samuca. Samara os focou menos nas cabeças de cobra brotando das costas das mãos dele e mais no garoto que as controlava. Na vida dela, as coisas mais incríveis que já tinha visto eram restos de outro tempo: mágicos painéis pretos que silenciosamente produziam eletricidade a partir do sol, uma escada rolante num prédio quase destruído que subitamente veio à vida e se moveu três metros quando o pai dela ligou um velho gerador de emergência, filmes e fotos que mostravam os tempos antigos em que todas essas coisas e outras centenas mais eram tão normais para crianças quanto uma fogueira e uma busca por recursos eram normais para ela. Ela havia passado a vida toda acreditando em coisas que jamais veria, sonhando com elas, desejando vê-las. Mas, apesar do fato de que acreditava em coisas tão doidas quanto escadas rolantes, *smartphones*, cartões de crédito e escolas, ela jamais tinha acreditado em Samuca dos Milagres.

Sim, ela tinha imaginado os próprios braços com escamas e juntas extras. Ela tinha se perguntado como seria ter uma mente diferente em cada mão. À noite, fechava os olhos e estendia as mãos, vagando de memória pelo acampamento do pai, mas fingindo que as mãos dela conseguiam ver no escuro e a estavam guiando. Tinha lido mais quadrinhos de Samuca dos Milagres do que de qualquer outro herói e havia decidido que não tinha nenhum desejo de ser Samuca ou qualquer pessoa como ele.

Não, ela preferiria ser a garota, Glória: guiando o herói, motivando o herói, salvando o herói. Ela sempre estava com ele, sempre no coração da aventura, a única que parecia entender a complexidade dos planos do Abutre e a depravação de seus agentes e lacaios do mal. Glória fazia tudo isso e caminhava pelo tempo empunhando uma lâmina de cristal de areia afiada o suficiente para cortar a própria realidade.

Contudo, se essa garota era mesmo Glória, ela não parecia reconhecer o quanto a sua situação era incrível. A garota de cabelo escuro estava apenas tentando dormir no barco. Será que poderia estar assim tão entediada com quem ela era? Com quem Samuca era? Como ela poderia dormir depois de uma perseguição como aquela? Depois de Samuca tê-la salvado daquele jeito? Se Samara estivesse na história, no lugar de Glória, ela estaria alerta, comandando, em pé, ao lado de Samuca, com a arma na mão para que o artista pudesse desenhá-la junto a ele na mesma cena.

Ela o teria beijado. Talvez. Ou pelo menos segurado a mão dele. Bem… talvez não. As cobras de verdade eram um pouco mais agoniantes do que as dos desenhos. O olhar dela pulou para os olhos amarelos acima dos dedos da mão esquerda de Samuca e abaixo dos dois chifres escamosos.

Pati. Nos quadrinhos, os pensamentos da cobra flutuavam no espaço acima da cabeça de Samuca, escritos em itálico.

Matar.

Samara se perguntou se era isso que a cobra estava dizendo para ele fazer agora. Samuca estava pensando em matá-la? As mãos dele estavam pedindo permissão como ela as tinha visto pedir quando ele enfrentava capangas em telhados e pontes cartunescos, quando ele encarava monstros em porões, masmorras e becos?

Pela primeira vez, Samara desviou o olhar. As mãos de Samuca podiam ainda não gostar dela, mas isso não importava. Ela daria um jeito de conquistá-las. No que deveria ter sido um longo e cansativo dia de buscas por suprimentos, ela conheceu um garoto impossível. Um milagre. E, não importava o que acontecesse, ele não ia escapar. Glória era outra história... a menos que ela se tornasse mais interessante. E rápido.

Samara cuidadosamente colocou a mão no colete fofinho e procurou o denso bloco de fios enrolados, fita adesiva e pilhas recarregáveis que eram, para o pai dela, ainda mais valiosas do que a barba espetada ou a espingarda favorita. Ela girou um interruptor rudimentar na lateral e sabia que lá longe, no bolso do seu pai, uma luzinha vermelha logo estaria piscando.

Outra hora passou, barulhenta demais para conversa, enquanto Samuca pilotava o barco por enseadas, canais e cadeias de ilhas que ele estava apenas começando a relembrar. Ele ficaria mais feliz se Glória não tivesse se encolhido na sua jaqueta folgada e tentado dormir, porque ele nunca sabia quando poderia subitamente se esquecer de alguma coisa, qualquer coisa. Ele era perfeitamente capaz de apagar e imaginar, ou se lembrar de ter estado, em algum lugar e tempo completamente diferentes. Não acontecia com frequência; os incidentes normalmente só ocorriam quando ele estava entediado ou fazendo algo monótono... como estar em pé num barquinho por uma hora, ouvindo o gemido constante do motor. Mas esses incidentes aconteceram. E, quando aconteciam, ele tentava ao máximo evitar que os outros percebessem. Abutre os tinha encontrado através de um desses devaneios. Eles estavam numa ruína destruída por causa de um desses devaneios. Ele ficaria feliz se nunca mais tivesse um.

Guiando o barco, era mais provável que ele se lembrasse errado de uma ilha do que repentinamente pensar que estava numa plataforma de trem no Arizona dois séculos atrás, mas ele não queria cometer erro nenhum. Não queria justificar a decisão de Glória de deixá-lo para trás e ir explorar com Pedro. E não queria parecer um mané na frente da... convidada.

Samara seguiu o exemplo de Glória e se deitou para dormir, encolhida no chão do barco, e Samuca ficou sozinho, olhando a água se dobrar ao vento e falcões do mar mergulharem procurando peixes. Ele pensou em acordar as garotas quando viu os dorsos distantes do que provavelmente era um grupo de orcas, mas não as acordou. Ele se concentrou em encontrar o caminho de casa e sua memória não o traiu.

A ilha não era inteira de vegetação verde. Laranjas, vermelhos e amarelos mostravam suas cores nos reflexos da água enquanto Samuca guiava o barco até a boca do pequeno cais da ilha e soltava o acelerador. Quando o motor se calou, ele ouviu risadas e gritos, e sentiu o cheiro de fumaça de fogueira e o aroma muito familiar de peixe grelhado.

O lugar tinha o formato de uma lua crescente, se as duas pontas dela se esticassem até quase se tocarem, deixando o centro vazio. Samuca e o barco seguiram devagar pela entrada rasa e boiaram até o cais central que tinha três docas, dois estaleiros, um toboágua, uma cascata, um tanque de combustível com uma bomba, um trampolim rasgado, mas que ainda flutuava, e água preta perfeitamente lisa.

Acima do cais, imitando a curvatura da ilha, uma casa de vidro, cromo, couro branco e mármore cinza de quase 3 mil metros quadrados completava o lugar. Numa ponta, a mansão tinha a própria estação elétrica que ninguém sabia operar. Na outra ponta, tinha uma piscina interna que não era mais aquecida nem adequada para nadar, por já ter criado uma cobertura grossa de algas e depois secado. Agora, parecia que um grande carpete verde cobria o fundo.

Entre a estação elétrica e a piscina morta, treze garotos e duas garotas tinham criado um lar ou, pelo menos, tinham reivindicado vários quartos e cantos, cozinhado no fogo, mas comido com talheres de prata e dormido em lençóis de seda.

Samuca e Glória aportaram o barco e levaram Samara para uma larga escadaria de pedra entre paredes baixas cobertas de musgo e mato, até a entrada quase toda de vidro da mansão quase toda de vidro. Samuca abriu a porta larga e pesada e chegou para o lado, deixando as garotas entrarem primeiro. Quando as seguiu, a porta fechou sozinha lentamente atrás dele.

O chão era de mármore. Os sofás eram de couro, e tapetes felpudos de lã afofavam o chão diante deles. Uma lareira de concreto lustroso do tamanho de uma garagem pequena abrigava um fogo crepitante e seis ou sete peixes grandes fritavam acima dele, espalhados sobre uma grelha improvisada que parecia ter sido parte de uma grade de metal um dia.

A cozinha era ampla e toda de aço, uma mistura de laboratório de ficção científica e um acampamento de escoteiros.

Os balcões brancos polidos pareciam estéreis o bastante para cirurgias, mas uma grande lata de lixo de plástico estava pendurada ao lado da pia com uma torneirinha improvisada de água enroscada no fundo. Espinhas e caudas de peixe estavam empilhadas numa grossa tábua de corte ao lado de uma faca melecada com sangue e escamas. Lenha pequena estava empilhada organizadamente entre o balcão e o armário.

Glória cruzou a cozinha e ficou diante da parede de janelas que davam para a água prateada e uma dúzia de ilhas vizinhas.

Samuca ficou ao lado dela diante da janela, esfregando o ombro esquerdo e fazendo cara de dor. Ele estava dolorido do coice do rifle.

— Cadê Mila? — Glória perguntou.

Samuca deu de ombros. Como ele saberia? Mila provavelmente estava descascando batatas lá fora, procurando temperos ou lavando roupas. Sua irmã era diferente do restante deles, sempre inquieta sem algum tipo de trabalho. E graças a Deus por isso ou os Garotos Perdidos não teriam comido na maioria dos dias.

— Eu vou procurar por ela — Glória disse. — Você fica com a prisioneira?

— Ela não é uma prisioneira — Samuca respondeu.

— Ah, verdade — Glória retorquiu, saindo por um largo corredor. — Ela é uma grande fã sua. Esqueci.

Samuca sorriu por cima do ombro para Glória.

— Assim como você era.

Glória sumiu pelo corredor.

— Isso foi antes de eu realmente te conhecer, Samuca dos Milagres! Não sou mais!

Samuca se virou de volta para a janela e Samara chegou pelo seu lado esquerdo.

— Ela é a Glória de verdade? — ela perguntou.

Samuca olhou para ela surpreso.

— Eu sabia — Samara disse. — Ela está no filme também. E nos quadrinhos.

— Sério? — Samuca perguntou. — Bom, não diga isso para ela. Ela não gosta de se sentir famosa.

Ele estava esperando uma risada, ou pelo menos um sorriso, mas Samara continuou perfeitamente séria.

— Você não deveria confiar nela — Samara prosseguiu.

— Espero que não confie.

Samuca ficou tenso.

— É melhor você tomar cuidado com o que fala. Glória é uma das poucas pessoas neste mundo em quem eu confio. Sem ela, eu seria um monte de ossos no deserto.

Samara se virou e olhou para Samuca. Ele se recusava a dar a ela sequer um olhar. Depois de um longo momento, ela se inclinou para mais perto, mirando palavras sussurradas no ouvido dele.

— É ela quem te mata no filme e no último quadrinho — ela disse. — Ela te ama e fica muito triste com isso, mas faz isso para salvar o mundo de você. Para ela poder ter mais controle do futuro.

Contra a vontade, o queixo de Samuca caiu, mas de sua boca aberta não saíram palavras. Ele a fechou de novo e concentrou-se na água.

Samara chegou mais perto ainda e Pati enrijeceu no braço esquerdo de Samuca.

— Só toma cuidado — ela disse, tocando o cotovelo dele.

O braço de Samuca pulou, empurrando a garota para longe dele e fazendo-a tropeçar para trás.

— Acho que você tá mentindo. — Samuca encarou a garota, percebendo o medo passar pelos olhos dela e como ele rapidamente sumiu e foi substituído por decepção. — Acho que você tá tentando mexer com minha cabeça. Acredite, eu tenho muita experiência com isso. Eu sei como é. E, mesmo que você esteja falando a verdade, filmes são inventados. E quadrinhos? Bom, é óbvio. A história que eu vivo é a única história que realmente importa, tá me ouvindo? Não o que outras pessoas falam sobre mim. Nem mesmo pessoas que pensam que me conhecem. Qualquer um pode me chamar de vilão. Eu não ligo. Já que eles estão errados. E qualquer um que chame Glória de vilã é um idiota ou um mentiroso.

Um sino de vaca começou a fazer barulho e ecoar pela casa. Vozes altas e pés barulhentos responderam, ficando mais e mais altos até que onze garotos chegaram à sala de estar. Garotos estavam batalhando com raquetes de pingue-pongue e garotos estavam apostando corrida montados nas costas de outros. Um foi arrastado sobre o chão de mármore sobre um cobertor felpudo e macio antes de ser jogado para a frente, girando por todo o caminho até a cozinha.

Samuca riu, finalmente se virando da janela a tempo de ver a irmã, Emília dos Milagres, entrar na cozinha batendo no sino de vaca com uma colher de pau. O longo cabelo loiro dela estava numa trança longa sobre as costas e ela usava um avental sobre um dos vários vestidos que acumulara nas explorações de casas de ilhas vizinhas. Este era um de flanela vermelha e preta com cintura alta e mangas curtas. Mimi o vestia com botas de vaqueira que vieram do mesmo enorme armário que o par que ela dera para Samuca.

Os olhos de Mila perceberam Samara e fitaram Samuca com curiosidade antes de ela mudar de curso e se aproximar deles com um sorriso.

— Esta é Samara Franco — Samuca falou. — Samara, esta é minha irmã, Emília dos Milagres.

— Por favor, é Mila! Muito prazer em te conhecer — Mila disse, esticando a mão. — Bem-vinda à Terra do Nunca. Espero que você goste de peixe.

— Peixe é bom — Samara respondeu. — Me chama de Samuca.

— Sério? Acho que vou evitar. — Mila sorriu, guiando a garota para a sala, agora transbordando de garotos.

Samuca não viu Glória em lugar algum. Havia vezes em que ela odiava uma multidão despreocupada mais do que qualquer coisa. Se isso significasse que ela comeria as sobras frias, que seja. Samuca seguiu a irmã até os bagunceiros Irmãos do Rancho, juntos, mas ainda não silenciosos o bastante para escutarem as instruções de Mila para o jantar.

Pelas janelas, ele não viu três barcos passando por um canal a alguns quilômetros de distância. Ele não viu os barcos traçando setas lentas na água enquanto marcavam um sinal invisível.

Cortando o ar escuro e água mais escura, ignorando os respingos frios, em pé na proa do barco com duas espingardas nas costas e cinco pontas grossas e vermelhas na barba que pingava água salgada, um homem enorme segurava em sua mão enorme uma caixinha enrolada em fita adesiva com uma antena. A caixinha estalava baixo na mão dele e uma luz vermelha piscava.

Seu nome era Leviatã Franco, e algum idiota tinha pegado a sua filha.

CINCO

Sonhadores

A Terra do Nunca não era uma democracia. Era uma monarquia, e era governada por Emília dos Milagres, rainha e cozinheira. Ela tinha um conjunto claro de regras, que havia crescido consideravelmente e certamente cresceria mais. Judá as tinha escrito com uma grossa canetinha preta no lado branco de um rolo de papel de presente natalino. Ele tinha feito isso de brincadeira, mas Mila lhe agradeceu com seriedade, lhe deu um bolinho de aveia — recém-assado, com manteiga e mel — e fixou a lista na parede da cozinha com o rolo de papel ainda pendurado. Quando mais regras fossem necessárias, seriam adicionadas. Por enquanto, elas eram assim:

Leis de Mila na Terra do Nunca e Doravante

Infratores serão severamente punidos

Proibido brigas com facas

Proibido jogos com facas

Proibido disparar armas (exceto no campo de tiro e com permissão de Pedro) ← Ou de Samuca

Proibido apostas

Proibido sair de barco sozinho

Proibido fumar na casa (também é proibido fumar fora de casa)

Proibido roubar comida

Proibido roer unhas na cozinha

Proibido cuspir em casa

Proibido animais mortos em casa (a menos que sejam o jantar)

Sempre tome banho antes de ser necessário (com sabão)

Sempre escute a Mila

Faça rapidamente o que Mila pedir e sem reclamar

Proibido quebrar janelas

Infratores *eram* severamente punidos, mesmo que o crime específico ainda não tivesse sido banido e escrito no pergaminho de papel de presente. Primeiro, o infrator perdia a boa vontade de Mila. Dependendo da gravidade da ofensa, ela não sorria mais para ele, não dizia mais o nome dele, não dava mais comida para ele, e ela já tinha até confiscado cobertores e forçado garotos a dormirem do lado de fora, na chuva. Quando o infrator conseguia realizar penitências suficientes (e frequentemente inespecíficas), ele era recebido de volta sob a asa de Mila com um aviso austero, um sorriso, o som do próprio nome sendo pronunciado docemente e itens recém-assados, quando disponíveis.

Todos os Garotos Perdidos amavam e temiam Emília dos Milagres. Coisa que agradava a Samuca, já que a irmã dele os mantinha ocupados com tarefas e serviços que os fariam ter ataques de reclamação se viessem de qualquer outra pessoa. Os garotos sempre estavam catando ovos das galinhas que tinham trazido para a ilha, ordenhando as duas cabras e uma vaca da Terra do Nunca, cuidando das colmeias que Mila tinha montado, fazendo velas, batendo manteiga, limpando peixe, podando arbustos, derrubando árvores mortas, serrando, cortando e empilhando lenha, ladrilhando um jardim novo ou cuidando de jardins antigos.

Mila dos Milagres era uma garota que nem sabia como ser dependente de mercados. Para ela, o futuro ao qual eles foram levados era simples e transbordante de oportunidades. Ela era uma garota que tinha vivido sem eletricidade por anos, que tinha sobrevivido a invernos na Virgínia Ocidental com cascas de melancia em conserva e sopa de ossos com couro de sapato. Ela sabia exatamente a distância da morte quando as refeições acabavam, especialmente no inverno, e ela empurrava esse perigo para cada vez mais longe da Terra do Nunca, com cada prateleira que ela preenchia com jarros de geleia, carne seca e peixe defumado. Ela era durona. Era firme. E estava feliz. Isso significava que ela frequentemente cantava enquanto trabalhava e cada garoto ao alcance de sua voz ficava em silêncio quando isso acontecia. Sob o governo de Mila, os garotos trabalhavam mais duro do que jamais trabalharam no RACSAD. E eles até gostavam.

Enquanto os garotos passavam os dias trabalhando, Samuca, Pedro e Glória cultivavam esperanças, caçavam, exploravam, procuravam, supunham e, até agora, falhavam em encontrar quaisquer dicas sobre onde poderia estar uma entrada de um dos jardins do tempo, ou onde El Abutre pudesse estar se escondendo... embora *se esconder* não parecesse descrever o que ele estava fazendo. O arquiforagido viajante do tempo, com seus seis relógios de bolso que haviam restado, feitos de ouro e de pérolas, podia não ter se mostrado, mas Samuca sabia que estava preso com Glória, Mila e os Garotos Perdidos no fluxo temporal que Abutre tinha escolhido para ele. Mesmo que ele não estivesse exatamente onde Abutre o queria, ele estava mais ou menos *quando* Abutre queria. Isso fazia Samuca se sentir impotente. E o fato de que Pedro não havia sido capaz de encontrar o caminho para qualquer futuro sem uma Seattle desolada e destruída fazia Samuca se sentir ainda pior.

Nenhuma parte de Samuca se arrependia de ter salvado Mila, mas Mila se arrependia de ter sido salva e Samuca sabia disso, ainda que ela jamais expressasse para Samuca nada além de gratidão. Mais de uma vez, ele viu a irmã chorar olhando para a cidade arruinada e ele sabia que ela estava desejando que Samuca tivesse escolhido salvar o mundo em vez dela. E ele sabia por que ela nunca queria sair da casa e ser testemunha da destruição.

Na cozinha, Samuca viu a irmã apresentar Samara para cada um dos Garotos Perdidos, um por vez. Dedé do Endro era o mais forte dos garotos e era visível. Com o físico de um cão de guarda, e com a mesma personalidade, ele tinha a pele escura e a cabeça raspada, e braços que pareciam ficar mais grossos a cada dia. Ele não tinha boa parte do mindinho esquerdo, porque o havia cortado fora por causa de um desafio há muito tempo, mas, apesar da sua dureza desproporcional às vezes, ele tinha um sorriso brilhante que durava horas sempre que Mila lhe pedia para fazer algo porque era difícil demais para os outros. Ele usava um cinto cheio de facas, e suas mãos sempre estavam descansando nos cabos.

— Qual gangue é a sua? — Dedé perguntou. — Canibais? Piratas? Saqueadores?

— Silêncio, Dedé — Mila ordenou. — Olhe os modos.

Dedé assentiu, mas, descansando sua mão esquerda de quatro dedos e meio no cabo de osso de uma faca, ele fitou Samara de cima a baixo. A lealdade dele era evidente.

Mila arrastou Samara até quatro garotos num grupinho, todos os quais *estavam* claramente impressionados com a ruiva. Thiaguinho e Jão Z, gêmeos e também ruivos, eram pequenos e calados, mas sempre estavam prontos para brigar e eram os mais prováveis de serem banidos por Mila por fazerem jogos com facas. Eles dois piscaram e ficaram vermelhos quando viram a estranha garota nova com a mesma aparência deles.

— Oi — Thiaguinho disse, com a cabeça baixa, esfregando o próprio cabelo vermelho.

Jão ficou olhando os próprios pés e não falou nada.

Mateus de Deus e Seu Tomás estavam brigando por causa de um jogo de madeira, porém agora estavam sorrindo, lado a lado. Mateus de Deus tinha um rosto redondo de biscoito, com cabelo loiro sobre a cabeça parecendo uma porção de manteiga. Seu Tomás tinha um rosto tão delineado quanto um avião de papel, e o cotovelo que ele bateu contra as costelas de Mateus de Deus era ainda mais pontiagudo.

— Senhorita — Seu Tomás falou, tirando o cotovelo das costelas de Mateus e se inclinando com um sorriso. — Bem-vinda. Se você precisar de qualquer coisa...

— Idiota — Mateus grunhiu. Ele empurrou o jogo para longe de Tomás e concentrou-se em Samara, elevando suas bochechas com um sorriso exagerado. — Eles te vendaram no caminho ou você conseguiria revelar nossa ilha para o saqueador à sua escolha?

— Ah, parem — Mila riu, guiando Samara para os próximos quatro garotos. — Ignore-o. Eles só estão protegendo Samuca. Este é Bartolomeu. Bartô consegue consertar absolutamente qualquer coisa.

Bartô, alto, com cabelo castanho precisando de um corte e com óculos remendados, assentiu brevemente. Ele puxou um tufo de fios e um alicate do bolso, e então entregou os fios para Samara. Do outro lado da sala, Samuca pôde ver a surpresa dela quando ela percebeu que o tufo era, na verdade, a silhueta de um cavalo galopando. Ela tentou devolver, mas Bartô negou com a cabeça, demonstrando despreocupação.

— O que tem no seu bolso? — ele perguntou, apontando para o colete dela. — É pesado. Eles te deixaram ficar com uma arma?

— Não! — Samara respondeu, corando. — Eu preciso de uma?

Mila rapidamente ficou entre eles, redirecionando a atenção de Samara para um garoto largo da altura dele que era o sorriso em pessoa.

— Este é Felipe — Mila disse —, mas o chamamos de Lipe.

— Lipe Beicinho — Lipe acrescentou. Ele apontou para o lábio inferior. — Porque eu mordo meu beiço sempre que minha boca não está fazendo nada. Então, eu falo bastante quando não tenho chiclete. Deixa meu maxilar ocupado. E eu sou o campeão de luta livre da ilha.

— Só na categoria de peso dele. Que é acima da minha. — Um garoto magro com pernas longas e olhos brilhantes e vivos deu um passo à frente.

— Este é Judá — Mila apresentou —, nosso historiador, contador de histórias e desenhista de quadrinhos. — Judá tinha cabelo castanho cacheado e um caderno e lápis nas mãos, ambas cheias de pequenas cicatrizes feias. Ele prestou uma continência com o lápis enquanto Mila tentava continuar.

— Espera — Samara disse, puxando de volta para Judá. — Você desenha quadrinhos?

Judá assentiu.

— Sobre o quê?

— Coisas — Judá respondeu. — Coisas que eu sonho. Coisas que Samuca sonha.

— Coisas reais? — Samara perguntou.

— Às vezes. Acho que todas elas podem ser reais. Em algum lugar. Em tempos diferentes. Memórias-fantasma de outras vidas.

— Certo, chega disso — Mila pediu. Samuca conseguia ouvir a tensão na voz da irmã e a sala ficou em silêncio. Ela não dava atenção a sonhos e sussurros de seus muitos outros fins. E Samuca não a culpava. Ela nunca lhe contara tudo o que ela lembrava, mas ela havia visto o cemitério cheio até a metade com lápides levando o seu próprio nome. Mila estava vivendo a única versão da vida dela que já tinha funcionado. Claro, Samuca também estava.

Mila apontou para o último par de garotos magros e olhos vivos: Simão, com grosso cabelo preto amassado de um lado e bagunçado atrás, um estilo somente possível com um colchão, e Tiago, com um moicano pequeno, um velho corte no nariz e dois olhos pretos impressionantes.

— Simão Zeloso e Tiago Lopez são nossos melhores caçadores, mas eu não vou ficar feliz até eles me trazerem porcos *vivos*, não mortos. E até construírem um chiqueiro. — Ambos usavam camisas e calças com vários bolsos. Nenhum deles sorriu quando Samara os cumprimentou. Eles a estavam estudando como se estivessem analisando uma armadilha.

Tiago apertou os olhos roxos.

— Tem quantos homens na sua gangue?

— Mais do que na sua — Samara respondeu. — Vocês são todos garotos.

Simão bufou.

— Você acha que não conseguimos matar homens?

Tiago deu um passo à frente, mas Mila ergueu ambas as mãos e afogou o potencial conflito com instruções para o jantar. Depois de dar graças à moda antiga por mais uma refeição noturna, ela liberou o grupo. Sopa de batata estava pendurada sobre uma fogueira no pátio. Peixe estava quente e pronto na grelha da lareira. Manteiga, vinagre e feijão com sal marinho estavam num escorredor na pia. E ela tinha escondido maçãs cozidas com canela para a sobremesa. Os garotos comemoraram, pegando pratos e tigelas, mas Samuca ficou esperando Glória aparecer. Ele também não estava a fim de ficar com a galera.

Glória apareceu no corredor. Ela estava com o rosto pálido.

— Tá com fome? — Samuca perguntou.

Glória negou.

— Tô me sentindo doente. Pensando sobre Pedro.

— Ele sabe onde estamos — Samuca falou.

— Não se ele estiver morto — Glória respondeu.

— Não se quem estiver morto? — Mila chegou perto de Samuca, entregando-lhe um prato de feijão. — Pedro? — ela sussurrou. — Você disse que ele estava explorando sozinho. Por que ele estaria morto?

— Ele não estaria. Não está — Samuca falou.

Glória fechou os olhos e soltou um suspiro.

— Vou deitar. — Lentamente, ela se virou. — Sonhe hoje à noite, Samuca. Que seja um bom. Encontre algo. Qualquer coisa.

Mila e Samuca a viram andar pelo corredor e subir as escadas.

— Isso não é bom — Mila disse.

— Ela vai ficar bem assim que Pedro voltar — Samuca respondeu. — Ela só está chateada porque ele a deixou para trás com os manés.

Samuca sentiu os olhos de Mila pousar sobre ele e ele conhecia o seu julgamento sem ela dizer palavra alguma. E ele tinha quase certeza de que ela saberia que ele estava mentindo — não, *amenizando* — a versão de Glória sobre o que havia acontecido. Mas que bem faria contar para todo mundo que Pedro fora visto pela última vez flutuando pelo ar em direção a dois demônios de sombras cerca de vinte anos atrás?

— Sabe o que eu acho? — Mila disse. — Acho que meu irmão está com ciúmes do que Glória e Pedro têm. Eu acho que é você que fica chateado quando eles te deixam para trás para testar o tempo.

89

Samuca finalmente encarou os olhos da irmã. Ela estava sorrindo.

— Eles te contaram que fazem isso? Com que frequência eles vão?

Mila se afastou.

— Coma — ela pediu, apontando para o prato que colocara nas mãos dele.

Samuca olhou para o prato e de volta para a irmã.

— É só vagem velha.

— De nada — Mila riu, virando-se. — Entra na fila e pega sua própria comida.

A cama de Samuca era uma rede pendurada entre uma estante funda cheia de discos de vinil velhos empoeirados e uma janela no canto do que um dia já fora o ninho de alguém. Ele escolheu esse lugar por causa da vista para o oeste sobre a água e ficava relaxado balançando-se até dormir enquanto via o pôr da lua. Glória queria que Pedro tivesse feito amuletos navajos para proteger os sonhos de Samuca dos observadores voadores de Abutre. Pedro se recusou. Mas ele escolheu uma pedra pesada e redonda da praia e falou para Samuca segurá-la nas mãos ou deixar em cima da barriga enquanto ele dormia. Ele disse que o espírito pode ser ancorado e impedido de se afastar para longe demais do corpo, embora nem sempre.

Hoje, a âncora de Samuca estava na estante de livros. O pé dele estava na parede ao lado da janela, e sua cabeça estava elevada com um travesseiro, olhando para a Lua.

Pinta e a mão direita passeavam livremente pela rede, mas Pati e a mão esquerda estavam coladas às costelas dele.

Samuca dividia o quarto com Judá e Dedé e, enquanto ele balançava lentamente, escutava Judá escrevendo no diário e Dedé respirando e sonhando como se estivesse numa luta.

Samuca se virou na rede até conseguir ver Judá escrevendo na luz fraca da lamparina.

— Lê aí para mim — Samuca pediu.

Judá olhou para ele. Depois de uns instantes, negou com a cabeça.

— Por favor. Por que não? — Samuca insistiu.

Judá olhou para o diário sobre o colo e então voltou o olhar para Samuca.

— Tem certeza? Eu não quero que você fique chateado. A verdade pode ser dura.

— Estou acostumado com dureza. Ou você não sabe disso?

Judá não respondeu. Em vez disso, voltou uma página no diário, fungou, limpou a garganta e começou a ler, baixinho e rápido.

— "Diário de Judá número 37, quinto registro de novembro depois da destruição, 2034 (aproximadamente). Ainda na Terra do Nunca. Pedro está sumido. Samuca e Glória voltaram de uma busca por suprimentos sem ele, mas trouxeram de volta uma garota de uma das gangues de sobreviventes. Não sei por quê. Os garotos estão todos apreensivos, mas fingindo que Pedro vai ficar bem. Samuca e Glória não estão compartilhando o que aconteceu. A garota leu quadrinhos de Samuca dos Milagres que eu possa ter escrito, ou que eu possa um dia escrever... em um fluxo da história ou outro. Ela disse que eles são velhos. Eu gostaria de vê-los, mas acho que não devo. Se vou desenhar quadrinhos um dia, baseado no que Samuca e Glória ainda vão fazer, eles deveriam ser baseados na realidade, não num eco de alguma outra versão que pode ou não ser real em outro tempo. Mila está tentando avidamente substituir o sol com o humor dela neste clima frio. Mas seu coração está sempre pesado e sempre vai estar. Milhões de pessoas sofreram e morreram em milhões de momentos. E tudo porque Samuca escolheu salvá-la. E, apesar de todas as vezes que Samuca resolveu fazer tudo que ele podia para consertar as coisas, ele não pode derrotar um vilão que não consegue encontrar. Ele teve a chance em São Francisco. Não há garantia alguma de que vai ter outra algum dia. Agora, Abutre é o único que poderia escolher quando enfrentar Samuca. Tudo o que ele precisa fazer é aparecer e Samuca vai correr até ele com as duas armas, as últimas dez balas e uma besta feita à mão. Aí, tudo isso poderia acabar, de um jeito ou de outro e, se Samuca falhar e mais um milhão de pessoas morrer, pelo menos Samuca vai estar morto de vez também, e ele provavelmente não vai se sentir tão mal por isso tudo quanto ele se sente agora. Claro, acho que Abutre jamais vai viver abertamente de novo, incerto de quando Samuca poderia atacar. Talvez ele esteja esperando Samuca morrer. Talvez esteja tentando prender Samuca num tempo morto. Talvez ele esteja simplesmente esperando que Samuca pare de se esconder e apareça."

— Mas eu apareci — Samuca murmurou. — Eu estive por todo lado. Não estou me escondendo. — Ele parou de balançar a rede. Abutre e as sentinelas flutuantes ainda atormentavam a sua mente.

Matar. Pati fez formigar o pensamento pelo braço esquerdo acima como uma coceira. O chocalho dela tremeu e os dedos de Samuca se abriram.

Sim. A concordância de Pinta coçava menos no braço direito, mas era igualmente firme.

— Foi isso que escrevi até agora — Judá falou. — Sinto muito.

— Não sinta. Eu vou matar Abutre. Vou sim. Sei que vou.

Judá limpou a garganta.

— Você não sabe de nada, Samuca. Não mais.

— Mas você acha que eu conseguiria atraí-lo para fora do esconderijo?

— Talvez. E talvez ele só esteja esperando pelo momento que ele quer. Mas tentar atraí-lo para fora pode ser perigoso. Você está pronto para perder pessoas desta vez? Nós poderíamos todos morrer. Sabemos disso. Mila pode morrer. Ela sabe disso. Você sabe?

Samuca não respondeu. Virando-se para o outro lado na rede, olhou para a janela e bocejou. Puxando Pinta de debaixo do travesseiro, ele enfiou a mão direita no bolso, segurando o frio relógio de ouro que pegara de Abutre.

Dedé, dormindo, arfou e respirou lentamente. O lápis de Judá começou a rabiscar no papel de novo.

Samuca fechou os olhos e sentiu o relógio. Ele se concentrou em imaginar o rosto de Abutre, sua barba pontuda, olhos fundos e correntes de ouro flutuantes. Escutou rodas de trem gritando e sentiu o calor do deserto do Arizona sobre a pele.

— Vamos — Samuca sussurrou. — Sei que consigo te encontrar.

A alma de Samuca escapou para longe da ilha. Sua mente voou.

Samuca sonhou, mas no começo o sonho consistia em nada mais do que Glória mostrando a ele todos os corpos de Padre Tiempo virando cinzas ao lado do trem descarrilado no Arizona e dizendo-lhe que cada um dos Pedros estava morto e que ela ia explorar a morte com ele, agora que Samuca não podia ir junto, porque ele só os atrasaria, e a morte ia mexer com suas memórias e deixá-lo mais burro do que já era. Samuca discutia e discutia, mas as palavras saíam silenciosas da sua boca. Glória e Pedro estavam deixando ele para trás. Eles sumiram, nada mais do que nuvens de cinzas levadas pelo vento. Ele estava sozinho no deserto, com Pati e Pinta se remexendo irritadamente em seus braços. Ele não tinha armas, mas Pinta estava segurando algo liso, frio e vivo, algo forte, puxando-o como a agulha de uma bússola é puxada para o norte.

Samuca se virou sem sair do lugar, seguindo o puxão, com pedras do deserto macias sob seus pés. Um céu cheio de escuridão estava engolindo o horizonte, rolando na direção de Samuca como uma onda enorme na direção de um grão de areia. O relógio o puxou na direção disso. Samuca travou os joelhos e se inclinou para trás, mas as botas do sonho não se prendiam ao chão. Cactos saguaro balançavam ao redor dele num vento que parecia sugar. Pó girava em direção à escuridão que cercava suas pernas.

Pinta estava retesada, esticando o braço direito de Samuca como um pedaço de lenha. O relógio de corrente quebrado zumbia no ar, apontando entre os dedos de Samuca para o coração da tempestade. Pati dobrou o braço esquerdo, apertando contra o ombro de Samuca, com medo, pronta para atacar, fazendo tremer o chocalho no ombro dele.

— Ele está aqui? — Samuca perguntou às mãos. Seguiu a direção da corrente do relógio como uma arma apontada. — Isso vai me levar até ele?

Yee naaldlooshii, Pati sibilou. E, em seu sonho, Samuca ouviu as palavras em voz alta. Ele fitou a cobra chifruda com os olhos amarelos que ficava nas costas da sua mão.

— Eu não sei o que isso significa — Samuca falou.

Yee, Pati sibilou, apertando-se mais*, naaldlooshii.*

Um lobo passou trotando por Samuca, mal tocando o chão, sumindo rapidamente na tempestade. Ele foi seguido pela forma retorcida e apodrecida de um veado com um chifre só. Depois, um puma sem a mandíbula. Olhando para cima, Samuca viu corujas depenadas, corvos enormes e águias desgrenhadas flutuando para a escuridão crescente.

Um coiote branco de patas longas mancou até parar diante de Samuca, mas somente as costas dele tinham pelo. Com os olhos se revirando, ele se empinou sobre as patas de trás, revelando sua outra metade, uma garota enrolada em trapos, o rosto dela brotando do queixo e garganta do coiote, as canelas sarnentas dela nuas abaixo dos joelhos, mas peludas e magras como as de um coiote na panturrilha. A garota olhou para os braços de Samuca e então virou os verdes olhos ácidos para os dele. Quando ela falou, suas palavras não eram nada além de coisas sem sentido para os ouvidos de Samuca.

— No meu idioma — Samuca pediu.

— Troca-peles são chamados — ela disse e suas palavras eram ásperas e coalhadas. — Todos os que escapam do reino de sonhos e morte. Tzitzimime chama os *yee naaldlooshii* para viver de novo.

— Eu estou morto? Você está? — Samuca perguntou.

— Nós estamos. Mas não estaremos. A escuridão se abrirá e os vivos fugirão.

A garota voltou a ficar sobre as quatro patas. Os olhos do animal focaram-se nas cobras e ignoraram Samuca. A língua dele ficou pendurada de lado na mandíbula e sobre a pele careca que Samuca sabia agora que era a bochecha da garota. Virando-se, o coiote foi mancando até uma matilha que se movia rápido, quase flutuando.

Samuca deu um passo à frente, mas Pati o puxou para trás. Pinta hesitou.

Não! Pati girou o braço dele para cima, cruzando o olhar de Samuca com seus próprios olhos amarelos e penetrantes.

Pinta se ergueu atrás dela, com os olhos cinza-granito dele. Sua voz era baixa, quase flutuando no ar. *Matadores. Transmorfos.*

Samuca hesitou, olhando para as duas cobras acima dos seus dedos.

— Eu sei que só consigo ouvir vocês porque isto é um sonho — ele falou.

Muito cruéis, Pati sibilou. *Matadores dos seus. Bebedores de maldições.*

— Vindo de você, isso é significativo. Mas vamos continuar. Com certeza eles são terríveis, mas temos que encontrar Abutre.

Pinta se submeteu, enrolando-se para a frente.

Arrastando Pati, Samuca começou a correr. Um passo. Dois. Três, e o chão se dissolveu. Ele não estava mais no deserto. O ar estava frio e o chão era líquido. A tempestade o sugou para a frente, cada vez mais profundamente na escuridão, entre um bisão oco e um alce bufante e sem cara. E então toda a visão sumiu e até o chocalho de Pati ficou em silêncio.

Samuca estava no ar frio completamente sem luz, com os pés sobre pedras pavimentadas. Ele não podia ver nada, mas conseguia ouvir água respingando constantemente, talvez uma fonte, juntamente com o tilintar lento de uma corrente pesada. Ele já tinha ouvido esse som antes, em São Francisco. No centro do jardim, uma corrente de ouro presa a um relógio de ouro estava flutuando sobre um relógio de sol.

Ele encontrou. Samuca estava num jardim do tempo, mesmo que só em um sonho. E o relógio ainda estava puxando, na sua mão direita.

— O que você tá vendo? Me mostra — Samuca pediu.

Duas formas nadaram na mente de Samuca. Uma grande e encurvada, como se estivesse sentada; uma menor e em pé. Samuca reconheceu as duas.

Abutre e sua serva zeladora, Sra. Devil.

Abutre estava empoleirado atrás de uma mesa de pedra com seu longo casaco negro sobre o encosto da cadeira. Ele tinha ambas as armas sacadas e sobre a mesa, e levava uma revista em quadrinhos em seus dedos longos. A Sra. Devil, usando uma camisa branca e rendada, ensacada firmemente numa longa saia preta, estava ao lado dele, estudando as páginas enquanto Abutre as virava.

— Quem é o responsável por isso? — ele perguntou.

— Claramente alguém que desejaria que o garoto fosse conhecido apenas como um herói — a Sra. Devil respondeu.

— Como ele é conhecido não me importa — Abutre disse. — Contanto que ele esteja morto e que essa morte seja um estado mais permanente do que já foi no passado.

— Abutre parou numa ilustração grande dele, de página inteira, numa grande praça da cidade, cercado por torres e prédios de pedra com terraços que, olhando mais de perto, pareciam ser as paredes e níveis intricadamente entalhados de uma ampla caverna. A praça estava cheia de homens e mulheres com características animalescas macabras, e Abutre da revista estava recuando pelo meio da multidão, atirando com suas armas por cima do ombro e errando por pouco um Samuca dos Milagres trepidante, que revidava o fogo.

El Abutre não virou a página. Ele não tinha desejo algum de olhar para uma representação da sua própria morte, mesmo que fosse cartunesca e fictícia. Especialmente uma representação fictícia que parecia ser realística demais.

— Devil — Abutre rosnou. — Me disseram que nenhuma alma viva viu esse submundo e sobreviveu. — Ele colocou a mão aberta sobre a página. Seus lábios se curvaram num furor gélido. — Ninguém deveria saber sobre os troca-peles. Sempre sou traído. Sempre! — Ele fechou os dedos como garras, amassando a revista no punho e arremessando-a longe.

— Talvez não seja uma traição — a Sra. Devil respondeu. — Pode ter sido escrita no futuro, depois que esta cidade ficou conhecida e os troca-peles entraram nos mundos de novo. Padre Tiempo pode ter transportado a revista de volta simplesmente para te fazer duvidar e temer. E, se isso apresenta uma oportunidade para repensar sua estratégia, pode ser melhor assim. Um exército monstruoso não pode ser controlado depois de solto. Se você estivesse disposto a tentar novamente a abordagem paciente que usamos em São Francisco...

Abutre abaixou a cabeça, respirando com força. A Sra. Devil continuou rapidamente.

— ...mudando e modificando tudo ao seu desejo até um futuro rico e poderoso estar maduro e esperando por sua entrada...

— Devil — Abutre falou calmamente.

— ...não haveria necessidade alguma para tamanha destruição ou tal exército vil. Você está ajuntando os amaldiçoados e condenados, William. Homens-fera e transmorfos e curandeiros que se apoderaram de seus poderes obscuros matando quem tinha o sangue deles. Eles são incapazes de lealdade a qualquer coisa além dos próprios desejos.

Abutre levantou a cabeça.

— Já terminou?

A Sra. Devil fungou e cruzou os braços.

— Você vai me ouvir?

— Ouvir? — Abutre riu. — Mulher, por quanto tempo eu segui o seu curso? Cansei de estratagemas, de manobras sutis e de paciência. Não vou mais tentar cirurgias cuidadosas no futuro com um bisturi. Eu sou uma erupção! Eu sou a destruição! Você pode me ajudar com sua paciência quando chegar a hora de reparar o mundo estilhaçado sob meus pés. Mas não antes! Sua paciência fracassou comigo, Devil. Não se esqueça disso.

A Sra. Devil limpou a garganta. O pé dela começou a martelar o chão.

— Não aja precipitadamente enquanto o Padre Tiempo está vivo. Até mesmo o sacerdote garoto escapou do seu ataque violento...

— Tiempo! — Abutre cuspiu o nome. — Sempre o padre. As suas mães demônios do céu agora me prometeram o coração dele antes do de Samuel dos Milagres. Fique tranquila. Não agirei até o padre estar morto e dos Milagres estar preso no tempo e não poder escapar de novo. Cansei de persegui-lo pelos séculos. Se suas mães não conseguirem fazer isso, então encontraremos outros mais poderosos que consigam.

A Sra. Devil descruzou os braços, juntando as mãos na frente da saia.

— Poder é irrelevante. Minhas mães não têm destreza. Fui eu quem prendeu o tempo ao seu coração. Eu encantei aqueles relógios e correntes com talento. A força das Tzitzimime é a força de um jato venenoso. Sua frustração te transformou num tolo, William.

Abutre se virou, encarando os olhos firmes da única humana que ele permitia que o desrespeitasse e, ainda assim, raramente.

— A dama está com ciúmes — ele disse, sorrindo. — Você está ressentida com meus novos aliados?

— Eu acho que, quando elas te derem um mundo para governar, ele pode não ser nada mais do que uma fumegante pilha de ossos. Elas são assim.

Abutre suspirou.

— Um planeta de cemitérios atenderia meus desejos. Eu te disse que não sou mais um cirurgião. Sou uma tempestade. E, quando eu tiver me apoderado de um tempo para mim, as Tzitzimime podem abrir uma porta para outro.

Quando o padre e o garoto tiverem sido mortos, ainda haverá cidades não destruídas para eu governar.

A corrente de ouro quebrada sussurrou enquanto escorregava para fora do colete do Abutre e apontou para o pátio vazio.

Abutre olhou para ela e fixou o olhar no vazio para onde ela estava apontando. A Sra. Devil fez a mesma coisa.

— Como? — Abutre falou. Ele se levantou com um pulo, pegando as armas sobre a mesa de pedra. — Ele pode mesmo estar aqui?

— Não — a Sra. Devil respondeu calmamente. — Mas ele é um sonhador. Pode estar nos observando agora.

Abutre se sentou de novo.

— Me coloque para dormir. Rápido! E convoque suas mães.

— Elas sentiram o gosto do sacerdote e agora estão caçando o início dele — a Sra. Devil disse. — Você não será capaz de rastrear o espírito do garoto sem elas.

— Me apague! — Abutre gritou, batendo as armas na mesa. — Agora! Antes que ele acorde e desapareça!

Abutre sentiu o frio das mãos da Sra. Devil ser derramado sobre as têmporas e ouviu a primeira das palavras sussurradas por ela antes de o corpo dele cair para a frente. Mas sua mente sequer piscou. Enquanto o corpo caía, a projeção em sonho procurava pelo tolo invasor do seu jardim.

— Dos Milagres — ele falou alto. — Meu jovem e antigo amigo, você está tão ansioso para finalmente morrer que já está treinando como é ser um fantasma?

SEIS

Areia Fantasma

DE UMA SÓ VEZ, a escuridão de Samuca se tornou luz de fogueira. Tochas acenderam com vida ao redor de um pátio pavimentado com pedras e cercado por pequenos prédios escavados em paredes de caverna. Tochas cercavam a fonte no centro, iluminando uma corrente e um relógio de ouro que flutuava acima da água sussurrante. Abutre viu Samuca primeiro e falou. Lentamente o foragido se levantou, ele era até mais alto no sonho. Ele estudou Samuca, alisando a barba pontuda, quase sorrindo.

— Bem-vindo ao meu sonho — ele disse. — Por que você veio? Para se render? Para buscar paz?

— Isso é mais do que um sonho — Samuca respondeu.
— Eu te encontrei. E você nunca mais vai destruir outra cidade ou tirar outra vida.

Os olhos de Abutre brilharam.

— Sua mente pode ter me encontrado, mas seu corpo conseguirá seguir? Você veio com força suficiente para me ferir? Para sequer chegar até mim?

— Me enfrente agora, eu te desafio — Samuca falou. — Eu te digo onde estou, o ano, dia e minuto. Está com medo?

— Medo? — Abutre riu. — Você está acabado. Seu padre em breve virará cinzas. Você finalmente ficará aprisionado num tempo e sem escapatória. Seu coração ficará pronto para a colheita e todos os que você ama vão morrer. — Abutre deu um passo à frente, passando como um fantasma pelo braço da cadeira.

Os ombros de Samuca começaram a chocalhar. Pati não tinha uma arma, mas ela ainda ficou no ar, pronta para atacar.

Matar. A palavra flutuou audivelmente no ar.

Abutre piscou, surpreso.

— As serpentes falam?

— Por que não falariam? — Samuca perguntou.

— Você sempre consegue ouvi-las? Ou isso é meu sonho?

— Sempre.

Yee, Pinta sibilou.

Naaldlooshii, Pati respondeu.

Abutre congelou.

— Quem contou isso? O padre? O irmão dele?

As tochas no pátio diminuíram e duas formas sombrias entraram na caverna como uma nuvem.

Samuca pulou, procurando uma saída, mas Pinta e o relógio o puxaram de volta. As sombras começaram a se condensar em formas rodopiantes menores, mais densas e mais definidas. Samuca forçou a mão direita a abrir e jogou o relógio dourado e a corrente quebrada no chão.

Abutre acordou, sentado, com o rosto para baixo na mesa de pedra. Lentamente, ele se endireitou. A Sra. Devil estava ao seu lado, com as mãos macias entrelaçadas. Ela sorriu apreensivamente quando cruzou o olhar com os olhos irados de El Abutre.

— Suas mães — ele disse num tom furioso. — As Tzitzimime. Elas juraram para mim que era impossível. Um sonhador jamais poderia entrar neste lugar. Elas juraram que os *yee naaldlooshii* seriam convocados em segredo. E, ainda assim, dos Milagres esteve aqui e falou sobre os troca-peles.

— William — a Sra. Devil respondeu —, isso não importa mais. O garoto não consegue fugir de você agora. Ele não tem como se esconder. Ele não pode se mover pelo tempo. Vai apodrecer onde está. Minhas mães seguiram o padre até a infância, até o exato dia em que foi ungido como um peregrino do tempo.

Abutre fechou os olhos e inspirou por narinas amplamente infladas.

— E? — ele indagou.

A Sra. Devil riu.

— E elas são as Tzitzimime astecas. Nenhum encanto ou proteção navajo poderia resistir a elas. Ele está praticamente morto. Elas vão partir o pequeno coração dele e empunharão a unção como sendo delas.

— Samuca. — O sussurro de Glória no ouvido dele o trouxe à consciência. — Acorda.

Samuca piscou até a Lua entrar em foco e então apertou os olhos diante do rosto de Glória. Ela tinha tirado o cobertor e já estava tentando desprender o elástico de Pati e da mão esquerda dele. O rosto de Samuca estava encharcado de suor, e Pinta estava enroscada sobre seu peito.

Judá e Dedé estavam sentados em seus sacos de dormir.

— Ele gritou e arremessou o relógio — Dedé falou. — Algum tipo de pesadelo.

— Glória? O que foi? — Judá perguntou.

Samuca lambeu os lábios salgados e soltou o ar, tentando se acalmar. O coração estava acelerado e imagens do sonho estavam muito vivas na mente.

— As coisas, as sombras voadoras — Samuca falou. — Elas conseguem nos encontrar.

— Me conta depois. — Glória se virou para Judá e Dedé. — Estamos sob ataque. Há homens na ilha. Eles devem ter desligado os motores e remado até aqui em silêncio. Rifles, pistolas, o esquema todo. Vão! Acordem os outros.

Judá e Dedé freneticamente saíram dos seus sacos de dormir e se levantaram, descalços. Judá estava usando só uma calça de moletom velha e seu peito tinha cicatrizes que faziam parecer uma zebra, todas sombreadas pela luz da lua. Dedé estava de ceroulas longas, dos tornozelos até os pulsos, mas já levava uma longa faca na mão de quatro dedos.

— Quantos? — Dedé perguntou.

— Três barcos. Talvez dezoito — Glória respondeu.

Dedé e Judá saíram do quarto e Samuca escutou os pés descalços deles correndo sobre o chão de mármore enquanto sua mão esquerda se soltava. Samuca pulou para o chão e dor disparou por seus pés dormentes. Ele estava usando uma regata branca e tinha dormido de calça, mas estava desabotoada. Abotoando rapidamente, pegou o relógio do chão, prendeu o clipe de papel entortado na ponta da corrente quebrada e o encaixou no passante do cinto, onde era seu lugar. Depois, pegou a besta e a aljava debaixo da rede.

— Abutre está aqui? — Samuca perguntou. — Ele nos encontrou? Eu o vi. Eu falei para ele me enfrentar.

— Não é Abutre. — A testa de Glória estava úmida; seus olhos estavam arregalados de medo. — Ele nem importa agora, Samuca. Temos um problema maior.

Ela o puxou para a porta, mas Samuca puxou de volta.

— Ele não importa? É claro que importa!

Glória balançou a cabeça. Ela respirou por entre lábios apertados, tentando se manter calma.

— Agora, Samuca! Anda! — ela sibilou e saiu pelo longo corredor cinza de concreto e mármore.

Samuca não caminhou. Ele correu. Conhecia Glória bem o bastante para saber que o que a assustasse o assustaria ainda mais. Ele correu pelo corredor descalço, ignorando os sussurros e avisos dos seus irmãos enquanto passava pelas portas para quartos, banheiros, um escritório e uma sala de televisão. Segurando o corrimão de aço nas escadas, ele subiu os degraus de dois em dois atrás de Glória, com o coração martelando.

Um tiro ecoou pela casa e foi imediatamente seguido por vidro estilhaçando.

Samuca queria se virar. Ele queria defender seus irmãos, sua irmã e sua casa. Mas, perto do topo da escada, sentiu areia deslizar e se esfregar sob seus pés. Ela ficou mais espessa no topo e, quando ele deslizou pelas portas brancas duplas até o andar de cima, que era a suíte e a academia, iluminado pela lua e por lamparinas, a areia estava ficando ainda mais espessa.

Glória Sampaio fechou e trancou as portas e ficou caminhando pelo quarto, parando diante de um fluxo de areia ao lado da larga cama branca que ela tinha escolhido para si. Areia escorria dos lados em várias cascatas fluindo continuamente.

Do outro lado da cama estava um garoto que Samuca nunca tinha visto. Um garoto que era difícil de ver agora, não porque ele parecesse ser feito de luz evanescente, mas porque os olhos de Samuca (ou a mente dele) simplesmente não conseguiam compreendê-lo. O garoto ficava mais visível quando Samuca estava olhando para Glória, para a cama ou para a areia... ou para a forma que estava deitada sobre a cama. A forma...

Disparos e vozes raivosas faziam tremer o chão abaixo dos pés dele, mas Samuca correu para a frente.

Pedro Aguiar, seu melhor amigo, o garoto que mais protegera Samuca no rancho no Arizona, o garoto que cresceria para se tornar o padre viajante do tempo que morreu e morreu e morreu por Samuca, o líder dos Irmãos do Rancho e dos Garotos Perdidos, Pedro Atsa Aguiar

Tiempo, estava esticado no meio de uma poça rodopiante de areia ensanguentada. Seu rosto estava cinza. Sua pele estava seca.

— Pedro! — Samuca passou por Glória, examinando o corpo do amigo, procurando ferimentos. — O que aconteceu? Como ele chegou aqui? — Ele não viu ferimento algum, mas o sangue e a areia estavam só aumentando. — Onde ele tá machucado? — Samuca olhou para o garoto do outro lado da cama, imediatamente incapaz de vê-lo. Olhando de volta para Pedro, ele segurou o ombro firme do amigo e frio fluiu para as suas mãos.

— Ele está morrendo — o garoto evanescente falou. — Morreu num tempo anterior, mas não ainda neste momento. O futuro dele e o futuro dele no passado estão escorrendo... pelos seus futuros. Vocês estão olhando para o topo da árvore enquanto ela cai, mas o machado foi levado para o tronco. E, quando essa árvore cair, toda a floresta cai.

— O que você fez com ele? — Samuca perguntou. Ele pulou ao redor da cama, tentando focar a visão no garoto. Conforme se aproximava, o garoto sumia completamente. — Quem é você?

Glória estava se inclinando sobre Pedro, procurando ferimentos no corpo dele. A figura embaçada apareceu em pé ao lado dela.

Samuca deixou Pinta sacar a besta. Pati segurou a coronha, controlando a mira de Samuca, seguindo a forma elusiva do garoto.

— Fique parado e me diga o que você fez com Pedro — Samuca ordenou. — É melhor você conseguir consertar ele.

— Não sou eu quem conserta — o garoto falou simplesmente.

— Ele não levou um tiro — Glória disse. — Pelo menos, não que eu consiga ver.

O garoto ao lado de Glória subitamente ficou sólido, mais sólido do que uma estátua de pedra preta polida. Glória, Pedro, o quarto, a besta, Pati, a mão de Samuca e Samuca inteiro, todos pareciam não ser nada mais do que fumaça e teias de aranha. Pinta puxou o gatilho da besta repetidamente, tentando atirar na forma maciça do garoto, mas a corda da arma era vapor e os virotes não tinham peso. Se o garoto era feito de luz fantasmagórica antes, agora ele era feito de toda luz, cada raio, rajada e feixe, cada faísca e cada chama, cada gota de luz das estrelas, da lua e do sol que já caíram sobre águas escuras à noite e queimaram a areia do deserto de manhã. Tudo isso estava reunido na pequena forma dele e lá ficou. Ele não estava vivo.

Ele *era* a vida.

Glória gritou, mas sua voz não era mais alta do que vapor passageiro. O ruído da violência no andar de baixo evaporou. Samuca sentiu as pernas começando a desintegrar e caiu no chão com o corpo sendo amassado na presença da enormidade do garoto. E então, tão rapidamente quanto o mundo tinha ficado louco, ficou são de novo. O peso de Samuca voltou e ele cambaleou de lado sobre pernas sólidas, como alguém num elevador que para de descer rápido demais.

Pedro ainda estava na cama, mas a areia ao seu redor tinha desacelerado. Fitas finas de areia chiavam lentamente, caindo da cama. Glória tinha caído de joelho, mas se levantou. Ela e Samuca olharam para o garoto.

E era isso que ele era. Um garoto. Tinha cabelo preto cortado muito rente e pele dois tons mais escuros do que um trabalhador de estrada queimado de sol. Ele estava usando uma calça jeans cinza que teria servido num avô estacionando um trailer num parque, chinelos amarelo--brilhantes e uma camisa polo bege e branca, e ele estava segurando um boné sujo de redinha branco e azul-bebê que trazia escrito "Iate Clube Spokane" na frente.

— Quem é você? — Glória perguntou. O garoto se moveu suavemente para o pé da cama de Pedro. Glória e Samuca olharam um para o outro.

— Você fez isso com Pedro? — Samuca perguntou.

O garoto sorriu tristemente.

— De certa forma, sim. De certa forma, não. Eu não causei a morte dele. Mas sou eu quem carregará a alma dele embora. — Ele olhou para os olhos de Samuca, que se assustou. Era como olhar para os próprios olhos no espelho. O garoto já sabia tudo sobre ele, já o conhecia por dentro... e não tinha encontrado nada particularmente interessante.

— Ele vai viver? — Glória perguntou. — Ele tem que viver. Senão...

— Aí muitas coisas vão descarrilar — o garoto respondeu. — Muitas páginas e muitos tempos serão queimados. Vocês dois serão areia derramada sobre este chão, e todos crerão que vocês eram nada mais do que personagens imaginados e desenhados em livros fictícios. Pior ainda, Abutre não será detido antes do fim do mundo. Sejam gratos por Pedro ter vivido tantos momentos, por ele ter tanto futuro a perder. Leva muito tempo para um Padre Tiempo verdadeiramente morrer. A alma dele está e sempre estará em muitos tempos, e ela precisa deixar seu corpo em todos.

— Então acabou? — Samuca perguntou. — De uma vez por todas? Ele está ferido, vai morrer e a gente não pode fazer nada? — Ele segurou a mão de Pedro, desta vez deixando o frio subir por seu braço até Pati ficar brava e tremendo.

— O ferimento não é no corpo dele — o garoto respondeu. — O coração, a vida e o espírito que os unge foram tomados da criancinha que se tornou este garoto. O fio dele está cortado e agora caindo solto, assim como todos os outros fios que ele sustentava. Sim, ele está morrendo. Assim como os séculos dele. Samuel dos Milagres. Glória Sampaio. — Os dois olharam para o garoto, mas o olhar dele estava focado em Pedro, na cama, e seus olhos estavam molhados. Quando ele falou de novo, sua voz estava pesada e lenta, mas cheia de fúria, cada palavra como uma pedra grande o bastante para esmagar casas. — Pedro Atsa Aguiar não deve morrer. — Ele olhou para Samuca. Olhou para Glória. — Não agora. Não aqui. Não até o lugar escolhido e no momento escolhido. Lá, eu já recolhi a alma de um velho cheio de anos que se entregou para te salvar, Samuca, onde ele morreu cada vez mais jovem num anel ao redor do seu corpo caído. Agora, você foi escolhido para proteger o dia dessa morte. Se você falhar, Padre Tiempo morre antes de amadurecer. Você também. E toda a Terra vai servir para pouco mais do que fogo.

— Mas como impedimos isso? — Glória perguntou. — O que podemos fazer?

— E quem escolheu a gente? — Samuca acrescentou. — Pedro?

O garoto levantou o boné e o colocou, puxando a aba azul-bebê para baixo, ligeiramente torto.

— Vocês foram escolhidos por quem escolheu Pedro Aguiar para se tornar o Padre Tiempo. Quem escolheu

Samuca dos Milagres para ser o garoto que mataria o El Abutre numa rua da velha São Francisco. Quem escolheu Glorina Sampaio como a garota que estaria no Rancho para Adolescentes Carentes Santo Antônio do Deserto para guiar a memória dele pelo tempo quando todas as outras tentativas falharem. Quem enviou o Irmão Segador, Angel de la Muerte, para colher as suas almas no fim.

Samuca piscou, com a garganta apertada e subitamente seca.

— Quem é o Irmão Segador?

— Sou eu — o garoto disse, sorrindo. — Mas pode me chamar de Espectro.

— Espectro — Samuca falou e sua língua pareceu dormente. Angel de la Muerte, o Anjo da Morte? Momentos atrás, o garoto tinha uma existência praticamente irreal e Samuca não sentiu tanto medo quanto estava sentindo agora.

— Então, você é um ceifador... encarregado de matar todo mundo? — ele perguntou, mas sabia que estava errado no instante em que o fez.

— Não todos. Me foram designados certos povos, terras e tempos. E eu não mato a menos que seja diretamente ordenado a isso. Eu recolho. Eu ceifo. E não estou no comando. — Espectro riu. — Todos nós respondemos a alguém. Alguns de nós respondem a menos gente do que outros.

— A quantos você responde? E quantas pessoas você já recolheu? — Samuca perguntou.

— Eu respondo a três — Espectro respondeu. — E, quando eu tiver recolhido 144 mil almas setenta vezes, meu trabalho estará terminado, e eu retornarei do campo de meu mestre e irei para casa. Você é um dos meus. E Glória. E Pedro. E aquele que era chamado William Soares, mas que agora é El Abutre. O que tem usado poderes vis há tempos

113

para escapar da morte que você deveria levar a ele. E, como ele tem te eludido, Samuca, ele tem me eludido por tempo demais. Recolher todas essas mortes fora do tempo, tiradas por aquele homem que deveria ter sido condenado ao pó e ao fogo uma era atrás, me enoja. Ainda assim, ele me envia outros no lugar dele, cidades inteiras, e agora Pedro e todos os que morrerão sem um Tiempo.

— Então, não os recolha — Glória disse. — Quando Abutre tentar matar pessoas, é só deixar elas aqui.

— Não posso — o garoto respondeu. — Não sou o Homem da Ressurreição. Tais pessoas logo apodreceriam sobre os próprios pés. Eu estaria adicionando uma maldição ao crime.

O garoto juntou um punhado de ar acima da cabeça e então apertou com força entre os punhos antes de abrir os dedos.

Escuridão pulou de suas palmas, engolindo a cama, Pedro, Samuca e Glória num domo pesado. A luz dentro do domo ficou exatamente como era, mas o pequeno espaço agora era verdadeiramente separado, conectado ao pesado nada por todos os lados. Areia chiou escorrendo sobre o chão. O coração de Samuca estava mais alto, batendo audivelmente em seus ouvidos.

— Samuel — Espectro falou. — Glorina. Me escutem agora. Pedro já está comigo. Mas eu ainda não o levarei do mundo. Posso atrasar os suspiros de um dia para focar em uma dívida há muito atrasada. A dívida de Abutre. Sua tarefa é simples, embora talvez seja impossível. Encontrem Pedro em sua infância. Impeçam os demônios do deserto no céu, expulsem as Tzitzimime antes que elas possam pegar o coração, a vida e o presente ungido dele. Glória, eu te darei a lâmina de que você precisa para enfrentar tais inimigos. Quando isso acabar, vocês também devem encontrar e matar Abutre. Se fizerem isso rápido, antes que Pedro tenha voltado ao pó, eu devolverei a alma dele e Tiempo viverá para morrer de novo. Agora, deem um passo à frente.

Glória e Samuca se aproximaram juntos do garoto.

— Glória, você é uma andarilha do tempo. Você deve tomar a liderança e se mover rapidamente. Samuca, você não é capaz de salvar Pedro. Mas Glória é. E você é capaz de salvar Glória. Sem você, ela morrerá nas estradas escuras entre os tempos assim como você tão frequentemente morreu naquele deserto do Arizona sem ela. Dê sua vida a ela, entregue-a por ela e pode ser que você a receba de volta no fim… se Pedro se levantar dos mortos. Vocês entenderam?

— Não! — Glória falou. — Ele não entendeu! E nem eu. Eu não sou andarilha do tempo.

— Isso não é completamente verdade. Você tem a ampulheta — Espectro falou. — Você já a utilizou para fazer túneis de tempo mais lento ou mais rápido. Me dê a ampulheta.

Glória pegou a ampulheta da caixa de binóculo e a entregou.

Espectro a colocou na palma aberta e a estudou.

— Padre Tiempo deve ser um artista — ele disse. — Um dançarino do tempo e um peregrino. Mas Segador se move como um ladrão, com silêncio e violência, para dentro e fora do tempo como uma lâmina. Não há nenhuma porta ou barreira temporal que possa proibir minha entrada. — Espectro olhou para Glória. — A lâmina que te darei pode cortar paredes entre mundos. Ela pode cortar carne, osso

115

e até espírito. Você voluntariamente carregará a Sangue do Ceifador? Ela será uma maldição para você, mas será poderosa. Carregá-la irá te marcar.

— Se é disso que eu preciso para salvar Pedro, então sim — Glória respondeu.

— Espera — Samuca falou. — Por que você não mata essas Tzitziseilá e Abutre? Não é o seu trabalho?

— Eu não posso matar — Espectro respondeu. — Eu recolho. E, às vezes, como agora, dou assistência e equipamentos. As Tzitzimime não são mortais, mas estão juntando um exército que já foi. Como Glória está disposta, eu estou lhe dando uma lâmina afiada o bastante para cortar qualquer ser ou coisa que exista no tempo, porque ela parte o próprio tempo. Cortando-se a tela, corta-se a pintura. Você está pronta, Glória?

— Absolutamente não — ela respondeu. — Mas vamos lá!

Espectro assentiu e colocou a mão direita acima da ampulheta. Sua palma se abriu e sangue preto escorreu do ferimento, grosso e encorpado como mel. Quando ele tocou no interior do vidro, imediatamente começou a girar e rodopiar.

A garganta de Samuca estava seca demais para conseguir falar. Ele assistiu ao sangue escuro girar e encher a ampulheta, e então ele passou pelo meio dela, entrando de novo na outra palma do lado de baixo, mas deixando o interior do vidro manchado.

Espectro se endireitou e entregou a ampulheta de volta para Glória, perplexa. Vapor escapava dos dois lados e Glória fez uma cara de dor quando o vidro tocou sua pele, mas ela segurou com firmeza. Samuca tossiu e engoliu com dificuldade até conseguir falar.

— O que a gente faz agora? — Samuca perguntou, olhando para o corpo acinzentado de Pedro. — Por onde começamos?

O garoto chamado Espectro arrumou o boné na cabeça e falou:

— Glória, erga sua ampulheta.

Glória levantou o braço, apontando para o corredor.

— Você será desengonçada no início, mas a sutilidade virá. Pense o quanto no passado você gostaria de ver e abra uma janela com um corte.

Glória moveu o pulso num círculo, e uma pequena poça de areia girou e virou um buraco brilhante e vítreo no ar diante dela. Pelo buraco, Samuca e Glória estavam olhando para o quarto décadas antes, com o sol entrando pelas janelas sobre a água e uma jovem empregada com fones de ouvido brancos, cantando com todo o fôlego enquanto dançava e passava o aspirador de pó. Ela pulava, deslizava para o lado, até que olhou para Samuca e Glória.

Ela gritou. Glória relaxou a mão e a janela sumiu.

— Tente não matar as pessoas de susto — Espectro disse. — Não corte nenhum mortal em dois tempos a menos que você queira, que seja necessário e que ele mereça uma morte tão cruel assim. O poder que você agora empunha nessa ampulheta transformaria a maioria dos homens em vilões, e eu não tenho a intenção de que você se torne um novo Abutre. Com a ampulheta de Tiempo e meu sangue, e muita prática, você será capaz de sair do tempo e deixá-lo se mover sob você. Mas tais pulos para o futuro ou saltos para o passado são feitos por intuição e na escuridão total. A menos que grande habilidade seja desenvolvida, sempre haverá imprecisões. Para ver aonde você está indo, escolha uma direção, para a frente ou para trás, encapsule-se em tempo lento e deixe o mundo passar por você.

Espectro prosseguiu:

— Mas vocês estarão enraizados num ponto no espaço, e não afastados em segurança na escuridão entre tempos. Tomem cuidado para não se estilhaçarem numa colisão com uma cidade se erguendo ou serem empalados pelo crescimento vertiginoso de uma sequoia. Fiquem lentos no lugar errado, e todas as árvores vão crescer sob vocês mais rapidamente que flechas. E, é claro, numa luta, ou na pressa para se moverem pelo espaço, vocês podem fazer o oposto. Encapsule-se num tempo tão rápido, que até a luz fora de seu domo desacelerará diante de seus olhos. Nas grandes tragédias dos mortais, eu já recolhi centenas de almas num único segundo humano. Mas é necessária ainda mais cautela aqui. Com tal velocidade, até um suspiro pode destruir um crânio. Um toque acidental pode desintegrar um membro.

Espectro parou de falar, e Samuca e Glória olharam um para o outro e então olharam para a ampulheta na mão de Glória.

— Então... você pode vir com a gente? — Samuca perguntou.

— Vocês dois têm a permissão de me verem apenas duas vezes — Espectro respondeu. — Na terceira vez que nos encontrarmos face a face, estarei levando suas almas embora. Então, vocês poderão me ver sempre que quiserem.

— Perfeito — Samuca murmurou. — Vamos sair para passear depois que a gente morrer.

Com a ampulheta abaixada, Glória se inclinou sobre a cama, pegando a mão de Pedro.

— E quanto tempo temos?

— Uma noite e uma manhã — Espectro respondeu. — Agora, vão. Sigam Pedro até o início dele e impeçam seu assassinato. Na escuridão entre os tempos, sigam Abutre até o presente dele e lhe deem o golpe que vocês foram destinados a dar. O fim que ele merece.

Samuca olhou para o amigo, pálido e frio. O corpo de Pedro já parecia oco e se desfazendo, como um melão deixado no jardim por geadas demais. E, antes do almoço amanhã, Samuca se juntaria a ele se ele e Glória falhassem.

Espectro não sumiu com um clarão; a luz que deixou para trás foi lenta demais para isso. Ela caiu sobre o chão, cobriu as paredes e fluiu sobre o sangue, a areia e o corpo inerte de Pedro. As janelas do quarto se retorceram e ondularam, e o estômago de Samuca também.

Ainda segurando a mão de Pedro, Glória olhou para Samuca.

— O que você precisar, pegue agora. Temos que ir — ela disse.

Samuca olhou para ela. Para Pedro. E então para o ar onde Espectro estava.

— Eu deveria ter contado meu sonho para ele — Samuca falou. — Todas as pessoas-animais correndo para a tempestade. Elas devem ser o exército de que ele estava falando. Estão sendo convocadas pelas Tzitzi-doidas. Foi isso que a garota coiote falou, e aí o Espectro usou a mesma palavra. *Tzitzi...* — Ele olhou para Glória. — Abutre está numa caverna, Glória. Outro jardim do tempo, mas esse é subterrâneo. E minhas cobras falaram no meu sonho, também. Em voz alta.

— Samuca! — Glória gritou. Samuca piscou e calou a mente. Glória jogou o cabelo para trás e abaixou a voz, mas o tom ainda era feroz. — Só faz o que eu disser, Samuca. É para eu liderar. Foi o que ele disse. Pegue o que você precisa. Deixa que eu me preocupo com o resto. Só não deixa a gente morrer, tá bom?

Samuca se afastou, olhando para Glória e Pedro, e então ao redor do quarto, como se o Espectro ainda estivesse presente.

— Confia em mim — ela pediu. — Agora, vai! Pega mais virotes, pega comida. Calça um sapato. Qualquer coisa que você conseguir enfiar numa mochila e que não vá te atrasar. Vai!

Samuca assentiu e correu.

Glória se concentrou no corpo de Pedro e na cama de areia. Ela tinha conseguido partir a velocidade do tempo antes, mesmo sem a ampulheta melhorada do Espectro. Deveria ser mais fácil agora. Glória ergueu a ampulheta escurecida.

O vidro era liso em sua mão. Ou a mão estava lisa sobre o vidro. Suas mãos estavam frias e úmidas, como se ela estivesse nervosa. Ela ficou em pé com as costas retas, respirando como um corredor antes de uma corrida, com as mãos fechadas.

— Eu sei que isso é perigoso — ela disse para Pedro. — Sei que não faço ideia do que fazer, mas Espectro parecia achar que eu conseguiria descobrir e você não está aqui para me impedir, Pedro. Foi mal. — Ela tentou focar os pensamentos na cama, concentrada no que queria. Sua voz virou um sussurro enquanto a concentração aumentava. — Vamos descobrir o que o Ceifador fez com essa coisa.

O espírito de Pedro Tiempo, em sua força e altura maduras, estava em pé no quarto, observando Glória. Seus braços invisíveis estavam cruzados. Seu cabelo escuro estava amarrado com um tecido vermelho e ele vestia o hábito preto do sacerdócio. Mas não tinha peso. Ele não respirava. Não havia sangue correndo em suas veias, porque ele não tinha veias. A luz passava através dele tão facilmente quanto passava através do ar.

Espectro estava ao seu lado e a cabeça dele só chegava à altura do ombro de Pedro.

— Isso é tolice — Pedro falou. — Ela não está pronta.

— Claro que não está — Espectro respondeu. — Alguém já esteve pronto para tal tarefa ou tais inimigos?

— Ela vai capotar pelo tempo como uma criança num foguete.

— Sim, assim como você capotava.

— O que agora jamais farei. E o sonho de Samuca... Troca-peles estão se juntando às Tzitzimime para formarem o exército do Abutre? Eu não entendo. Ele não pode esperar conseguir controlá-los. Nenhum deles.

— As palavras de Samuca foram suficientemente claras — Espectro falou baixo.

— As mães da escuridão e os troca-peles do além-túmulo. — Pedro balançou a cabeça. — Abutre é fichinha, comparado a eles. Samuca precisará de um milagre.

— Ele tem um — Espectro complementou. — Em Glória. E ela tem a arma que eu dei e um garoto tolo demais para obedecer aos próprios medos ou aos dela. Eles são apenas duas pequenas faíscas, mas podem se tornar uma labareda.

O Pedro morto estava perfeitamente imóvel. E então, apesar da falta de corpo, Pedro tremeu.

Se Glória Sampaio iria correr contra o relógio, a primeira coisa que ela queria fazer era tentar desacelerar o relógio contra o qual estava correndo. Se ela conseguisse atrasar o tempo de Pedro até praticamente parar, ela atrasaria. Claro, ela poderia acabar só o matando mais rápido. Ou ela poderia acabar se matando. Poderia acabar arrancando Pedro do próprio tempo dele tão profundamente que ela nunca mais conseguiria encontrar os momentos dele de novo. Talvez isso fosse a sepultura dele. Se Pedro estivesse consciente, ela sabia que ele estaria pedindo para ela não fazer o que estava prestes a fazer.

Mas ele não estava consciente.

O vidro quente ficou pesado na mão chamuscada de Glória. Ela imaginou as batidas do coração de Pedro desacelerando, cada um dos seus fôlegos se arrastando por dias e ela ergueu a ampulheta, que ia ficando ainda mais pesada, e fez esforço para segurá-la acima da cabeça, apoiando com a outra mão.

Areia fria e preta escorreu pelo pescoço de Glória e então ela deixou a ampulheta cair.

A mudança do tempo atingiu o colchão ao redor de Pedro como uma parede caindo. O corpo dele balançou. A areia ao seu redor rodopiou como um redemoinho, engolindo cada som e raio de luz, puxando ainda mais areia do chão, misturando-a com o sangue de Pedro.

Uma grade de vidro escuro começou a derreter e a se embolar formando um pequeno domo ao redor da cama. Os sentidos de Glória estavam sumindo, mas ela balançou a ampulheta de novo, e vidro recém-formado engrossou e cresceu urgentemente. Camada após camada entrelaçada zuniu, se esticou e endureceu no domo até Pedro e a cama estarem escondidos atrás de uma parede irregular do que parecia uma pedra de cristal da meia-noite.

E então, quando Glória forçou os braços para cima para balançar a ampulheta de novo, o domo ficou translúcido e sumiu, e a ampulheta ficou sem peso em suas mãos. A luz voltou. A visão de Glória tornou-se mais aguçada. Ela estava respirando com força e seu nariz sangrava pelo fundo da garganta. Pedro e a cama tinham sumido, deixando apenas um grande buraco no carpete e uma cratera rasa no chão de mármore. Um fedor péssimo e quente feito cabelo queimado inundou o quarto. Somente a cabeceira da cama ficou e tombou lentamente para a frente, caindo na cratera diante dos pés de Glória.

Glória cambaleou para trás, com o coração tremendo por trás das costelas. Tonta, ela enfiou a ampulheta de volta na caixinha do binóculo e se apoiou nos joelhos. O que foi que aconteceu? Por que Pedro não estava dentro do vidro, morrendo mais devagar?

Quase vomitando, Glória tossiu sangue coagulado sobre a pedra branca e lisa onde a cama dela estivera havia pouco.

Ela sabia qual era o problema. Tinha desacelerado demais o tempo de Pedro. Ele estava lento, beleza, mas tão lento que Glória, a casa e tudo fora do vidro o deixaram para trás e se moveram para o futuro sem ele. E era esse o objetivo, certo?

123

Glória apertou a palma da mão contra a testa úmida e fechou os olhos. Pedro acabaria chegando ao momento em que ela estava. Certo? Mas quando? Ela tinha separado demais os fluxos do tempo.

— Imbecil! — Glória fez cara de dor, olhando para a cabeceira na cratera. Ainda funcionaria. Certo? Se ela conseguisse encontrar o momento correto, claro. Mas, agora, quebrar o domo de vidro e juntar os dois tempos de novo ia requerer matemática... *da pesada*. Ou algo igualmente ruim.

— Me desculpe pela cama, Pedro — ela falou em voz alta. — Espero que você não tenha caído.

Ela não tinha tempo para sentir frustração. Disso ela sabia. Endireitando-se, ela recuou em direção à porta. Samuca não ia gostar disso. Nem um pouco. Mas ela não precisava contar para ele. Exceto se, em mais ou menos 24 horas, eles estivessem vivos e Abutre não.

— Grande coisa o "confia em mim, Samuca" — Glória disse e se virou para descer as escadas.

Um homem enorme preenchia o corredor com seu volume.

Glória pulou de surpresa e se afastou. Havia se esquecido dos tiros e do vidro estilhaçando: a invasão da ilha.

— Quem é você? — ela perguntou. — O que você está fazendo aqui?

Os ombros do homem tocaram os dois lados do batente da porta quando ele entrou no quarto e ele tinha que abaixar a cabeça atarracada sob o vão. Sua barba vermelha tinha sido torcida e encerada em cinco pontas, e seus olhos estavam arregalados com interesse. Uma espingarda serrada toscamente com um grande recipiente para cápsulas pendia de sua enorme mão direita. Na mão esquerda, ele carregava três tacos de beisebol enrolados com fita adesiva para servirem como um porrete gigante.

— Garotinha. — Ele a cumprimentou com a cabeça, sorrindo. Sua voz era grossa e rasgada, e ele farejava o ar com narinas que eram como mangueiras de jardim enquanto caminhava em direção a Glória. — O que você estava queimando?

— Samuca! — Glória gritou. — Samuca!

O homem riu e passou a ponta do porrete em sua barba espetada.

— Está chamando o seu Samuca? — ele perguntou. — O garoto amaldiçoado com os braços de víbora? Ou minha Samuca? Minha princesa? Minha filha? — A voz dele virou um rosnado e seu lábio superior retraiu, revelando um dente canino grosso e dourado, parecendo uma presa. — A amável menina que vocês idiotas roubaram de Leviatã Franco?

O Pedro morto se virou para Espectro quando o grande homem barbudo arrastou Glória para fora do quarto.

— Irmão Ceifador, o jogo acabou antes mesmo de começar — Pedro falou. — Leve-me deste mundo agora. Morrer já é ruim o bastante; não quero vê-los sendo mortos também.

— Tenha fé — Espectro respondeu, sinistramente. — Alguém tem que ter.

SETE

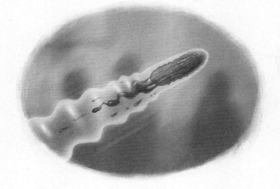

Opa

Quando Glória abriu os olhos, ela estava presa de lado, olhando para uma metade de pêssego a três centímetros do rosto. Ela sabia que o pêssego estava num jarro grande com muitos outros que Mila dos Milagres tinha selado junto com ele e, quando ela moveu os olhos, quase conseguia vê-los. Sua bochecha estava pressionada contra o jarro, assim como o lado esquerdo da sua boca aberta. A língua se movia sobre o vidro insípido.

Tossindo, Glória tentou piscar e ganhar alguma clareza na cabeça latejante, e então tentou se sentar.

Não foi fácil. Seus pulsos estavam amarrados juntos, nas costas, e no cinto que ela sempre usava com sua calça jeans favorita. Os nós estavam tão apertados que as mãos pareciam bolotas de massa, mas ela conseguiu chutar, se arrastar e se contorcer até as pernas estarem debaixo dela.

Empurrando o chão duro com o cotovelo, grunhindo e bufando de dor, ela lentamente conseguiu ficar com as costas retas, tremendo e suando com o esforço, e finalmente se viu sentada no chão da maior despensa de Mila.

— Glória. — A voz de Samuca estava tão seca quanto um dos chocalhos dele e Glória se virou para olhar atrás de si.

Somente as pontas das botas de Samuca estavam tocando o chão, mas não o bastante para sustentar seu peso. Ele estava sem o poncho e os braços haviam sido amarrados às prateleiras mais altas dos dois lados da ampla despensa, deixando-o pendurado num doloroso e indefeso Y. Sangue manchava o peito de sua regata branca, abaixo de um corte feio no queixo. Pati e Pinta estavam completamente esticadas e afastadas, e ambas completamente imóveis. As mãos de Samuca estavam roxas, e as cobras eram listras escuras e inertes de hematomas manchados e escamosos sobre os braços pálidos dele.

— Você estava certa — ele arfou. — Não deveríamos ter trazido a garota.

Glória se inclinou contra as prateleiras cheias, balançando-se e retorcendo-se para conseguir ajoelhar. Soprando fios de cabelo solto dos olhos, ela focou em Samuca.

— O que aconteceu? — ela perguntou. — Você tá bem? Quebrou alguma coisa?

Samuca piscou. Primeiro um olho, depois o outro. As pálpebras dele estavam grudentas, abrindo-se lentamente, como os pensamentos. O que *aconteceu*?

Disparos. Vidro quebrado. Um ruído afiado como agulha passando pela cabeça de Samuca, de um ouvido ao outro. Seus irmãos não tiveram chance alguma com arcos, tacos e facas.

128

Centenas de homens tinham entrado por janelas estilhaçadas. Ou dúzias de homens. Samuca reconheceu Touro e Cão. Ou Cão e Touro, e um homem enorme com uma barba que parecia uma coroa de cabeça para baixo. Os amigos dele estavam presos com os rostos para baixo e amarrados. Mila estava gritando. E aí Samuca foi nocauteado por um porrete de três tacos.

E então, apesar dos protestos de Samara, ele foi pendurado meio inconsciente na despensa. Quando Samuca voltou a si, Glória estava lá.

Depois de alguns segundos se debatendo, as pálpebras de Samuca lentamente se abriram.

— Então — Samuca falou roucamente — acho que é isso.

— O quê? — Glória perguntou, confusa.

— O que aconteceu — Samuca respondeu. — Você perguntou.

— Mas você não falou nada.

— Ah. Bom. Eu pensei. Samara chamou o pai dela. De algum jeito.

Glória andou de joelhos até ele.

— Quebrou alguma coisa?

Samuca assentiu.

— Janelas. — Seus olhos estavam se fechando de novo.

— Ei! — Glória sibilou. — Samuca! Fica acordado! Eu vou te tirar daqui.

A cabeça de Samuca pendeu para a frente, seu peso foi afundando seu corpo, com pernas moles, os braços e ombros se esticando ainda mais. E algo ruim estava acontecendo em seus pulmões. Sua respiração estava curta e fraca.

— Não. — Glória bateu contra uma estante, levantando-se. — Esses idiotas vão matá-lo. Ele vai sufocar pendurado desse jeito.

Virando-se no espaço apertado, cheio de geleias, compotas, picles, pêssegos e peras de Mimi, ela chutou a porta com força.

—Ei! — ela gritou. — Ele tá morrendo aqui. Morrendo!

Do lado de fora, ela ouviu apenas risadas. Pressionou a boca contra a porta e gritou de novo e de novo, até sua garganta rasgar e a testa latejar.

— Assassinos! Imbecis! Abram essa porta! Estão matando ele! Desçam ele dali! Ei! — Ela chutou a porta de novo e de novo. Chutou até as unhas do pé racharem e os ossos doerem. — Eu sei que estão me ouvindo!

A porta se abriu, revelando um homem barbudo com o peito que parecia um barril, vestindo um suéter justo. E Samara, com os braços cruzados.

— Ele tá sufocando! Tira ele dali! — Glória gritou.

Os olhos do ruivo foram até Samuca e rapidamente voltaram para Glória.

— Não! — A grande voz ecoou pela cozinha, fora de vista. — Eu sei quem ele é. Eu li as histórias com fotos. O garoto fica.

Samara, insensível, começou a dar as costas.

— Meu pai falou que ele fica.

— Se ele morrer, eu vou caçar vocês — Glória disse. — Vou caçar todos vocês. — Ela deu um passo à frente, pronta para morder e chutar, se precisasse, mas o homem largo a empurrou com força, jogando-a contra as prateleiras. Potes caíram. Vidro rachou, e pêssegos e calda impregnaram o chão. Glória escorregou, cambaleou e caiu. Sem conseguir se segurar, ela tombou de lado. Depois de um momento respirando para suportar a dor, ela rolou e ficou de bruços.

Cacos de vidro estavam espetando seu antebraço e a bochecha estava inundada de calda. O canto de sua boca começou a ficar doce.

— Tá tudo bem, Samuca. — Glória se virou sobre os pulsos amarrados, ignorando o vidro, ignorando a dor. — Eu vou te tirar daí.

Samuca não respondeu nada. Glória não conseguia nem ouvi-lo respirando. Mas isso acabaria em breve. Ela conseguiria. Apoiando os calcanhares numa prateleira, ela tirou o quadril do chão. Com as pernas firmes, ela se contorceu e aproximou seu traseiro das prateleiras. Então, ela esticou o pé esquerdo para a prateleira seguinte. E depois o direito. Lentamente, arfando, com a cabeça latejando e o corpo inteiro tremendo, Glória escalou parede acima usando as pernas, ficando quase de cabeça para baixo, até seu queixo estar encostando no peito e só o pescoço e ombros estarem apoiando todo o peso dela sobre o chão.

Cautelosa para não perder o equilíbrio, Glória começou a girar, a se remexer e balançar tanto quanto podia, concentrando-se inteiramente no quadril direito. Ela conseguia sentir a ampulheta se movendo na caixa do binóculo em seu cinto, mas precisava que a tampa abrisse. Era velha. Já tinha aberto sozinha várias vezes. E a ampulheta ali dentro tinha que saber que ela a queria. Tinha que saber. Espectro havia dito que seria parte dela. Que a ampulheta a marcaria.

Glória se remexeu. Apoiando o pé esquerdo como conseguia na prateleira, chutou a perna direita repetidamente no ar acima da própria cabeça.

E pronto. Estalo. A tampa abriu parcialmente. A ampulheta emergiu lentamente e de lado.

— Qual é! — Glória grunhiu. Ela chutou a parede para dar uma cambalhota para trás.

Seus pés bateram contra uma prateleira quando ela virou. Picles e pêssegos choveram sobre ela enquanto ela tentava cair de joelhos. Calda de pêssego pingava do seu rabo de cavalo quando ela se sentou, jogando-o para trás.

A ampulheta estava nadando com os picles ao lado do joelho direito, e o cheiro de vinagre e salmoura estava se misturando com o ar já doce.

Quando Glória conseguiu segurar a ampulheta na mão, atrás das costas, ela já estava deitada de lado de novo.

Os cheiros eram fortes demais, e ela estava tentando não pensar no conteúdo de todo aquele vidro. Tentou se concentrar somente no que estava tentando realizar e onde exatamente ela precisava dividir o tempo. Mesmo assim, não tinha certeza de quanto controle teria sobre o que realmente acontecesse quando as areias do tempo virassem vidro. Ela poderia acabar cortando fora as mãos de Samuca, junto com as cabeças das cobras. Ou poderia ser a cabeça de Samuca, junto com os braços.

Mas ela sabia que queria velocidade. Ela e Samuca iam existir numa taxa de velocidade tão incrível que nenhum dos capangas fora da porta seria capaz de vê-los, muito menos feri-los.

Talvez.

Se funcionasse.

E se sua lâmina do tempo cortasse as cordas de Samuca, mas não Samuca.

Areia preta começou a rodopiar e mover a bagunça no chão ao redor dela, puxando os cacos de vidro para dentro do redemoinho.

Exausta, aterrorizada e machucada, sem certeza do que estava fazendo, Glória riu e depois riu de novo de surpresa.

— Vamos ser pêssegos, Samuca. Os pêssegos mais rápidos de todos os tempos. Só preciso fazer um pote ao redor da gente.

Embora Glória só conseguisse girar o pulso, a areia parecia entender. Ela a sentiu correndo sobre si. O Padre Tiempo lhe havia dito que ele se erguia para fora do tempo e o deixava passar abaixo de si até ele encontrar o momento que escolhia para voltar. Mas quanta prática isso levara? Por enquanto, ela sabia que conseguia cortar. Conseguia bifurcar o rio do tempo e acelerá-lo ou desacelerá-lo antes de a bifurcação voltar a se unir com o fluxo principal. Mas, agora, não parecia uma bifurcação. Parecia mais que ela estava pegando parte do rio do tempo numa caixa térmica e fechando a tampa. Ela e Samuca ficariam como peixes presos lá dentro. Ela sentiu a areia se erguendo numa esfera ao seu redor, mas não tirou os olhos das mãos de Samuca com manchas roxas nem dos nós que as prendiam.

A temperatura aumentou quando a areia de Glória começou a virar vidro. Era diferente estar dentro de uma bolha, em vez de estar pilotando uma motocicleta por um túnel, especialmente quando ela precisava controlar as bordas perfeitamente. Calda e vinagre viraram vapor no chão. Potes ainda intactos nas prateleiras derreteram para fazer parte do pote maior que Glória estava fazendo, derramando o conteúdo enquanto eram erguidos, esticados e derretidos na massa maior.

Dos dois lados da despensa, o vidro virando uma teia se erguia pelas prateleiras, cortando madeira e aço tão facilmente quanto as frutas enlatadas. O cristalizante casulo do tempo se dobrou para dentro, passando literalmente de raspão pelas amarras de Samuca, perto o bastante para causar bolhas na pele dele.

E então o casulo fechou o domo logo abaixo do teto, absorvendo o vidro ao redor da única lamparina da despensa e apagando a chama.

O tempo dentro da bolha mudou mais rapidamente do que a escuridão.

Várias prateleiras caíram sobre Glória. Samuca dos Milagres tombou e caiu por cima.

Doeu.

Mas Glória não se importou. Enquanto ela tentava respirar, Samuca já estava roncando no topo do monte. Ele estava vivo. Ela estava viva. E eles estavam no próprio fluxo temporal. Ela tinha certeza disso, esperando que estivessem se movendo muito, muito mais rápido que o mundo de fora. Mas teria que esperar Samuca acordar para ser desamarrada e poder descobrir exatamente o que ela havia conseguido fazer.

Tábuas quebradas se moveram acima dela. Os dedos moles de Samuca e depois uma mão e um pulso serpentearam até o rosto dela e congelaram diante do seu queixo.

— Pati? — Glória perguntou. — Eu sei que é você. Não se atreva a ser malvada agora. Eu acabei de te soltar.

Na escuridão, Glória sentiu a mão de Samuca se virar, passando as escamas grossas e os chifres de Pati contra a bochecha e o pescoço dela. A cobra se apertou contra a pele de Glória e ficou parada. Pati queria calor e só isso. Glória tremeu, mas, é claro, poderia ter sido muito pior com Pati. A cobra era uma matadora e não importava quanto controle Samuca pudesse ter, nada jamais mudaria isso.

— Que bom que pude ajudar — Glória disse. — Não, não. Não precisa se preocupar em me desamarrar. Eu só queria descansar aqui debaixo dessa pilha de picles e pêssegos. — E, com isso, Glória se surpreendeu com um bocejo. Pelo tanto que ela estava machucada, ficar parada era bom. Tinha conseguido usar com sucesso o que Espectro lhe dera. Ela e Samuca poderiam morrer em breve. Eles poderiam falhar com Pedro e Abutre poderia vencer, mas, por ora, ela queria salvar Samuca, queria fazer algo e deu certo. Depois de meses de inutilidade e frustração, era uma sensação boa.

Tentando bloquear a sensação das escamas frias da cobra contra o seu pescoço, Glória fechou os olhos na escuridão, relaxando a mente e o corpo.

Samara Franco mexia uma tigela fria de sopa na cozinha mal iluminada, enquanto Touro e Cão e o restante dos homens vasculhavam a casa conquistada e a ilha, procurando qualquer coisa de valor. O pai dela estava reclinado num grande sofá de couro branco. Ela tinha abastecido a lareira e colocado óleo novo nas lamparinas, mas, com o sol baixo e sem eletricidade, a elegante casa moderna parecia mais um acampamento.

Os amigos e a irmã de Samuca estavam todos com os membros amarrados e colocados de bruços na sala. Os garotos que tentaram lutar estavam sangrando, alguns pior do que outros, mas, até onde ela conseguia ver, todos ainda estavam vivos. Por enquanto.

Samara tomou um golinho do caldo e olhou para a porta da despensa sob a luz da lamparina. Samuca e Glória. Eles foram os únicos que o pai dela havia separado dos outros. Eram os únicos que ele temia. E ela não o culpava. Sabia que eles eram reais e ainda era uma dificuldade acreditar que ela havia encontrado dois personagens a quem conhecia pelos quadrinhos desde pequena. E eles estavam trancados na despensa...

— Papai? — ela chamou.

Seu pai grunhiu lá da sala. Mas ele não sentou direito nem abriu os olhos.

— O que você vai fazer com todos eles?

— Eu sou Leviatã Franco e farei com meus prisioneiros o que eu quiser. — Ele bocejou enquanto falava, um pouco cansado demais para ficar impressionado com a própria presunção.

— Eu sei disso — Samara respondeu. — Mas o que você vai fazer?

— Ele vai fazer o que mandarem ele fazer — disse um garoto de cabelo cacheado que estava amarrado perto da fogueira. O garoto chamado Judá, das mãos com cicatrizes. Ele se virou e olhou para ela. — Seu pai alega não ter mestre. Mas ele está mentindo. Não é verdade, Levi?

O pai de Samara se endireitou no sofá, olhando por cima de um grupo de corpos para o garoto amarrado ao lado do fogo.

— Abutre dá as ordens pessoalmente? — Judá perguntou. — Ou ele faz você confiar em mensageiros? E como você entra em contato com ele?

— Tolo. — O pai dela passou a mão na ponta central da barba. — Acha que preciso de você vivo?

— Digamos, como um exemplo hipotético — Judá prosseguiu —, que você tenha conseguido capturar o lendário Samuca dos Milagres, que caminhou pelos séculos. Como você avisaria a Abutre? E o que ele te pagaria para valer a pena ter lidado com Samuca?

— Papai, do que ele tá falando? — Samara perguntou. — Abutre é real também? Todos os personagens dos quadrinhos são reais?

Dedé, o garoto largo sem um dedo, rolou sobre o ombro, perto dos pés de Samara.

— Ei, Bartô — ele grunhiu. — Quantos anos uma pilha dura?

Bartô levantou a testa do chão, com os óculos pendurados na ponta do nariz.

— Não muitos. Definitivamente não, digamos… 21.

— Ahh! Entendi! — Mateus de Deus, o garoto loiro de rosto redondo, riu alto. — Cara, que vergonha!

— Entendeu o quê? — Samara perguntou.

— É — Lipe falou. — Estou com você, Samara. Eu não entendi nada. Por que o Dedé está falando sobre pilhas? Por que estamos amarrados? Por que o seu pai é do mal? Isso deve ser estranho. Eu nunca conheci meu pai, mas não ia querer que ele fosse do mal.

Os irmãos ruivos se contorciam no chão, quase completamente em sincronia.

— Alguém fala logo! — Thiaguinho Z pediu. Jão Z grunhiu concordando.

— Levi aqui está procurando pilhas — Mateus de Deus respondeu. Seu T. virou o rosto delineado para Samara e sorriu. Ele limpou a garganta e falou com a sala. — A garota tem um comunicador a pilha para sinalizar ao paizinho dela. Foi assim que ele seguiu a gente até aqui, o que significa que ele provavelmente também tem pilhas. Mas nenhuma pilha jamais duraria as décadas que eles precisam que durasse, desde que esse lugar explodiu.

Todos os garotos riram, com o rosto para o chão ou revirando-se e rolando sobre as costas para encarar Samara.

— Ora, ora, Leviatã Franco — Judá falou. — Você trabalha para um arquiforagido porque ele te paga com pilhas que funcionam? Por favor, me diga que ele te dá mais do que isso. Vai contar para o seu rei das pilhas que você capturou Samuca dos Milagres?

Leviatã Franco se levantou.

— Garoto, que negócio é esse que você está falando? Você está tentando me provocar?

Judá apoiou o rosto sobre o chão e riu.

— Estou esperando te poupar de uma vergonha, só isso. Se você ainda não enviou sua mensagem, eu nem me preocuparia com isso. E, se você já mandou, bem, eu mandaria uma correção rapidinho, antes que sua filha descubra o quanto Abutre pode ser real quando está com raiva.

— Papai… — Samara deixou a tigela e caminhou ao redor da ilha da cozinha, passando a mão pelo mármore frio. Uma besta muito parecida com a que ela tinha visto Samuca carregando na cidade, mas com quatro cordas, estava sobre o balcão ao lado de um conjunto do que pareciam virotes recém-feitos.

— E por que esse Abutre ficaria com raiva de mim? — Leviatã perguntou. — O homem que apresentar o garoto dos Milagres a El Abutre pode escolher a própria

138

recompensa. Tal homem poderia deixar este século de destruição e viver em qualquer tempo com quaisquer riquezas que ele desejar. Eu poderia voltar à cidade que amo, quando ela ainda vivia.

— Sim, se você acreditar nas mentiras de Abutre — Judá respondeu. — Mas, ainda assim, você tem um problema.

Samara olhou para o pai, para o garoto no chão e para a porta da despensa.

— Tenho quase certeza de que Samuca foi embora — Judá falou. — Há algum tempo. Depois daquela barulheira na despensa. — Ele se virou, olhando para a despensa com o rosto no chão. — Areia sob a porta. Eu senti a temperatura subir. E, apesar de todo o cheiro de picles, dá para sentir o cheirinho de queimado.

O pai de Samara se virou rapidamente, caminhando a passos largos por cima de crianças amarradas no chão para a porta da despensa. Samara o seguiu. Quando ele abriu a porta, ela sentiu o cheiro de picles, mas não viu nada. Pegando uma lamparina do balcão, ela a segurou para o pai. Não havia muito o que ver. Prateleiras haviam sido partidas, mas as partes tiradas haviam sumido. Potes estavam quebrados, todo mundo ouviu, mas não havia bagunça alguma e nenhum sinal deles além do aroma. Havia até uma rasa cratera no chão onde a bagunça deveria estar. Acima, as cordas que amarravam os pulsos de Samuca estavam penduradas, as pontas cortadas por algo afiado. E somente a metade de cima da lamparina ainda estava balançando no gancho onde Samara a havia pendurado.

— Eu te falei — Samara disse, olhando para o pai. — Você deveria ter feito amizade. Agora, ele está à solta.

139

— Como? — ele perguntou virando-se, com raiva a ferver na garganta. — Como ele fez isso?

— Eu duvido que foi ele quem fez isso — Judá disse.

Mila foi a primeira a rir. Sobre o chão da sala de estar, dez garotos amarrados riram também.

— Boa sorte — Judá falou. — Tenho quase certeza de que você está procurando por outra pessoa que você deve ter visto nos quadrinhos. Pedro Aguiar. Ele mora aqui. Você não vai querer mexer com ele. E eu não o estou vendo amarrado aqui com a gente.

Samuca dos Milagres acordou com o som de vozes. Seus pulsos estavam arranhados e os ombros pareciam rasgados por dentro. Ele estava deitado no escuro, todo jogado numa pilha fedida de madeira, vidro, vinagre, areia e... Glória.

As cobras em suas mãos estavam cientes do calor e elas a conheciam. Se fosse outra pessoa, Pati estaria chocalhando. Ou atacando.

— Glória? — ele sussurrou. — Tá acordada?

Glória grunhiu e a pilha se moveu meio que abaixo dele. Samuca se afastou do movimento o quanto pôde. A faixa de luz abaixo da porta da despensa era o bastante para vê-la lutando para se levantar. E falhando.

— Minhas mãos estão amarradas — ela falou. — Atrás das costas. Uma ajudinha seria ótimo.

Samuca sentiu o caminho até encontrar os braços de Glória. Seguindo-os até os pulsos, ele testou os nós com os dedos.

— Há quanto tempo estamos aqui? — ele perguntou. — Imaginei o cara com a barba espetada ou ele está mesmo lá fora esperando pela gente?

— Estamos aqui há tempo demais. Mas eu não consegui te acordar e não conseguia me desamarrar. E, sim, aquele cara é real. Mas ele não consegue nos pegar. Não estamos onde ele nos deixou. Eu usei a ampulheta. Estamos dormindo há um tempinho, mas, se eu fiz direito, lá fora só alguns minutos se passaram. Pelo menos… se eu fiz direito.

— Você consegue mesmo fazer isso? — Samuca desfez o primeiro nó, a mão esquerda de Glória ficou livre e ela respirou de alívio. A direita, segurando a ampulheta, ainda estava amarrada ao cinto. Samuca puxou a corda, agarrou uma ponta e então desfez tudo.

Glória ficou agachada, esticando e girando os ombros na luz fraca.

— Só hoje, eu fiz isso duas vezes — ela respondeu. — Contando agora. Mas eu realmente não deveria, porque basicamente não tenho controle depois que o vidro começa a se formar.

— Então… quando é agora?

Glória lentamente conseguiu ficar de pé. Samuca a imitou e eles ficaram de frente um para o outro, pingando vinagre e calda de pêssego no escuro. Glória não disse nada.

— Tá… você não tem ideia — Samuca falou.

— Isso.

— Estamos voltando ou avançando no tempo?

— Ainda avançando. Mas, como falei, estamos mais rápidos. E eu não faço ideia de como estão as coisas fora daquela porta. Vamos abrir e descobrir.

Samuca olhou para a luz passando por debaixo da porta. Ele ouviu sons abafados de vozes. Depois, encontrou a maçaneta com a mão esquerda e a puxou.

O ar no corredor parecia mais uma parede de água. A superfície se movia e ondulava gentilmente, mas estava perfeitamente clara e incrivelmente leve. Dentro do ar, flutuando como fantasmas fossilizados, como criaturas feitas de fumaça, Samuca reconheceu Leviatã e Samara Franco, ambos olhando na direção onde ele estava. Embora toda a sala e a cozinha submersas estivessem visíveis, Samuca só conseguia ver uma única luz, uma lamparina no balcão ao lado da sua besta fantasmagórica. Longas linhas de fogo estavam se arrastando pelo ar como lagartas, lentamente saindo da lamparina em todas as direções. Em todo esse espaço submerso, essas linhas eram as únicas coisas que visivelmente se moviam.

— Eu consegui — Glória disse. — Ainda estamos aqui, mas todo o resto está muito, muito lento.

— Eles parecem bombas de fumaça embaixo d'água. — Samuca deu um passo para trás. — Como é nossa aparência? Eles conseguem nos ver?

— Ainda que de alguma forma eles nos vejam, duvido que a gente seja mais do que algo piscando no canto da sala. Lembra como Espectro parecia no começo? Basicamente invisível? Aposto que nos parecíamos com bombas de fumaça embaixo d'água para ele.

Glória passou por Samuca e ficou com o rosto a centímetros do líquido. Ela espalmou a mão sobre ele. Depois de um momento, ela tocou a parede aquosa com a ponta da unha do mindinho e recuou a mão instantaneamente.

— Eita! — Glória olhou para o dedo e olhou para a água. — Arrancou a ponta da minha unha de uma vez. Agora, ela tá flutuando ali, só o formato de fumaça. — Ela olhou para Samuca. Pati estava chegando para a frente. Pinta estava levantando o braço de Samuca para o teto. Samuca puxou ambos os braços para o peito e os cruzou.

— Então, como isso nos ajuda? — ele perguntou. — Você tem alguma ideia do que fazer agora?

— Obrigado pela confiança. — Glória olhou de volta para a cozinha. — Claro que tenho. Se pudermos nos mover, isso é a melhor coisa do mundo. Na verdade, eu meio que sei o que tá rolando. Fiz algo parecido com Pedro, mas o contrário, eu espero.

— Por que "espera"?

— Porque, se eu tiver feito assim, então ele já virou pó. Eu tentei colocá-lo numa bolha em que o tempo seria mais devagar. Para a gente ter mais tempo aqui fora e salvar ele. Estamos na nossa bolha, só que bem mais rápidos. — Ela olhou para Samuca e apontou para a lamparina no balcão. — Muito, muito mais rápidos. Absurdamente. Tão mais rápidos que dá para ver as ondas de luz se movendo em feixes.

Samuca olhou para a lamparina.

— Aquilo é luz? Na velocidade total?

Glória assentiu e acrescentou:

— E tudo parece esfumaçado porque, normalmente, os átomos estão se movendo rápido o bastante para deixarem as coisas sólidas. Mas não de onde estamos.

— Mas e a água?

— Espaço. Tempo. Ficando parados o suficiente para parecerem líquidos. Mas é só o meu palpite. Eu só fiquei boa nisso hoje. Já tinha feito mini versões disso antes, brincando com a ampulheta. Mas isto aqui é para valer.

— Tá bom. Estamos numa bolha temporal super-rápida. Como saímos daqui?

— Não tenho certeza. — Glória girou a ampulheta nos dedos e tentou pensar. — Mas, quando sairmos, temos que encontrar El Abutre e consertar o que ele tiver feito com o Pedro.

— Cuidado. — A mão direita de Samuca passou raspando ao lado da orelha de Glória. Vinagre espirrou na bochecha dela quando ela se esquivou e o picles gordo que Samuca arremessou entrou na superfície aquosa.

O picles formou um longo cilindro de vazio no líquido antes de desacelerar e virar fumaça. A fumaça passou com um rastro de vapor sobre a cabeça de Leviatã, ainda se movendo mais rápido do que as luzes da lamparina, e depois atravessou armários de cozinha fantasmagóricos e sumiu, deixando para trás uma cratera como lábios franzidos.

— Você não deveria ter feito isso — Glória falou baixinho. — Isso poderia ter matado alguém. Você estava ouvindo alguma coisa que Espectro falou? Movendo-se rápido assim, você poderia facilmente explodir a cabeça de alguém com seu sopro. Você acabou de arremessar um picles mais rápido que um meteoro pela casa.

— Tinha que ser um picles. Os pêssegos são escorregadios demais.

Glória o ignorou. Ela virou um lado da ampulheta para a parede de tempo líquido. Lentamente, o fluido começou a torcer e girar, esticando-se em direção ao instrumento. Ela virou a ampulheta, e o redemoinho desacelerou e mudou de direção, afastando-se da porta da despensa, girando e abrindo um túnel para a cozinha.

— O Anjo da Morte te deu o sangue dele — Samuca falou. — Você está ficando assustadora.

— Falou o garoto com cobras nos braços — Glória respondeu, sorrindo de volta para Samuca, por cima do ombro. — Agora, fique perto. Vamos andar por aqui como o Ceifador colhendo almas.

Abutre estava numa pequena câmara, virado para um arco de pedra cheio de absoluta escuridão, tão pesada e lisa que a entrada parecia mais uma piscina vertical do que uma abertura. Atrás dele, fora da entrada da câmara, luzes de tochas do pátio em sua caverna tremeluziam ao redor da fonte e sobre a mesa de pedra vazia. A Sra. Devil esperava ao lado, como uma serva parada ao lado de uma porta aberta. Ela estava usando uma saia longa e preta, botas de cavalaria e uma camisa branca rendada, abotoada até o queixo gordo, com um broche de pérola e prata que parecia a lua. Seu cabelo estava arrumado num coque apertado de bailarina, preso com uma fina faca de prata.

— O garoto me encontrou num sonho, Devil. Ele passou pelo selo de proteção deste lugar — Abutre falou. — Me diga como eu posso confiar em você de novo.

Quando ela não respondeu, ele continuou:

— Ele me desafiou a enfrentá-lo. E agora você quer que eu faça exatamente isso, no lugar que ele escolher, no momento que ele escolher? E sem suas mães? Onde está a mulher que estava pregando a paciência? Você tem tanto ciúme delas que me forçaria a arriscar uma armadilha?

A Sra. Devil fungou audivelmente e colocou as mãos sobre o largo quadril. Abutre se impôs sobre ela.

— William, você sabe que os amuletos protegendo este domínio são das Tzitzimime, não meus. Ainda assim, eu te asseguro que isso não é uma armadilha. Um dos meus homens enviou a mensagem! Ele capturou Samuca dos Milagres e está pronto para entregá-lo a nós. Somente precisamos buscá-lo. Mate-o lá mesmo se isso te fizer sentir mais seguro. Ou traga-o para cá e mate-o da maneira correta. Pendure-o numa estaca diante de uma multidão uivante, eu não me importo. Mas faça alguma coisa e faça agora! Você mesmo! Não corra para as minhas mães para isso. Seja tão forte quanto você pode ser ou elas rapidamente te esquecerão quando você liberar o exército delas.

Abutre estava alisando a barba com o indicador e o polegar.

— O garoto foi capturado? Você tem certeza?

— Sim. E ele é incapaz de escapar pelo tempo. O padre está morto. Minhas mães estão realizando o ritual com o coração roubado dele diante de dez mil *naaldlooshii* salivantes, enquanto você perde tempo aqui. — A Sra. Devil bateu o pé. — Termine isso agora, William! Não deixe que elas peguem o coração do garoto também e você acabe se mostrando um covarde!

Abutre rosnou, um baixo tremor no peito, que virou um rosnado alto que curvou os lábios e o fez cuspir quando disse:

— Você esquece quem é, Devil. Não me dê ordens ladeadas com insultos. Eu escolherei meu tempo e minha cidade, e liberarei suas mães e meu exército sobre ela como um pesadelo. Tente me pressionar de novo, mulher, e eu vou arrancar seu coração juntamente com o de Samuca dos Milagres.

A Sra. Devil fechou os lábios e então puxou uma alavanca preta na parede atrás de si. O som de metal tinindo saiu do portal escuro, inundando a câmara. Correntes se desenrolaram no teto quando escadas invisíveis foram posicionadas na escuridão líquida.

Quando os ruídos cessaram e seus ecos morreram, a Sra. Devil sorriu para El Abutre e falou:

— Eu tenho um guia a postos. Um dos muitos servos de minhas mães. Quando as Tzitzimime tiverem terminado com o Tiempo, você estará segurando na mão o coração dos Milagres.

OITO

Equipe de Caça

SAMUCA FICOU O MAIS PERTO que conseguia de Glória sem ter que subir nas costas dela. O túnel que ela estava usando para escavar pelo fluxo temporal mais lento ficava mais largo onde ela estava, e as laterais do líquido voltavam ao lugar atrás dela.

Com a ampulheta apontada, Glória se movia onde o tempo recuava. Samuca segurou na parte de trás da camisa dela com a mão direita e a enroscou firmemente no punho.

— Pra onde estamos indo? — ele perguntou. A forma esfumaçada de Samara estava à direita dele. Leviatã, o enorme pai dela, estava do lado esquerdo do balcão. As linhas lentas de luz da lamparina atingiam as paredes do túnel e explodiam em reflexos brilhantes quando entravam no tempo acelerado de Glória.

— Aguenta aí. — Ela estava guiando até o balcão da cozinha. O túnel engolfou o canto e depois o topo do balcão. A besta de quatro cordas que Bartô fizera para Samuca foi engolida pelo túnel em seguida. Glória pegou a besta e a entregou para ele. Samuca soltou a camisa dela e pegou a arma. As cordas estavam vazias. Glória entregou alguns virotes e ele os enfiou no coldre esquerdo com as pontas para baixo. Depois, ele se inclinou e começou a preparar os tiros. Havia um suporte de metal na ponta, onde ele enfiou a bota para segurar a besta, e depois usou as mãos para puxar e travar as cordas no lugar, uma de cada vez.

Ele estava na terceira corda quando as paredes do túnel tremeram e encolheram ao seu redor, fazendo seus ouvidos sentirem a mudança de pressão.

Glória se sentou. Samuca ficou de joelhos atrás dela, segurando os virotes e rapidamente encaixando dois deles nas cordas, enquanto Pinta e Pati se retorciam e enrijeciam.

— Ali, olha — Glória disse.

No líquido da sala de estar, acima dos corpos esfumaçados dos Garotos Perdidos amarrados, um cilindro vertical estava girando, mas parado no ar. Ele era oco e estava se dividindo em dois, e, enquanto se dividia, o túnel ao redor de Samuca e Glória foi mais comprimido. Glória balançou a ampulheta em todas as direções, mantendo o túnel aberto, e chegou mais perto de Samuca.

As duas metades dos cilindros verticais se separaram mais, ambos girando, espalhando escuridão entre si como um pergaminho, como um portal.

Seis relógios de ouro em seis correntes de ouro e pérolas flutuaram para fora dessa porta preta, e o tempo líquido recuou diante deles. Samuca viu o tempo se partir enquanto os relógios e correntes se moviam com objetivo, como os tentáculos de um polvo caçando, ou as patas de uma aranha.

Samuca piscou e sua memória o dominou. Calor desértico e um trem destruído e fumegante. O topo da torre em São Francisco. Quantas vezes ele tinha enfrentado esse homem e quantas vezes havia perdido? Quantas vezes ele fora um garoto movendo-se em câmera lenta, tentando alcançar a velocidade das armas de um homem que tinha entrado numa velocidade diferente?

Medo subia pela garganta de Samuca. Tontura lhe afetava a visão. Era isso que ele queria. Havia se mostrado para o Abutre e tinha implorado para ele vir lutar. Mas seu corpo sabia. Seu corpo tinha respostas saudáveis gravadas profundamente nos instintos. Seu corpo sabia que o pânico e a fuga poderiam dar a ele a melhor chance de sobrevivência.

Pati e Pinta discordavam. Elas tinham as próprias mentes e raivas, e não haviam perdido para Abutre centenas de vezes. Mas elas o conheciam o bastante para odiá-lo mais do que qualquer outro homem que já tinham sentido ou visto.

Com as duas cobras retesadas e zumbindo os chocalhos, Samuca esperou para ver o homem que sempre aparecia depois dos relógios flutuantes. Sua garganta travou completamente, e o coração pulsante trovejava em sua cabeça.

MATAR.

Pati parou de chocalhar. Ela não queria dar aviso algum ao inimigo. O chocalho de Pinta parou aos poucos. As cobras concordavam.

E Samuca também.

MATAR.

Glória segurou o braço direito de Samuca, apertando Pinta e o pulso direito dele.

El Abutre saiu da escuridão exterior e entrou na sala. Sua barba pontuda estava mais longa do que no sonho de Samuca, assim como o cabelo cacheado sobre os ombros. Ele vestia um colete vermelho-sangue onde estavam presos todos os seis relógios e correntes. Uma sétima corrente sem relógio estava pendurada, passando sobre o cinto de coldres no quadril. Quando Abutre entrou na sala, essa corrente quebrada se levantou, apontando diretamente para Samuca.

Samuca sentiu o sétimo relógio puxar para a frente, em resposta.

— Atira! — Glória sibilou, soltando o pulso de Samuca. — Agora! Antes que ele nos veja!

William Soares, Abutre, que uma vez fora o rei da era de ouro da Califórnia, rei arquiforagido de todas as eras, olhou para a corrente de ouro sem relógio que estava retesada. Então, seguindo a direção da corrente, ele olhou para cima.

Através de seis metros de tempo líquido, Samuca cruzou o olhar com os olhos fundos do foragido. E, naquele milésimo de segundos, todo o medo de Samuca sumiu. Como ele poderia ficar com medo, quando o medo era o que ele via nos olhos de El Abutre? Medo e... surpresa.

Num fluxo temporal acelerado, Abutre levou as mãos às armas. No outro, Samuca levantou a besta.

O som foi maior do que qualquer coisa que Mila dos Milagres já tinha ouvido. Uma única explosão, mais alta do que um trovão, seguida por uma onda de calor e cheiro de picles queimado. E, logo após, enquanto os ossos dela ainda estavam zunindo, ela olhou e viu lascas de armário de cozinha fumegando ao redor de um enorme buraco na parede.

Mas não houve tempo sequer para pensar no que tinha acontecido ou por que havia um cheiro de picles.

Judá estava rindo.

Leviatã estava gritando para seus homens.

O ar tremia como uma folha de metal na cozinha e metade do balcão desapareceu, juntamente com a lamparina. E a besta de Samuca.

— Samuca? — Mila perguntou.

Um fedor podre a cercou, um odor vindo de seus pesadelos, o fedor das coisas apodrecendo infinitamente perdidas na escuridão exterior, que já havia sido o constante cheiro do cativeiro dela.

Mila quase vomitou. Judá havia parado de rir.

Mais duas explosões cortaram o ambiente, queimando o ar com riscos claros de fogo. Um terceiro estrondo formou uma trança azul fumegante entre eles.

Mila não teve tempo para gritar ou se esquivar. Ela mal teve tempo de piscar.

E, então, o único homem que ela temia no mundo estava subitamente caindo do céu, caindo de lugar nenhum com uma flecha azul no ombro.

El Abutre, com uma arma em cada mão, caiu ao chão diante dos corpos amarrados dos Garotos Perdidos. Seis relógios de ouro quicaram no chão de mármore ao redor dele.

Glória sentiu uma das balas do Abutre passar chiando ao lado da orelha esquerda. Os tiros dele causaram tantas ondulações no tempo líquido que foi impossível ver a flecha azul de Samuca voando. Impossível para Abutre também, a julgar pela surpresa no rosto dele quando a flecha perfurou o ombro direito dele.

O homem alto cambaleou para trás e escorregou, caindo no fluxo temporal muito mais lento. Sua forma esfumaçada foi seguida por relógios conforme ele caía.

— Vai! Acaba com ele! — Glória gritou.

Samuca estava tentando encaixar outra flecha na corda.

— Agora! — Glória agarrou Samuca e abaixou a ampulheta num movimento de balanço.

O tempo grosso e lento caiu ao redor deles, jogando-os no chão, enchendo seus pulmões e se rompendo ao tocar em suas peles. Glória arfou com os ouvidos tinindo, mas não tão alto que não conseguisse ouvir as cobras chocalhando nos ombros de Samuca. Parecia que um oceano tinha caído sobre as costas dela. Parecia um acidente de carro. Como um afogamento.

De alguma forma, Samuca já estava ficando em pé, levantando a besta. Ainda segurando a ampulheta, Glória se esforçou para se levantar ao lado dele. Leviatã estava no chão com as mãos sobre os ouvidos, juntamente com a filha e seus dois enormes guarda-costas. Abutre deveria estar esticado no mármore, sangrando.

Mas não estava. Abutre tinha sumido.

Havia apenas uma miragem ondulante no ar acima dos amigos dela, onde eles tinham visto abrir-se a porta para a escuridão.

— Ah, não — Glória falou.

— Se abaixa! — Samuca gritou e se lançou sobre Gló-ria, mas ela sabia que já era tarde demais. Sabia que tinha cometido um enorme erro. Eles jamais deveriam ter saído do tempo mais rápido. Agora, eles eram a fumaça, os alvos indefesos, tão indefesos quanto Samuca era ao lado do trem, quando Abutre destruiu os braços dele tantas vidas atrás.

Armas invisíveis atiraram.

A mente é o lugar mais rápido do corpo. Mas o espírito é mais rápido do que toda a carne. Mais rápido do que o pensamento. Os dedos de Glória não se moveram sobre a ampulheta. O braço dela sequer tremeu para se defender.

Sua alma se moveu. Tão rápida quanto a primeira luz dos lábios da primeira Palavra.

Areia pulsou, virando uma janela de vidro rodopiante como um escudo.

Samuca se chocou contra ela e ambos voaram para trás da ilha da cozinha, aterrissando sobre o mármore.

Uma mulher gritou e Glória olhou para cima, através do escudo giratório de vidro que formava um rastro até a ampulheta dela. Uma linda, mas aterrorizada mulher negra estava em pé diante da geladeira com um prato de vegetais e molho nas mãos. Ela estava vestida para uma festa, num vestido brilhante, com saltos altos e um incrível par de brincos de cortininha de ouro. A cozinha estava cheia de luz do sol. A eletricidade estava ligada. Nesse estranho momento, olhando para um tempo mais feliz, Glória se perguntou se a mulher era a chefe da empregada que ela tinha assustado no andar de cima mais cedo, ou se elas eram de décadas completamente diferentes.

— Desculpa! Mas amei os brincos — Glória falou.

— Rui! — a mulher gritou e jogou o prato de vegetais na janela de Glória.

Glória levantou o braço e socou o vidro suspenso acima dela. Areia, cenouras e molho de espinafre choveram ao redor dela e sobre Samuca. Ele se sentou rapidamente, tirando os pimentões fatiados do cabelo e tentando cuspir a areia da boca.

A cozinha estava escura de novo. E cheirava a picles. Eles estavam de volta.

— Glória — Samuca sussurrou. — Vamos! Temos que segui-lo. Faz a sua coisa com a ampulheta!

Glória se segurou no balcão e se levantou só até os olhos verem a sala. Ela conseguia ver as ondulações no ar ao redor do que sabia ser a porta para a escuridão. Pensou que conseguiria ver três formas tremeluzindo ali dentro: duas menores e uma bem mais alta. Abutre tinha assistentes. Claro que tinha. A ideia de tentar segui-los por aquele portal, entrando na escuridão terrível, era loucura total e, ainda assim, Glória sabia que era isso que ela estava prestes a fazer.

O corpo de Pedro estava no andar de cima, virando areia. Por causa de Abutre. A vida do Padre Tiempo estava virando areia. A vida de Samuca. A de Glória. A de Mila. Cada momento e cada ano, cada cidade e cada nação que o Padre Tiempo tinha defendido ou preservado, tudo isso não seria nada além de areia.

Glória girou a ampulheta na mão. Era sua única arma, mas um pouco mais de controle seria bom. Ela olhou para Samuca. Ele estava sentado no chão com o pé enganchado na ponta da besta, puxando a corda e colocando virotes no lugar enquanto Pinta e Pati chocalhavam.

— Vai! — Samuca sussurrou. — O trem tem que conseguir chegar do outro lado da ponte! — Ele piscou, enquanto confusão inundava seus olhos.

Ótimo. Ela conseguiria mesmo fazer isso se Samuca estivesse alucinando?

— Samara? — Era a voz de Leviatã.

Samuca olhou.

— Você está bem? Está ferida? — o homenzarrão perguntou.

— Vou sobreviver — a voz de Samara respondeu. — Meus ouvidos estão doendo. Quem era aquele?

— O chefe do seu pai — Judá respondeu. — Abutre. El Abutre. O grande fornecedor de pilhas. Era ele.

— Não é meu chefe — Leviatã rosnou. — É um cliente. Um aliado. Ocasionalmente.

— Bem, ele tá indo embora — Judá falou. — Olha. Tá vendo essa coisa tremendo no ar? É o seu rei das pilhas fugindo.

Glória concentrou-se nos olhos de Samuca.

— Fique perto — ela sussurrou. — E não me deixe morrer.

Samuca ficou ajoelhado, a besta sendo segurada com os dois braços enroscados e escamosos. Pinta estava com os gatilhos e Pati cuidaria da mira.

— Que horas são? — Samuca estava piscando mais rápido agora, lutando para entender. — Por que estou com uma besta?

Glória mordeu o lábio. Ela tinha que decidir agora. E esconder-se atrás da ilha da cozinha não iria salvar Pedro nem matar Abutre.

— Eu tinha armas um segundo atrás — Samuca continuou. — No deserto. Quase certeza de que tinha um trem descarrilado... — Ele balançou a cabeça, olhando para cima, para baixo e para todo lado.

— Silêncio — Glória pediu. Ela tocou na bochecha de Samuca, puxando os olhos dele para os dela. — Vou explicar quando eu puder. Só fica por perto. Confia em mim. E não deixa ninguém me parar.

Samuca assentiu.

— Minha irmã...

— Ela tá bem. Vamos voltar para pegá-la. Mais tarde. Vamos voltar para pegar todo mundo. Você tá pronto?

Samuca engoliu em seco, olhou para a besta nas mãos e assentiu de novo.

— Ótimo. Então, vamos — Glória disse.

Glória não pulou de trás do balcão. Ela se levantou. Não correu pela cozinha até a sala de estar. Ela caminhou. Não balançou a ampulheta como um chicote. Ela a segurou diante de si como o cabo de uma espada, mas, em vez de uma lâmina apontando, a ampulheta girou para ela criando um escudo de vidro vivo. Ela o segurou entre si mesma e a porta tremeluzente do Abutre, só para o caso de ele ainda poder atirar neles de onde quer que tivesse ido.

Leviatã estava com uma arma nas mãos. As pontas em sua barba estavam dobradas e bagunçadas. Cinco outros homens estavam com ele, também armados, juntamente com uma pequena Samara, que tinha o cabelo como uma nuvem selvagem e vermelha, e um rosto pálido de surpresa.

Samara viu Glória se levantar com o escudo brilhante girando na mão. Ela havia visto — ou sentido — tudo que acontecera antes. Abutre apareceu. O ar ficou embaçado, a sala ficou inundada com um fedor terrível, disparos trovejantes estremeceram as janelas, e, então, o vilão foragido e perpetuamente elusivo que havia muito tempo assombrava os devaneios e imaginações dela, subitamente caiu ao chão com uma flecha no ombro.

O grito brotou dos lábios de Samara antes de ela sequer saber que ele estava vindo. O foragido sumiu de novo, quase com a mesma velocidade, e mais disparos fizeram tremer os tímpanos de Samara.

E agora Glória estava de pé, radiante, viva e furiosa, e Samuca estava logo atrás dela.

Nos quadrinhos, teriam usado duas ou três páginas inteiras para capturar a batalha que tinha acabado de acontecer, mas, na vida que Samara estava vivendo agora, tudo acontecera em segundos, a maior parte fora da vista e com ruídos inexplicáveis.

E, nesses segundos, quatro coisas ficaram tão perfeitamente claras para Samara Franco quanto o inacreditável tinido em seus ouvidos. A primeira: essa Glória era muito mais maneira e mais perigosa do que ela tinha achado, mais maneira até que a versão dos quadrinhos. Segunda: não havia absolutamente nenhuma forma de Samara Franco ficar entre Glória e Samuca, não se ela quisesse sobreviver. Terceira: ela nem deveria querer. Samuca e Glória estavam em uma guerra e era uma guerra que Samara queria que eles vencessem. Se Abutre fosse 50% tão malvado quanto a versão sombria dos quadrinhos, toda alma viva em todos os tempos e em todos os mundos deveria querer que Samuca e Glória vencessem. Quarta: Samara estava cansada da própria vida. Era hora de ser uma heroína ou morrer tentando.

— Samuca! — Mila gritou do chão. — Glória! Graças a Deus!

— Eles não vão ficar — Judá falou.

— Não vamos? — Samuca perguntou. — Glória, por que eles estão amarrados?

Leviatã Franco levantou a espingarda.

— Não! — Samara pulou na frente do pai, mas a mão direita de Samuca foi ainda mais rápida. A flecha passou raspando as costelas de Samara e ricocheteou nos dedos do pai atrás dela. Levi derrubou a espingarda no chão, com uma careta de dor.

— Chega disso! — Samuca gritou.

Samara olhou para a careta do pai e então olhou de volta para Samuca. Os olhos dele estavam arregalados, alarmados e até um pouco preocupados.

— Desculpa — Samuca falou para ela. — Você se mexeu rápido.

Samara engoliu em seco e assentiu. Samuca sorriu, e a mão direita, rosada e serpenteante se enroscou para cima para coçar o cabelo horrivelmente bagunçado. Ele estava realmente envergonhado.

Samara começou a repensar a posição anterior. Talvez Samuca e Glória se tornassem mais fortes se alguém ficasse pelo menos um pouquinho entre eles.

Glória ignorou o golpe quase fatal em Samara, concentrando-se, em vez disso, no homem grande com barba vermelha espetada que estava apertando os dedos ensanguentados. Ela apontou para os Garotos Perdidos no chão.

— Liberte todos eles. Agora! — Glória ordenou. — Ou vamos voltar em cerca de trinta segundos do seu tempo e você vai estar morto antes mesmo de nos ver.

— Glória? — Mila perguntou.

— Samuca! — Dedé gritou. — Quer que a gente faça o quê?

— Expulsem esses manés — Samuca respondeu. — E fiquem prontos.

Glória elevou a ampulheta acima da cabeça e fez um corte para baixo na direção dos últimos brilhos no ar. Ela precisava de um túnel rápido, um que lhe desse tempo suficiente para mergulhar pelo portal do Abutre antes que ele virasse uma toca de rato. Teias de vidro imediatamente se esticaram formando um túnel diante dela, que começou a correr. Instantaneamente, dentro do seu tempo acelerado, o brilho sumiu e ela conseguia ver claramente o portal do Abutre. Os cilindros giratórios estavam quase completamente juntos de novo, selando a escuridão aberta entre si.

— Me acompanha, Samuca! — Ela pulou sobre os corpos amarrados e esfumaçados de seus amigos, preparando-se para se abaixar, dar uma cambalhota e rolar caso Abutre ou um dos amigos dele estivesse com armas erguidas ou esperando numa emboscada.

Escuridão pesada e nauseante a engoliu inteira e Glória esticou as mãos para se segurar. Mas a emboscada era de um tipo diferente. Um buraco grande e levemente brilhante estava esperando onde o chão deveria estar. As mãos de Glória não acharam nada. Seus pés chutaram o nada. Ela estava caindo. Girando, ela se debateu para todos os lados, mas não havia nada para segurar, agarrar ou chutar. O ar ficou frio, cortante e limpo.

Acima dela, viu a pequena poça de luz por onde tinha caído. A forma de Samuca pulou também. E depois outra forma, com uma juba de cabelo selvagem.

Glória se virou no ar congelado e olhou para baixo. Muito, muito abaixo dela, viu o formato prateado do estuário de Puget, ilhas e água pontuadas com as luzes de casas e embarcações. Não longe dali, ela conseguia ver as luzes, torres e tráfego corrente de Seattle, amplo, vivo e mágico.

Ela estava de volta ao tempo vivo, mas caía nele da altura de um avião comercial e mais duas pessoas estavam caindo atrás dela.

Quanto tempo tinha antes de atingir a superfície? Trinta segundos? Um minuto? Não era o suficiente, era tudo que ela sabia com certeza.

Lágrimas escorriam de seus olhos. O vento estava tentando arrancar seu rosto. E ela tinha que fazer algo. Agora.

Glória girou sobre as costas e esticou os braços e pernas, lutando para se equilibrar enquanto vasculhava o céu estrelado acima, procurando por sombras enquanto seu rabo de cavalo batia no rosto.

— Samuca! — ela gritou, mas o vento abafou sua voz completamente.

A cem metros, uma forma escura passou disparando para baixo, rodando e girando como uma faca arremessada.

E depois uma segunda forma bateu nas pernas dela e a segurou com força nos tornozelos. Glória e a passageira começaram a girar sobre si mesmas.

— Para! — Glória gritou. — Me solta!

Desesperada para desacelerar, Glória balançou a ampulheta. Vidro derreteu numa esfera ao seu redor, e depois se esticou num formato de gota enquanto ela desacelerava até parar lá dentro, suspensa no ar como uma astronauta.

Samara ainda estava abraçando os tornozelos de Glória e estava com os olhos arregalados.

— Me solta! — Glória gritou e a afastou com um chute.

— O que tá acontecendo? — Samara perguntou, flutuando ao lado de Glória dentro do orbe irregular.

— Nada de perguntas! — Glória se virou. Agora, sem o vento, ela deveria conseguir achar Samuca, e então pensaria em algo. Ela mergulharia, o alcançaria e desaceleraria o tempo dele ou algo assim.

Mas era difícil ver algo através do vidro. Estava tudo se movendo tão... *rápido*.

— Ah, não... — Glória percebeu o que tinha feito.

Ela e Samara tinham desacelerado, mas isso só deixou tudo fora da bolha mais rápido, comparativamente. A gota de vidro estava caindo com a mesma velocidade de um momento atrás. Tudo que ela havia feito foi reduzir o número de segundos que teria antes de se estatelar. Ela não tinha tempo nem para pensar.

— Se segura! — Glória gritou, estilhaçando a gota com um estalo da ampulheta, e ela não precisou falar com Samara duas vezes. A ruiva a abraçou pela parte de trás dos joelhos enquanto Glória mergulhava, procurando por qualquer sinal de Samuca.

E elas não pareciam mais estar tão alto. As luzes da cidade estavam fora de vista. Elas estavam acima de uma ilha em formato crescente, pontilhada com luzes e uma enorme casa brilhante.

— Ali! À sua esquerda! — Samara gritou.

Glória viu Samuca, mole e tremulando no ar como um corvo baleado. Ela guiou o mergulho em direção a ele, com a mente correndo tanto quanto o vento, ignorando o pânico ensurdecedor nos ouvidos.

Como ela poderia... ela não cometeria o mesmo erro... devagar? Rápido? Voltando?

Ela precisava de um túnel, não uma bola caindo, um túnel até o chão, mas primeiro entre ela e Samuca. E tudo dentro do túnel até o chão tinha que ser lento.

Glória concentrou-se no que queria. Com Samara flamulando como uma capa nos tornozelos, Glória segurou a ampulheta com as duas mãos e riscou um círculo na direção de Samuca. Ela moveu a ampulheta o mais rápido que conseguia, girando e girando até areia e vidro chiar e rachar não apenas ao seu redor, mas adiante também.

O túnel se esticou para a frente, brilhando laranja, curvando-se na direção que ela apontava, indo atrás de Samuca. Mas ela estava atrasada demais. A ilha estava explodindo para cima, vindo até eles como um carro de corrida. Glória se esforçou mais e sangue foi sugado dos seus olhos. E depois do cérebro. Ela sentiu o corpo ficando mole. Uma calma fria tomou suas veias. Sua mente se agarrou a traços de velhas memórias. Samuca no RACSAD. O jovem Padre Tiempo, impaciente e soturno. A mão direita dela estava pegando fogo e chiando. Por um momento, ela se perguntou se também tinha recebido uma cobra. E estava inconsciente.

Glorina Navarre estava sentada num banco de plástico amarelo e liso numa grande estação de ônibus. Era o seu aniversário. Tinha oficialmente oito anos. Ela estava com os calcanhares sobre o banco, os braços ao redor das pernas e o rosto sobre os joelhos, observando, por trás dos buracos esgarçados da calça jeans velha, os estranhos da estação passarem por ela para os dois lados.

Glorina estava vestindo a velha jaqueta jeans do irmão, com remendos nos dois ombros e mangas longas demais enroladas para cima, com uma mochila roxa por cima dela. Na mochila, tinha dois bonecos de ação — um sem um braço —, um pinguim de pelúcia pequeno, um lápis e um caderno cheio de figuras, quebra-cabeças e as únicas quatro fotos com as quais ela se importava nos primeiros oito anos de vida. Na barriga, levava o restante do seu único presente de aniversário: um *donut* que o irmão lhe dera quatro horas atrás. Logo antes de ele dar a ela uma moeda e um pedaço de papel com um número de telefone, mandando ela ligar se acontecesse alguma emergência.

Antes de ele ir embora.

O que era uma emergência? Estar com fome não era ruim o bastante para ligar para um estranho. Não tendo cama, nem casa, nem pais, ela já tinha se virado sem essas coisas antes. Mas ficar sozinha na multidão, estar sem o irmão, bem, isso parecia a maior emergência que ela conseguiria imaginar.

Glorina nunca tinha ficado sem Alex. Nunca. A primeira foto no caderno provava isso. Era uma foto de Alex, com cinco anos e o cabelo preto e grosso, o rosto redondo e sobrancelhas grossas, sérias e cheias de preocupação. Os braços dele estavam ao redor de Glorina — com horas de vida, rosto rosa e enrolada firmemente num cobertor branco com bordas azuis e rosa. Ela ocupava todo o colo dele e mais. Dois dias depois, ambos seriam carregados para fora daquele hospital por estranhos infelizes que não eram seus pais, mas que estavam mais dispostos a cuidar deles do que os pais verdadeiros.

Glorina cresceu em quartos que não eram seus, em camas que não eram suas, em quintais que não eram seus, em roupas velhas que não eram suas. Mas o irmão, Alex, ele sempre foi dela. De verdade. Sempre. Dela. E ela era dele. Alex lhe havia dito que ninguém tinha a permissão de adotá-los de verdade, porque metade do sangue da mãe deles era mais velho do que todas as cidades da Califórnia, então era contra a lei pessoas normais com sangue normal serem pais deles. Os dois eram a própria família, os dois e uma longa linhagem de ancestrais que passava por reis do deserto e curandeiros das montanhas até exploradores desconhecidos que encontraram o Novo Mundo no tempo de histórias não registradas. À noite, Alex inventava histórias para ela sobre esses ancestrais, para que, quando eles dormissem, estivessem cercados por uma família tão grande e vasta quanto as estrelas. A vida dela sempre fora assim e sempre seria.

Até a estação de ônibus.

Descobrir a hora era fácil e o relógio grande era óbvio. Mas Glorina não olhou para ele. Não depois das primeiras horas. Em vez disso, da segurança de seu banco, detrás da fortaleza dos joelhos, ela observou o ônibus chegando perto do meio-fio e pessoas fazendo filas para entrar e sair. Ela sentiu o cheiro do escapamento de diesel e ouviu os ruídos e ganidos de freios. E viu homens e mulheres fazendo filas em quiosques de vidro para comprar bilhetes, e viu pessoas cansadas dentro dos quiosques lendo revistas quando não tinham que vender bilhetes.

Quando homens varriam o chão, ela ficava perfeitamente parada e se encolhia. Não havia nada de errado.

Alex voltaria. Ele teria comida. Ele teria um plano. Ele não precisava explicar por que a tinha acordado no meio da noite antes do aniversário dele para fugirem da casa adotiva. Ela tinha visto os hematomas dele. Ela mesma tinha um ou dois.

Glória não saiu da cadeira de plástico o dia todo. Nem para procurar água. Nem para ir ao banheiro. A estação de ônibus era grande e Alex precisava saber onde ela estava. Se ele voltasse, ela tinha que estar onde ele a tinha deixado. Ela precisava ser paciente. E então, quando o sol se pôs e a maioria das pessoas tinha ido embora, e os quiosques estavam quase todos vazios, ela dormiu naquela cadeira com os joelhos levantados e a mochila nas costas. Dormiu de bexiga cheia, boca seca e estômago vazio. Dormiu até um homem com um esfregão e um policial a acordarem e perguntarem seu nome. Ela levantou o olhar para eles e disse o que sabia ser a verdade:

— Não é uma emergência. Alex virá me achar.

Samuca dos Milagres analisou Glória. Ela estava encolhida no vidro, deitada sobre o lado direito, com os joelhos quase tocando a face. O rabo de cavalo estava sobre o rosto, mas ela ainda segurava a ampulheta com firmeza e uma lâmina de vidro escuro brotava dela como uma foice, crescendo e se retorcendo num enorme cilindro de vidro de mais ou menos quatro metros de diâmetro que os envolveu completamente — grama no chão, pura escuridão trinta metros acima, luz do sol atenuada por fora das grossas e embaçadas paredes de vidro. Samuca não sabia como eles tinham caído nem quanto tinham dormido, tampouco onde estavam. Não sabia quem era o Alex sobre o qual Glória ficou murmurando enquanto dormia, mas ele ficou feliz que a mente adormecida dela não havia pensado que o que tinha acabado de acontecer era uma emergência. Parecia uma, para ele.

Glória se mexeu enquanto dormia como se sonhasse que estava caindo, mas não acordou. O que quer que estivesse acontecendo no sonho dela, Samuca tinha quase certeza de que não era agradável.

Inclinando-se para a frente, Samuca esticou a mão esquerda para o rosto de Glória, mas Pati ficou tensa, agitada e o chocalho dela tremeu no ombro de Samuca.

Ele a puxou para trás e fechou o punho, pressionando os nós dos dedos sobre o chão macio, apoiando o peso no braço esquerdo para se certificar de que Pati não o surpreendesse, se tentasse. Então, ele esticou a mão direita, com a cabeça curiosa e rosada de Pinta, e gentilmente tirou o cabelo escuro de Glória do rosto dela.

— Glória — ele disse, mas parou. Tinha a intenção de acordá-la, mas, em vez disso, concentrou-se no cabelo dela. Ela tinha uma mecha branca, de três centímetros de largura, que começava no pescoço, atrás da orelha esquerda. A mecha descia até o elástico que ela usava para prender o cabelo e depois ia até a ponta do rabo de cavalo.

Samuca tocou a mecha branca na cabeça dela com um único dedo e a acompanhou. Ele não sabia o que isso significava, mas não podia ser bom.

— Ela está morta? — Samara perguntou.

Samuca olhou por cima do ombro. Um momento atrás, a ruiva estava tão inconsciente quanto Glória.

— Não, ela está respirando — Samuca respondeu.

Ele olhou para o longo túnel torto de vidro e para a escuridão acima.

— Por que você nos seguiu? — ele perguntou.

— Por que eu ficaria para trás? Vocês dois são super-humanos. — Ela se colocou de joelhos ao lado dele. — Eu quero ajudar. Vocês já foram para a escuridão desse jeito antes?

— Sim — Samuca falou, olhando de volta para Glória. Ela estava respirando levemente; folhas de grama se dobravam sob os lábios dela e então se levantavam de novo. — Nós já passamos pela escuridão uma vez.

— Vocês sempre caem saindo dela?

Samuca negou com a cabeça.

— Nós nunca tínhamos caído.

— Qual é a do túnel de vidro? — Samara perguntou. — De onde ele veio? — Ela se afastou de Samuca e colocou a mão sobre a grossa parede perolada.

— Estou achando que o túnel acabou de salvar nossas vidas. Por enquanto, pelo menos. E ele veio de Glória. Ela o fez. Então, ela tá cansada.

Samara voltou para o lado de Samuca, olhando para Glória.

— O que sabemos? — ela perguntou.

— Vamos deixar ela dormir. Acho que isso não foi fácil. E o que vier a seguir vai ser mais difícil.

Samara se inclinou e tocou a mecha branca de Glória.

— Ah, que estranho. Ela deve tingir, nos quadrinhos.

— Não toca nela. — Samuca tirou a mão de Samara com um tapa. — E não ria dela. Nunca. — Ele balançou a cabeça, pensando sobre o que ela havia dito. — Tingir nos quadrinhos? Você sabe que quadrinhos não são reais, né? Alguém colore com as cores que quer.

169

A ruiva se sentou na grama e estudou Samuca com os olhos apertados e a cabeça inclinada.

— Claro, mas você tem sido bem real até agora — ela respondeu. — E ela também. Eu acho que alguém *pinta* o cabelo dela nos quadrinhos, porque ela tem o cabelo preto, sem mecha branca.

— Ela nunca teve — Samuca tocou a ponta do rabo de cavalo dela. — Até agora.

Samara tirou de um bolso interno do colete uma revista enrolada. Então, ela a jogou sobre a grama diante de Samuca. Ele a abriu com a mão.

A canção de Espectro e Glória estava estampada sobre a capa. Mas as palavras não importavam para ele tanto quanto a imagem que já havia tido cores vibrantes. Um garoto com braços de cobra estava pilotando uma moto no canto superior. Samuca achou que não se parecia nada com ele, exceto o fato de que o garoto vestia calças jeans, uma regata, botas e um cinto com coldre. E ele tinha cascavéis nos braços. Era isso.

A imagem central era de um garoto enorme, feito de fogo preto, girando lâminas de foice de fogo preto em ambas as mãos. Do lado direito, uma versão cartunesca de Abutre estava atacando, voando em asas douradas de correntes de relógio. À esquerda, Glória também voava pelo ar, desviando o fogo preto com um chicote brilhante de vidro e areia. Ela estava incrível.

— Você tá certa — Samuca falou. — Ela não tem uma mecha.

O cabelo dela era completamente branco.

NOVE

Glória Aleluia

EL ABUTRE SAIU DA PESADA ESCURIDÃO e entrou num anel irregular de luz alaranjada, emitido por uma lamparina de ferro balançando em uma corrente. Era a única luz visível em qualquer direção. Os relógios se arrastavam no ar atrás e acima dele como três pares de asas, e o braço direito dele estava pendurado, mole. A ponta afiada de uma flecha despontava alguns centímetros na parte de trás do ombro direito.

Com cara de dor, Abutre estendeu a mão e puxou a corrente da lamparina. Metal tilintou acima dele e escadas de ferro preto começaram a descer da escuridão como uma ponte levadiça, enquanto outras duas formas entravam no círculo de luz atrás de Abutre.

Mulheres. A primeira era a Sra. Devil. A longa saia preta estava ligeiramente torcida, a camisa amassada, mas ainda abotoada até o queixo. As bochechas estavam coradas e o coque, bagunçado.

A segunda mulher era um palmo mais alta que a Sra. Devil, mas com metade da largura. Ela estava enfaixada feito múmia, mas com faixas de sombras em vez de tecido, o que a deixava pouco diferente da sombra em si. Porém seus longos pés descalços estavam visíveis, assim como as mãos de dedos longos, as clavículas, a garganta, o queixo delineado, os lábios entreabertos e o nariz empinado. Mas uma venda de sombras estava amarrada firmemente sobre os olhos e a testa, criando um espaço vazio entre a metade de baixo do rosto e o ninho irregular de cabelo perfeitamente branco.

Quando as escadas de ferro se assentaram no lugar e o ruído metálico das correntes e engrenagens esmaeceu no mundo obscurecido, Abutre olhou para as mulheres e falou.

— Vocês mentiram. Tiempo estava lá. Eu achei que vocês tinham dito que ele estava praticamente morto.

— Ele não estava lá, William — a Sra. Devil respondeu com a voz que parecia a de uma professora falando com um aluno que ela teme. — A obra do sacerdote começou a se desfazer por todo lado. Você mesmo viu isso. Ele se foi.

— Não comece! — Abutre cuspiu e colocou o pé no primeiro degrau. — Eu deveria te deixar aqui fora com sua guia? Dos Milagres estava esperando em uma emboscada, abrigado num tempo mais rápido, um tempo muito mais rápido do que qualquer um em que já andei. Ele sabia que eu estava chegando, Devil, ou você não está vendo esta flecha em minha carne? — Abutre começou a subir, batendo os pés com raiva a cada degrau. — Tiempo estava lá! — ele gritou. — Ou outro com os poderes dele. Me diga, o que é pior?

A Sra. Devil foi até as escadas, segurou a saia e subiu os degraus vigorosamente.

— A garota — ela disse. — A aprendiz dele, ele a presenteou com uma ampulheta que fez. Só isso. Ela não...

— Uma aprendiz! Nenhuma consequência da obra dele deveria existir! Tiempo e a linhagem dele não deveriam existir! — Abutre sumiu na escuridão acima.

— William, espere! Talvez haja...

A Sra. Devil sumiu no topo das escadas atrás do mestre, juntamente com sua voz. Na base das escadas, a mulher coberta em sombras ficou parada e não falou nada. A escada levadiça começou a se erguer. A lamparina enfraqueceu e apagou acima dela.

As sombras a engolfaram completamente.

Abutre saiu do pequeno prédio de pedra que continha as escadas de ferro e cruzou o pátio cavernoso pavimentado com calcário bege, guardando os relógios nos bolsos enquanto caminhava. Ar úmido beliscava sua pele enquanto ele caminhava ao redor da grande fonte de fundo preto, com a água acumulada ao redor de um enorme relógio de sol no centro e o enorme relógio de ouro levitando, acorrentado. Finas adagas de cristais de gelo estavam visíveis na superfície da água escura.

Cada quadrado do pavimento abaixo dos pés do Abutre tinha uma inscrição, mas ele não olhou para baixo. Respingos de sangue marcavam seus passos enquanto caminhava, passando pela mesa de pedra, em direção a um santuário de pedra escavado na parede do outro lado do pátio. Parecia um templo em miniatura, protegido por colunas quadradas irregulares e um grande portão de ferro.

Os passos rápidos da Sra. Devil o seguiam de perto.

— William — ela falou. — Deixe-me tirar essa flecha antes de elas te verem. William!

Mas Abutre só esticou suas passadas.

— William! — a Sra. Devil gritou. — Não se mostre fraco!

El Abutre parou diante do portão para o santuário.

— Madame, eu sou o que você criou — ele respondeu.

Abrindo o portão de ferro, ele entrou, deixando as barras se fecharem atrás de si. A Sra. Devil as segurou antes de se fecharem e se espremeu para dentro.

El Abutre tocou no ombro ferido e ficou diante de um pequeno altar de pedra abaixo de um entalhe preto de um Abutre de duas cabeças. Passando os dedos ensanguentados pelo altar, ele deu a volta, passou pela estátua e ficou diante de uma pesada cortina de veludo preto, que servia como a parede de trás do santuário.

— Respeito! — a Sra. Devil gritou. — William, demonstre respeito!

Abutre fechou os olhos e sossegou a respiração, tentando escutar o próprio coração batendo, tentando sentir os seis relógios funcionando no colete. Então, deixando o braço direito mole, ele abriu as cortinas com o esquerdo.

Uma parede de tempo líquido se movia diante dele. Uma luz de outro mundo caía sobre o líquido e inundava o santuário ao seu redor: pálida, como o sol, mas emitida por mil chamas instáveis. Ele estava no fundo de um pequeno santuário, mas, se desse três passos para a frente, estaria numa alta varanda de pedra acima de uma enorme praça da cidade em uma caverna.

Atrás dele, a Sra. Devil estava fazendo uma reverência diante do altar e rapidamente sussurrando frases de respeito e súplica.

Com a cortina aberta, a parede do tempo começou a se esticar para dentro, sondando o santuário. Abutre entrou ali, ficando tão perto que a névoa do seu hálito frio embaçava a parede viva. Membros do tempo suaves e líquidos, grossos como troncos de árvore, se esticaram acima da cabeça e dos lados de Abutre. Eles pareciam provar o ar ao redor dele para avaliar seu valor.

El Abutre esperou. Ele poderia ter continuado em frente por conta própria, mas preferia o abraço que ele sabia que estava por vir.

Os membros líquidos o envolveram, levantando-o. Calor preencheu suas narinas, desceu por sua garganta e fez doer o ferimento.

Abutre piscou lentamente, e seus olhos se ajustaram. Ele cruzou a parede.

Diante dele, o parapeito da varanda de pedra bloqueava a maior parte da sua visão da praça, mas ele conseguia ver os enormes prédios entalhados nas paredes da cidade subterrânea e os gigantescos estandartes cor de açafrão balançando sobre suas colunas, e a brisa quente em seu rosto fazia os Abutres pretos de duas cabeças voarem gentilmente nos estandartes.

Se as coisas tivessem acontecido corretamente, neste momento ele estaria apresentando o coração do garoto dos Milagres sobre o parapeito desta varanda alta para o grotesco exército reunido abaixo. Ele estaria anunciando a morte de Tiempo e o fim da influência dele.

Mas as coisas não aconteceram corretamente.

Ao lado dele, duas mulheres formadas por sombras falaram.

— Seu ferimento deve ser vingado.

— Morte não é o bastante.

Abutre olhou para a esquerda.

Duas mulheres pouco maiores do que crianças o observavam. Tinham traços delineados e simétricos, com pescoços excessivamente longos. Uma tinha grandes olhos brancos, e a outra, grandes olhos pretos. Seus rostos estavam cobertos com penas em vez de pele, penas prateadas e beges, tão pequenas e lisas que eram quase imperceptíveis de onde Abutre estava. Ambas tinham tranças de cabelo reptiliano escamoso, amarradas para trás em mechas imóveis com largas fitas vermelho-sangue.

As mulheres também estavam vestindo robes com sombras sem luz. Elas eram portais vivos para a escuridão absoluta. Um homem poderia entrar por elas e se perder nas mais nefastas bordas do tempo. Lâminas, balas, flechas, punhos... Nada atingiria carne abaixo daqueles robes. Onde eles estavam abertos perto do pescoço, elas usavam grossos colares de corações, rostos e mãos encolhidos, revestidos de água ensanguentada.

Tzitzimime, Mães da Noite, demônios-estrela expulsos da luz do Paraíso para a luz fraca da Terra, e da luz fraca da Terra para as profundas prisões na barriga da Terra, devoradoras de recém-nascidos, escravizadoras de espíritos de mães grávidas, consumidoras de sangue inocente. Razpocoatl e Magyamitl. Em tempos mais sombrios e em eras mais sombrias, quando elas voavam livremente no crepúsculo e na aurora, até mesmo pronunciar seus nomes era amaldiçoar o próprio ar e todos para quem esse ar levasse tais sons.

As mães estavam protegidas por dois homens vestidos totalmente de preto, exceto pelas braçadeiras amarelas marcadas com o abutre de duas cabeças. Um deles era pálido e careca. Cicatrizes vermelhas marcavam toda a sua cabeça, e uma barba curta cobria seu queixo largo. O outro tinha pele mais escura, com um cabelo grosso e liso que estava penteado para trás firmemente. Em vez de olhos, ambos tinham esferas de água límpida e móvel nas cavidades oculares.

— O ferimento não fez nada — Abutre falou enfim. — Além disso, é um lembrete de que sou um homem.

— Não, você é o escolhido — falou Magyamitl, e tentáculos fantasmagóricos de vapor saíram dos cantos de seus olhos pretos. — É quem nos tirou das profundezas e libertará a todos nós.

— Quem tirou o sangue? — Razpocoatl, a mulher com os olhos brancos, levantou o braço esquelético e escuro debaixo do robe e estendeu um cetro liso de tempo líquido em sua mão com garras. Todos os relógios do Abutre pularam do colete e giraram acima dele, rodando numa nuvem turva que prendeu a atenção dela. — Dos Milagres — ela disse, e os relógios congelaram no ar.

— Esse garoto de novo — Magyamitl falou e as penas em seu rosto tremeram. — Mas o coração do padre foi tomado e agora suas metades estão penduradas ao redor de nossos pescoços.

Razpocoatl, a de olhos brancos, estendeu o cetro, tocando a ponta com penas da flecha do ombro de El Abutre. Ele tremeu quando a flecha se liquefez, molhando seu peito e o chão de pedra abaixo de seus pés.

— Nossa filha, Devil, falhou com você — ela disse. — Mas nós não falharemos.

Abutre encheu os pulmões e girou o ombro. A dor havia sumido, substituída pelo calor que ele sempre sentia quando as mães o tocavam — o calor de raiva, de fúria, o anseio borbulhante de destruir, estilhaçar e esmigalhar todos os tempos, lugares e pessoas que resistissem a ele.

Formigando com fúria, El Abutre caminhou até o parapeito da varanda e olhou para a enorme praça da cidade. As escadas e varandas de todos os prédios estavam transbordando com homens de rostos vazios e mulheres tortas, todos vestidos de preto maltrapilho e pelos apodrecidos. Uma multidão, tão silenciosa e quieta quanto numerosa, preenchia a praça como ladrilhos humanos.

As mães se moveram ao lado de Abutre, uma de cada lado. As asas de relógios dourados e correntes de ouro e pérola se esticaram acima dele.

— Não são lindos? — Magyamitl perguntou, com seus olhos pretos girando. — Seu exército furioso? Os injustiçados? Os vingativos? Nós juntamos os *yee naaldlooshii* desde as eras mais distantes da morta escuridão exterior para cá, sua cidade de luz. Nós os convocamos. Eles te darão o mundo e nenhum sacerdote primitivo ou garoto de profecia poderá impedi-los. Eles não têm vidas para perder, não têm almas para ficarem sobrecarregados com medo.

Razpocoatl e Magyamitl ergueram seus cetros aquosos. O vento girou, balançando seus robes de sombras e revelando sob eles corpos esqueléticos e mãos com garras onde deveriam ser pés. Simultaneamente, uma centena de

178

falanges de homens e mulheres ergueram suas armas em resposta: lâminas, rifles e estandartes de amarelo e preto.

— Filhos! — as mães falaram em uníssono e suas vozes cortantes ecoaram pela praça como os gritos de falcões. — O que vocês desejam?

— Vida! — a palavra brotou da praça, abalando a varanda e fazendo tremer os longos estandartes em suas colunas.

— Quem a dará a vocês? — as mães gritaram.

— Abutre! — o exército gritou, e, como um só, eles pisaram no chão e bateram nos peitos. — Abutre! — eles gritavam. — Abutre! — E, por toda a praça, eles se retorceram, assumindo partes animais e formas animais.

As mães se viraram, olhando para cima, para o foragido alto entre elas, o homem que lideraria seu exército morto e imortal.

Abutre observou as feras entoando cânticos. Ele sentiu o parapeito de pedra tremer sob as mãos. Quando Devil abriu o peito dele e usou a magia das mães dela para acorrentar sete relógios ao coração dele, foi tudo para um momento como este. Ele tinha planejado libertar um exército em São Francisco havia muito tempo, mas esse momento fora adiado e aquela cidade fora abandonada. Era melhor assim. Ele sabia que estava sendo carregado por uma tempestade além do seu próprio controle. Mas ele era um homem que já tinha acordado vulcões e feito tremer a terra. Ele sabia como navegar em tempestades. E esta poderia lhe dar o mundo.

Contanto que os corpos de um padre e de um garoto dos Milagres fossem parte da ruína.

— O garoto me encontrou aqui — ele falou baixinho, mas poderia ter sussurrado e elas o teriam escutado. — Em um sonho. Me digam como.

A mãe de olhos brancos se aproximou, fitando seu rosto.

— Ele é incapaz de vir aqui — ela disse. — Os caminhos estão selados para todos, exceto seu exército.

— Mas ele veio — Abutre respondeu. — Talvez ele seja mais poderoso que vocês.

As mães gargarejaram risadas.

Razpocoatl revirou os olhos pretos.

— E talvez seu medo tenha inventado esse sonho.

— Não estou com medo. Estou pronto. Quando abrirei as portas para esse exército?

Olhos brancos e pretos brilharam.

— Agora — as mães responderam. — A hora das portas é sempre agora.

A Sra. Devil estava em pé ao lado do altar, seu fôlego gelado rodopiando diante da boca. Ela respeitou o altar de suas mães. Mas se manteve para trás. Em vez de prosseguir, viu por trás da parede líquida as mães erguendo seus cetros, uma de cada lado do grande homem que ela havia escolhido e criado. Não para elas. Para si mesma. Não para brincar por um tempo e depois descartar, mas para elevar, moldar e empunhar sobre a história como um cetro de poder. O arquiforagido do tempo, William Soares, o homem a partir de quem ela havia forjado Abutre, o homem para quem ela criara sete jardins do tempo e cujo coração ela acorrentara aos sete relógios movidos pelas marés dos sete mares, esse homem estava dando as costas a ela, escolhendo um caminho que ela não lhe tinha preparado. Ele estava sendo guiado pelas mães dela, e os brinquedos delas eram usados apenas para destruição. Nunca duravam muito.

A Sra. Devil sempre acreditou na paciência. Abutre tinha buscado essa paciência, mas o Padre Tiempo também havia sido paciente e teimoso ao ponto da tolice. Porém, no fim, a tolice, a paciência e o garoto dos Milagres dele venceram. Mas não completamente.

Agora, Abutre estava em outro curso.

Algo frio e fino se arrastou contra a pele dentro do antebraço esquerdo da Sra. Devil. Com um susto, ela agarrou a manga no pulso e a puxou até o cotovelo. Enquanto olhava, letras toscas se formavam sob a pele pálida e macia, marcadas com sangue.

NÃO SABIA QUE ELE TAVA SOUTO. EU AMARREI DIREITO. CÊ NUNCA ME FALOU QUE ELE CONSEGUIA ANDAR NO TEMPO. O CHEFE TÁ BRAVO???

— Idiota — a Sra. Devil falou. — Imbecil, estúpido e inútil. — Ela deu um tapa na pele, e as letras de sangue sumiram, absorvidas pelas veias azuis. Um momento depois, novas letras se formaram.

ACORDO É ACORDO. FIZ MINHA PARTE. MAIS PILHAS, SORVETE E BALAS COMO CONBINAMOS POR FAVOR?

A Sra. Devil deu um tapa ainda mais forte. Ela levou sua mão até o coque desgrenhado e puxou uma velha caneta-tinteiro de osso, destampou-a com a boca, desenroscou na metade e abriu uma dobra da saia no lado esquerdo, na altura do quadril, revelando dúzias de cápsulas de tinta, todas vermelho-escuras. Ela pegou uma da fileira de cima, rotulada "Levi", colocou-a na caneta e enroscou as metades de novo. Com a tampa ainda entre os lábios e a bochecha, ela rabiscou no antebraço em uma linda letra cursiva, mas as letras eram invisíveis.

Ela hesitou, e então girou o pulso e escreveu sobre sua própria testa.

Na frente dela, a parede líquida ondulava e se torcia, e o rugido de um milhão de vozes sem alma a alcançaram fracamente, tênues como uma memória, mas certas como uma promessa.

A Sra. Devil tampou a caneta.

Leviatã Franco estava na sala de estar da Terra do Nunca com uma caneta na mão. Touro, Cão e outros dois estavam com ele. Crianças estavam amarradas e em fileiras no chão.

Sua filha havia sumido. Desaparecido. Engolida por uma ondulação no ar. O coração de Levi estava martelando.

— Você deveria escutar Samuca — Judá falou. — Solte-nos ou ele vai te matar.

— Fecha a matraca. Já faz trinta segundos — Touro falou.

Mas Levi estava olhando para o antebraço, esperando a mensagem. Quando chegou, ela doeu feito navalha, e ele sabia que deveria ser assim. Rangeu os dentes e viu as letras arredondadas de uma caligrafia feminina.

— Não consigo ler isso — ele grunhiu. — Isso não é inglês.

Touro olhou por cima do ombro dele.

— É letra cursiva, chefe. Já vi letra cursiva antes.

— Então lê. Agora.

— Não consigo ler. Mas já vi.

Levi olhou para Cão, mas ele deu de ombros com o suéter e se afastou.

— Eu consigo — Judá disse.

— Eu também — Mila acrescentou. — Se quiser.

Leviatã caminhou sobre os corpos amarrados, passou por cima de Judá e se agachou ao lado de Mila, estendendo o braço nu com as letras ensanguentadas. Mila se contorceu e girou de lado para conseguir ver.

Você está, por meio desta, condenado à morte, pela mão de Abutre ou pela minha, seu homem burro e estúpido. Eu lhe servirei como alimento para as mães. (Você tinha apenas um trabalho.)

Mila não leu em voz alta.

— É uma ameaça — Mila falou. — Ela quer te matar e usar você para alimentar as mães, o que quer que isso signifique.

Judá riu.

— Calado — Levi rosnou. E então ele se contorceu de dor e colocou a mão sobre a testa.

— Chefe? — Touro perguntou.

Cão se apressou e segurou Levi pelo cotovelo, ajudando-o a se endireitar.

— O que diz aí? — Levi abaixou a mão, olhando para os dois. A única palavra, escrita em maiúsculas, era fácil para os dois lerem. Eles sabiam até o que significava.

CARNIÇA

— Acho que você precisa de uns amigos novos — Judá falou, levantando o rosto do chão. — Por que ser caçado pelos dois lados?

— Você tem que entender — Levi respondeu. — Eu nunca me encontrei com Abutre. Nunca vi a cara dele nem de longe. Só tinha essa moça me falando para ficar de olho se aparecesse um garoto com poderes. E ela me deu coisas que simplesmente não eram possíveis. — Leviatã Franco caiu de joelhos e colocou a cabeça entre as mãos. — E agora minha Samara sumiu, *puf*! E tudo por causa dessa mulher.

— E das pilhas — Judá falou.

— Troca justa — Lipe Beicinho começou a rir. — Só estou dizendo que eu trocaria aquela sua garota por pilhas a qualquer momento.

— Eu poderia até gostar dela — Bartô balbuciou no chão. — Mas não mais do que um pacote de pilhas de 9 volts. Cara, só imagina conseguir ligar de verdade alguma coisa.

Levi Franco alisou a barba e rosnou de frustração.

— Esquece as pilhas — Mateus de Deus falou, contorcendo-se para a frente. Eu aposto que Samuca mata esse brutamontes barba ruiva antes de Abutre chegar perto dele. Quem duvida?

— Não tem nada de errado com barbas ruivas — Thiaguinho Z balbuciou.

Jão Z rolou sobre as costas e conseguiu se balançar até ficar sentado.

— Concordo. Barbas ruivas são as melhores.

— Vocês nunca vão ter barbas — Seu T. disse. — Qual é a aposta, Mateus?

— Minha sobremesa por uma semana — Mateus respondeu. — Contra a sua por um mês.

184

— Ah! — Seu T. chutou Mateus na coxa. — Sem essa. Uma semana por outra.

— Silêncio — Dedé falou, e todos os garotos ficaram quietos. Enfiando o rosto no chão de mármore, ele conseguiu colocar os joelhos no chão, levantar o bumbum para cima e erguer a cabeça. Finalmente ajoelhado, olhou para Levi Franco e seus homens.

— Ei! Sr. Leviatã, nos ajude aqui, e não só Samuca não vai te matar, como também eu pessoalmente vou me certificar de que você consiga mais pilhas do que pode carregar sozinho.

— Você não entende — Levi disse. — Você acha que eu entregaria um moleque que eu nem conheço para pessoas que tenho quase certeza de que são horríveis só para fazer um controle de TV funcionar, quando tenho combustível suficiente para ligar um gerador para uma noite de filme?

— É — Judá respondeu —, acho que sim.

— Bom, não entregaria — Levi disse. — Não eu. Ela me ofereceu muito mais que isso. Você tem que entender: eu sou do mundo de antes. Eu vi. Eu vivi nele. Lembro do futebol americano, da pizza e dos *donuts* frescos. Sorvete! Cara... se você não souber como era, você não entende o que esse lugar faz comigo.

Todos os garotos se remexeram, olhando um para o outro e revirando os olhos, esperando para ver quem ia falar primeiro e fazer o homenzarrão se sentir bobo.

— Eu acho que entendemos — Mila falou. — Nós... a maioria de nós vem de lugares melhores.

— Obrigado — Levi respondeu. — Anos atrás, essa moça apareceu e me deu sorvete. *Sorvete!* Me disse para ficar de olho vivo se aparecesse um garoto com braços de cobra. Eu respondi que ela era doida, que nenhum garoto podia ter esse tipo de problema, mas ainda aceitei o sorvete. Aí ela trouxe essa revista em quadrinhos e me mostrou as fotos, mandando avisar por aí para ficarem de olho. E então, mês sim, mês não, ela perguntava, deixava mais quadrinhos, pilhas e munições, quase qualquer coisa que a gente pedisse. E era estranho que, mesmo passando anos e anos, ela sempre parecia a mesma. Até vestia as mesmas roupas, como se para ela tivessem sido só cinco minutos, enquanto tinha passado um ano do lado de cá. Bom, esses quadrinhos se espalharam por todo lado pelos anos e, depois de um tempo, a gente ouviu dizer que tinham visto o garoto-cobra. O de verdade. O próprio Samuca dos Milagres dos quadrinhos.

Levi pegou uma caneta de osso, girando-a entre o indicador e o polegar.

— Ela me deu essa caneta para mandar uma mensagem a ela se eu visse alguma coisa assim um dia. Então, eu mandei. E ela veio correndo. Foi aí que ela mudou tudo. Disse que quem pegasse esse moleque e quem estivesse com ele, bem… ela levaria o cara e toda a família dele para um tempo diferente, onde Seattle não tinha explodido. Uma vida nova. Do tipo que eu nunca achei que seria possível de novo. — Levi olhou ao redor. — E foi isso que me fez dizer "Conta comigo". Nunca foi por causa do Abutre. Eu só conheço ele pelo que já vi nos quadrinhos, que é basicamente um cara malvado até os ossos. Mas, até vocês me prometerem algo melhor e me fazerem acreditar em vocês, eu tô no time dele.

Glória acordou devagar, misturando o sonho da estação de ônibus com a realidade. Mas era o sonho que parecia mais real. Num instante, ela estava abraçando os joelhos e tentando explicar que não podia sair dali, para o caso de seu irmão voltar, e então os joelhos dela subitamente estavam cobertos de grama espessa. Folhas verdes estavam frias contra seu rosto e queixo. Estavam na boca, fazendo cócegas na língua.

Cuspindo e piscando rapidamente, ela se sentou. Samuca e Samara a observavam, ambos sentados na grama, com as costas apoiadas no vidro grosso e turvo.

— Onde a gente tá? — Glória perguntou, mas olhou ao redor do cilindro e depois para o céu. A escuridão acima dela era tudo de que precisava se lembrar. — A gente caiu — ela mesma respondeu.

— Foi. — Samuca se inclinou para a frente e foi engatinhando até Glória. Ela observou os corpos escamosos das cobras nos braços dele e os olhos brilhantes nas costas das mãos. — E estamos vivos, graças a você — ele acrescentou. — Mas não fazemos ideia de onde estamos ou de como sair daqui.

— Por que você está aqui? — Glória apontou com a cabeça para Samara.

A ruiva puxou para trás o cabelo volumoso e sorriu.

— Pela mesma razão que você. Eu pulei para dentro de um buraco no mundo.

— Mas por quê? — Glória perguntou.

— Porque vocês são vocês — Samara respondeu. — Vocês acham que eu quero viver minha vida vasculhando ruínas? Eu ouvi as histórias do meu pai sobre outro tempo, quando as cidades estavam vivas. Vocês são minha melhor chance para ver esse mundo de antes. — Ela deu de ombros. — O que vocês fariam se fossem eu, vivendo de peixe defumado e molho de *enchilada* de 21 anos, e aí dois personagens de quadrinhos aparecem? Mesmo que vocês sejam malvados, eu ainda tô feliz por ter pulado atrás de vocês naquele buraco.

— Não somos malvados — Glória respondeu.

Samara sorriu.

— Eu não discordo, mas não foi isso que meu pai disse. A propósito… o jeito como os quadrinhos mudaram depois de você é impressionante. Mal posso esperar para ver o seu cabelo todo branco.

Glória olhou para Samuca. O rosto dele estava parado, preocupado. Ela pegou o rabo de cavalo e o puxou para a frente, quase desfocado a poucos centímetros do rosto. Preto. E então… não mais. Ela passou a listra de cabelo branco entre os dedos e se virou para Samara.

A garota sorridente apontou para uma revista em quadrinhos na grama.

— Ele é Samuca dos Milagres — Samara disse. — Parece legal. Cobras medonhas. Mãos rápidas. Memória ruim. Mas você…

A mão direita de Glória estava presa na grama, segura no lugar pelo vidro que envolvia seus dedos, se espalhava sobre o chão e subia formando o alto cilindro ao redor deles. Ela pegou a revista com a mão esquerda, observando Abutre, o garoto de fogo preto, a versão de Samuca que parecia um boneco Ken e… a mulher que tinha de ser ela, a mulher com o cabelo branco e o chicote de vidro e areia.

— Você consegue ir para qualquer lugar e qualquer tempo. É isso que os quadrinhos dizem. — Samara ficou de joelhos e arrumou o cabelo vermelho. — Eu quero que você me ensine. Quero aprender. Quero ver o mundo de antes e visitar cada cidade. Serei sua aprendiz.

Glória balançou a cabeça.

— Eu não posso ensinar. Tenho coisas demais para aprender e não tenho tempo para isso. Não faço ideia do que estou fazendo.

Samara sorriu.

— Mas você vai conseguir. Você é Glória Aleluia. Esse é o nome que você tem nos quadrinhos, mesmo que na verdade você seja a Mãe Tempo.

— E isso não é tudo — Samuca acrescentou. — Por causa de como você se move pelo tempo e espaço, e da forma da lâmina que você cria quando luta, você relembra os pobres cidadãos da revista de uma coisinha que eles gostam de chamar de... *Morte*. — Os olhos de Samuca estavam exaustos e preocupados, mas sua boca tremeu, formando um sorriso. — Acho que a gente deveria parar de andar juntos. Você pode assustar as cascavéis.

DEZ

Portas Frias para o Agora

Sentada sobre a grama verde no fundo do alto cilindro de vidro, Glória olhou para Samuca. Samuca olhou para Glória.

— Eu deveria te chamar de Aleluia? — Samuca perguntou. — Ou de Morte?

— Pode ir parando — Glória respondeu. — Mas eu aceito qualquer um dos dois antes de Mãe Tempo. Esse é o mais estranho. — Glória olhou para a revista em quadrinhos. — E o mais bobo.

Samuca ficou de pé e deu um chutinho no vidro grosso com a ponta da bota, fazendo subir um eco para a escuridão.

— Eu não sei como você fez isso nem o que é isso, mas obrigado. — Ele sorriu. — Tenho quase certeza de que não estamos mortos, já que Espectro não tá aqui e eu não estou vendo nenhum pedaço meu esmagado no chão.

Glória suspirou.

— Podemos estar vivos, mas isso aqui não é muito bom. Tentei desacelerar a gente um montão. Não faço ideia da rapidez com que o tempo tá passando fora dessa coisa. Até onde sei, cada uma das batidas dos nossos corações poderia estar levando uma hora ali fora. O que é uma notícia ruim para Pedro. E para a gente. Nós poderíamos virar cinzas assim que pisarmos lá fora.

— Certo. Ainda bem que você é a Mãe Tempo — Samuca respondeu. — Leva a gente para trás o quanto você puder antes de destruir esse cilindro. Vamos ter que voltar no tempo, de qualquer jeito. Aí podemos começar a procurar o bebê Pedro.

— É, fácil assim. Claro. — Glória tentou se levantar, puxando a ampulheta, mas o objeto a puxou de volta, sobre os joelhos. Ele não queria se quebrar da lâmina que cresceu e virou a parede cilíndrica. Ela apertou a mandíbula com força e puxou a ampulheta com as duas mãos.

— Precisa de ajuda? — Samara perguntou, chegando mais perto.

— Não! — Glória jogou o cabelo para trás e apontou para a ruiva. — Não toque em mim.

— Glória? — Samuca se aproximou da lâmina de vidro entre as mãos de Glória e a parede do túnel, e levantou a bota para pisar na lâmina. Glória balançou a cabeça e o fuzilou com um olhar de irritação transpirante. A última coisa de que ela precisava era Samuca quebrar a ampulheta. Se alguém ia fazer isso, que fosse ela.

— Abaixa esse pé. — Ela apontou para um ponto na grama. — Com força. Enfinca ele ali. — Quando Samuca obedeceu, Glória se sentou no chão e girou as pernas, apoiando os pés contra a lateral do pé de Samuca. Então, fechando os olhos, concentrou-se no que ela precisava que a ampulheta fizesse.

Tinha quase certeza de que eles haviam aterrissado na ilha, já que ela se lembrava de ter visto a terra voando em sua direção antes de ela apagar, mas também tinha quase certeza de que ela, Samuca, Samara e o cilindro de vidro estavam tão invisíveis para qualquer pessoa no fluxo temporal normal quanto o corpo de Pedro e a cama tinham ficado invisíveis para ela. Se o cilindro fosse visível, os Garotos Perdidos já teriam rachado o vidro a essa altura.

— Mate Abutre, salve Pedro. Isso é tudo que você tem que fazer — Samuca falou.

Glória abriu os olhos e olhou para Samuca.

— O quê? Por que você tá me dizendo isso?

Samuca sorriu.

— Eu estou sendo a Glória Sampaio. Te ajudando a manter as coisas organizadas. Mantendo seu foco. Assim como você fez comigo.

Apesar da situação, Glória riu.

— Você acha que essa é minha lista de afazeres, Samuca? — ela perguntou. — Porque não é. Eu preciso que esse cilindro leve a gente de volta no tempo antes que eu o quebre, ou estaremos mortos. Espero que a gente volte mais de um século, porque aí preciso encontrar um caminho pelo tempo e por um grande espaço para chegar até Pedro nos momentos antes de arrancarem o coração dele. E então eu preciso encontrar um caminho até Abutre. Você, Pati e Pinta é que vão ficar encarregados de matar e salvar.

— O que eu vou fazer? Como posso ajudar? — Samara perguntou.

193

Glória deu de ombros.

— Siga seu coração. Acredite em si mesma. O que funcionar para você. Fique fora do caminho e tente não causar problemas.

Samara inclinou a cabeça.

— O quê? Sério?

— Eu consigo encontrar Abutre — Samuca falou. — Digo, talvez. Consigo num sonho. Nós deveríamos tentar na escuridão entre tempos.

— Não, Samuca. Você vai encontrar Abutre, mas uma coisa de cada vez. — Fechando os olhos e apertando a mandíbula, Glória tentou colocar seus desejos mais fortes no vidro que estava nas suas mãos.

Para trás. Não quebra. Não cai. Fica mais forte. Para trás.

Quando a ampulheta ficou quente em suas mãos, Glória empurrou com os pés apoiados na bota de Samuca e puxou com o restante do corpo, como se estivesse puxando um remo. Ela estava meio que esperando se jogar para trás sob uma onda de areia fria. Ou se jogar para trás com vidro rachado e mãos sangrando. Em vez disso, a ampulheta se curvou lentamente em sua direção. Seus braços tremiam com o esforço, mas ela era forte o bastante. Abriu os olhos e viu que a lâmina de vidro conectando-a à parede ainda estava intacta. O vidro a puxou de novo, mas ela se esforçou, empurrando com os pés apoiados em Samuca e puxando as mãos, a ampulheta e a lâmina para o peito.

A torre em túnel gemeu. O calor ficou mais quente e fluiu através dela, zumbindo nos ouvidos e rugindo atrás dos olhos.

Glória caiu de costas, olhando para cima e piscando. A ampulheta ainda estava em suas mãos. O enorme cilindro irregular girava ao redor deles. O chão tremia, fazendo-a pular sobre a grama.

— Glória! — Samuca gritou. — Glória!

Ele se inclinou sobre ela, segurando-a pelos ombros e levantando-a.

— Ai! Samuca! — Glória tirou as mãos de Samuca e viu que a lâmina de vidro ainda estava presa à ampulheta, mas estava derretida, só um pouco mais espessa do que água.

Ao redor dela, o vidro do cilindro tinha ficado transparente. E estava se movendo.

— Nossa. — Ela girou lentamente. Ao fazer isso, o cilindro acelerou. Samuca pulou no ar ao lado dela. E depois Samara. E depois Samuca de novo. O lento gemido do vidro estava ensurdecedor, alto o bastante e profundo o bastante para revirar seu estômago. Ela estava tonta.

— Glória! — Samuca gritou de novo.

— Faz isso parar! Por favor! — Samara gritou.

Glória olhou para baixo. A lâmina de vidro estava girando ao redor dela no chão, conectada à parede cilíndrica. Ela já tinha cortado a grama até a terra. Samuca pulou de novo. E de novo. Isso poderia arrancar os pés dele. E estava enroscando uma casca de vidro apertado ao redor dos pés de Glória.

O vidro ainda estava acelerando. Samuca já não pulava; ele estava correndo parado, como um garoto preso entre cordas de pular que estavam ficando mais rápidas. Samara berrava.

— Pulem alto! — Glória gritou. — Agora!

Samuca e Samara pularam. Glória girou, chicoteando a lâmina ainda mais rápido. O ruído do túnel gemeu subitamente numa frequência mais alta. A lâmina virou uma superfície escorregadia, sólida e giratória. Samuca e Samara aterrissaram sobre ela, girando duas vezes antes de perderem o equilíbrio e caírem enquanto a superfície tremia abaixo.

Glória ficou em pé sobre o chão de vidro, liso e vivo, como um chão congelado de elevador, mas dava para se equilibrar.

Samuca e Samara se afastaram um do outro e testaram o solo. Pati estava chocalhando no ombro de Samuca, e, enquanto ele se levantava, seu braço esquerdo se enroscou num S tenso, observando Glória, claramente querendo atacar.

— Estão vendo isso? — Glória perguntou. Ela se aproximou o máximo que pôde do vidro, que girava, mas estava transparente.

— É como se estivéssemos em um tornado — Samuca falou. — Mas não estamos encostando em nada.

De fora, Glória viu o mundo moderno piscar como fogo.

— Fica olhando — Glória disse. — Só observa.

— Estamos rápidos? Ou estamos devagar e eles estão rápidos? — Samuca perguntou.

Samara se levantou, mas Glória mal a percebeu.

— Não, estamos devagar — Glória respondeu. — Nós desaceleramos até pararmos, enquanto todo o resto se move. — Ela estava olhando para o mundo. De início, era como algo de um filme, reproduzido em alta velocidade. Nuvens atingiam e se partiam contra montanhas como chicotes frenéticos. O sol se erguia e se punha e caía até se tornar uma faixa de fogo estável no céu, que remexia para o sul, para

196

o norte e para o sul de novo conforme os anos passavam tão rapidamente quanto suspiros .

— E estamos ficando mais devagar — Samuca falou. — O sol está como um anel sólido.

Glória observou a água e, quanto mais rápido tudo se tornava, mais sólida ela ficava. As florestas nas montanhas eram o novo líquido. O verde vegetal se abaixava e se elevava, subindo e descendo pelas colinas como uma maré, enquanto o mar parecia inerte como uma rocha. Ela tinha visto a mesma coisa quando estava na torre de Abutre em São Francisco.

E, então, tudo se moveu de uma vez. O planeta começou a girar abaixo deles, de leste para oeste. Glória e Samuca viram Seattle vindo em direção a eles, encolhendo-se enquanto se aproximava — prédios sumiam, estradas se apagavam, colinas achatadas se erguiam novamente. Quando a cidade terminou de passar ao redor deles, era pouco mais do que uma vila e estava se movendo rapidamente.

— Isso é bom? — Samuca perguntou. Pelo medo na voz dele, Glória sabia que ele achava que não. E ela também. — Estamos nos separando do espaço e *também* do tempo?

— Acho que estamos lentos o bastante para nos prendermos ao nosso lugar no espaço. O planeta está se movendo para trás com a rotação — ela disse.

— Deveríamos parar? Isso é no passado o suficiente, certo? — Samuca perguntou.

Seattle tinha sumido. Eles estavam avançando por montanhas fantasma, sobre um deserto e entrando em Montana.

— Eita! — Samara segurou o braço direito de Samuca e se puxou para perto dele. — Estamos voando?

Pati disparou na frente do corpo de Samuca e bateu a palma dele na lateral da cabeça de Samara, derrubando-a no chão de vidro. Samara olhou para ele, chocada e brava, enquanto Pati chocalhava para ela, para completar.

— Foi mal — Samuca falou, mas nem olhou para Samara.

— Costuma ser melhor nem tocar nele. Nunca. — Glória disse. Ela deu uma olhada para a ruiva antes de voltar a olhar para o mundo. — Viu? Já estou te ensinando alguma coisa.

Samara se levantou de novo, mas desta vez deixou Glória entre ela e Samuca.

— Mas estamos voando mesmo? — Samara perguntou.

— Sim. — Samuca respondeu.

— Não — Glória disse. — O mundo está.

— Faz essa coisa parar, Glória — Samuca pediu.

— Na próxima volta — Glória respondeu. — Já estamos em Minnesota. Ou... em algum lugar.

Glória não só via o movimento; ela o sentia. Era como estar com a mão dentro de uma cachoeira, se cachoeiras pudessem ser perfeitamente lisas e mais poderosas do que planetas. Ela estava vendo o mundo como os anjos devem vê-lo. Observava uma dança e ouvia uma canção que era grande demais para olhos humanos e grandiosa demais para ouvidos humanos. E havia mais: muito, muito mais.

A Europa passou abaixo deles tão perto e tão rápida quanto a tinta amarela de uma rodovia.

— Estamos desacelerando — Glória disse. — No espaço.

— Parece mais rápido — Samuca olhou para ela. — Bem mais rápido.

— Exatamente. Porque estamos ficando cada vez mais parados. Estou me perguntando se vamos parar completamente. — Glória estendeu a mão e a colocou sobre o vidro. Rússia. O Pacífico de novo. América do Norte.

— Eu nem vi Seattle dessa vez — Samuca falou. — Glória, para a gente em qualquer lugar. Por favor.

Mas Glória não tinha certeza de como parar. Ela não sabia com certeza nem como tinha começado isso. A Terra girando abaixo dela não era só mais um dia. Nem só um ano. Cada volta era o borrão de séculos se desfazendo. Assim como o trajeto do Sol tinha se tornado um anel sólido, os anos estavam se unindo.

E, num piscar de olhos, a Terra sumiu de debaixo deles.

— Minha nossa. — Samuca cambaleou ao lado de Glória. Ela agarrou o braço esquerdo dele e Pati pressionou as costas da mão de Samuca na barriga de Glória, escondendo os olhos. Na mão direita, Pinta ficou flácida e fria.

Eles estavam entre estrelas. Estrelas gigantescas. Emaranhados de estrelas. A escuridão estava sumindo.

— Não — Samara falou. — Não, não, não. — Ela caiu no chão e se encolheu, fechando os olhos com força e com as mãos sobre os ouvidos.

Samuca recuperou o fôlego e Pati segurou a mão de Glória ao redor da ampulheta enquanto o planeta, com a Lua como um nó perolado e imóvel ao redor dela, vinha assustadoramente em direção a eles, e então passou a centímetros dos seus pés antes de ficar para trás e sumir.

— Você consegue parar isso? — Samuca perguntou baixinho.

— No espaço? — Glória perguntou.

— Em qualquer lugar. — Samuca soltou a mão dela.

199

O planeta deu a volta, orbitando cada vez mais rápido. As estrelas se tornaram um borrão ofuscante. Samara estava chorando.

Glória fechou os olhos contra a luz. A ampulheta estava quente em sua mão. Queimava. Mas ela não conseguia nem desenroscar os dedos e soltá-la. Ela tinha que mover o cilindro para a frente de novo, até o início, de volta para onde eles começaram. Mas como faria isso?

— Já era — Glória sussurrou. — Vamos morrer.

— Não! — Samuca respondeu. — Glória, você tem que tentar algo. Qualquer coisa.

— Espectro — Glória disse, abrindo os olhos. — Vamos.

— Gira isso aí de novo — Samuca falou. — Vira o túnel para o outro lado.

Mas Glória não estava ouvindo. Ela levantou a ampulheta diante do rosto, vendo a fina lâmina líquida girar, saindo da extremidade aberta.

— Espectro — ela falou de novo, aproximando a boca do vidro o máximo que ousava. A Terra e seus anéis lunares estavam dando a volta. — Espectro. Angel de la Muerte. Irmão Segador. Se nós morrermos aqui, quem vai nos recolher? Deus. Por favor. Envie ele. Envie qualquer um.

O túnel tremeu. O vidro estava rachando. Derretendo. Glória olhou para cima, observando o túnel queimar e virar areia do topo para baixo. A escuridão descia. Ela caiu no chão, puxando Samuca pela barra da camisa.

Não houve impacto quando o túnel caiu sobre a Terra. Num momento, o vidro estava tremendo, rachando, fumegando e sumindo ao redor de Glória e de Samuca. No momento seguinte, cada pedacinho de vidro estilhaçou e virou areia, revelando a forma de um garoto feito de fogo preto e usando um boné de caminhoneiro, em pé sob o luar.

Glória estava deitada em posição fetal na grama alta e fresca. Uma brisa dançava sobre sua pele, dando-lhe calafrios. Ela conseguia ouvir a água batendo contra rochas. E o temporizador que ela usava para contar os dias estava apitando na caixinha de binóculo. Seu braço estava ao redor de Samuca, segurando-o com força, mas ele estava roncando. Pati e Pinta moveram as mãos dele pelo ar, avaliando Glória e depois concentrando-se no garoto feito de fogo. Samara estava encolhida de lado, completamente imóvel, exceto pelo movimento do seu cabelo ao vento.

— Eu não fui claro? — Espectro perguntou com a voz repleta de raiva. — O que você estava tentando? Você desistiu de Pedro? Do futuro?

Glória engoliu em seco, tentando abrir a garganta e soltar a voz.

Ela balançou a cabeça. Sentiu lágrimas enchendo os olhos, mas piscou rapidamente para clarear a visão.

— O que eu deveria fazer? Eu persegui Abutre. Sério! Mas caí e então... — A voz dela se perdeu. — A gente morreu? Você veio nos recolher?

O fogo do garoto diminuiu e se tornou carne. Ele tirou o chapéu, passou a mão no cabelo e o colocou de novo.

Espectro encarou Glória. Depois de um longo momento, ela se moveu, olhando para Samuca e Samara.

— O que tem de errado com eles? — ela perguntou.

— O que tem de errado é que você voltou no tempo mais do que qualquer humano deveria e mais do que a maioria conseguiria sobreviver. Eu os coloquei para dormir. Senão, eu estaria recolhendo as almas deles. Mas não quero coletar suas almas. Quero coletar a alma do Abutre. Quero Pedro vivo! — A voz dele se elevou e aumentou até a força de um vendaval. — *Não quero* recolher outros milhões de homens, mulheres e crianças por você ter falhado com eles. Mas vou. Enquanto ele mata, isso é exatamente o que eu serei forçado a fazer, porém vou carregar a sua alma comigo para você poder ver cada um deles.

Glória se encolheu, colocando as mãos sobre a cabeça. Pinta e Pati estavam chocalhando, enroscando os braços moles de Samuca acima dele.

— Você me entendeu, Glorina Sampaio? Glorina Navarre? Glória Aleluia?

Glória olhou para ele.

— Você acha que tem o direito de ficar bravo comigo? De quanto você abriu mão nessa luta? O quanto você perdeu? Agora me diga o quanto Samuca perdeu. E Pedro também. — Ela se levantou. — E Mila? Quantas vezes você teve que morrer, Espectro? Mateus e Tomás? Thiaguinho e Jão? Dedé, Beicinho e Bartô? Tiago e Simão? Judá? Poxa, até Pinta e Pati já abriram mão de mais coisas do que você. Você sabe o que acontece no fim dessa luta? Eu sei que você sabe. Nós morremos. — Glória apontou para Samuca e Samara. — Nós todos. Talvez morramos vencendo. Talvez morramos anos depois de termos vencido. Ou talvez nós percamos, aí todos morremos logo.

Glória se virou, caminhando em direção a Espectro.

— Todos nós vamos morrer e você será nosso coveiro. É, isso é medonho, mas e daí? Ser mortal é assustador. Abutre morre de medo disso. Mas você sabe o que me assusta ainda mais? Não ser um dos mocinhos. Isso seria muito pior. — Ela fungou, com o maxilar contraído, orelhas quentes e cabeça zumbindo. — Você fala como se todos fôssemos maçãs caindo de uma árvore e talvez sejamos mesmo. Mas se você acha que é difícil ser o cara que tem que catar as maçãs, tenta ser um de nós.

Espectro não se moveu.

Glória parou, tentando avaliar a reação do garoto. Ele era mais pedra que fogo.

— Você me entendeu, Ceifador? Me ajuda a salvar Pedro e a matar Abutre, ou então só leva minha alma embora agora.

— Eu já te ajudei — Espectro falou. — Tanto quanto sou autorizado. Não tenho permissão para escrever as histórias de suas vidas mortais nem para subir no palco das suas peças mortais. Mas eu armei a ampulheta do Padre Tiempo. Estou adiando o processo de coletar a alma dele. Pausei o seu passeio desenfreado pelo tempo em vez de vir coletar você morta. Não posso matar Abutre por você.

— Por que não?

— Se eu quebrar os mandamentos aos quais estou aliançado, então não serei melhor do que ele, escrevendo o que não é para eu escrever, tocando no que não é para eu tocar, empunhando poder que me foi dado com os limites mais restritos. Eu serei expulso. Jamais cumprirei meus deveres nem tomarei meu assento no frescor das estrelas. Serei sombra, não luz. Eu me tornarei o que outros se tornaram antes de mim, menos poderosos, mas tão vis quanto as Tzitzimime, que já foram mães da aurora e do crepúsculo, guardiãs de tudo que florescia. Abutre estaria morto, mas eu o substituiria. É isso que você quer?

Glória fungou. Agora que sua raiva estava passando e ninguém estava gritando, ela observou os arredores. Estava em pé sobre chão firme na ilha sob o luar, com ar fresco e terreno nos pulmões e com a essência de sal e água limpando sua mente.

— Me prometa — ela falou.

— Prometer o quê? — Espectro perguntou.

— Que você vai fazer tudo o que puder. Mesmo que não seja o suficiente. E eu vou fazer a mesma coisa.

Espectro sorriu subitamente, caminhando em direção a ela. Ele parou diante dela e estendeu a mão.

— Prometo. Agora, você viu meu rosto duas vezes, então é melhor eu aproveitar o momento. Da próxima vez que nossos olhos se cruzarem, seu tempo terreno terá acabado. Então, segure minha mão.

Glória olhou para o pulso fino, a pele morena e os dedos longos do garoto. Então, ela olhou para Samuca, roncando na grama, e Samara atrás dele. Pati e Pinta olharam para ela, uma de cada vez.

— Não se preocupe, Samuca vai ficar bem — Espectro disse. — Eu vou te mostrar uma coisa, não te levar para outro lugar. Te levar seria impossível.

— Por quê?

— Porque você já está lá. Eu vou te mostrar uma das suas memórias.

Glória levou a mão à dele, mas parou.

— Se eu morrer, faça o que prometeu — Glória pediu. — Me leve com você para recolher todas as pessoas que forem mortas por eu ter falhado.

Os olhos dele se arregalaram com surpresa.

— Por quê?

— Porque não são apenas maçãs. Vai ser terrível e elas vão precisar de alguém legal. Você só vai gritar com elas.

Espectro riu e seus dedos se fecharam ao redor dos dela. Frio parou o sangue dela. Fogo preto subiu pelo braço. O mundo ao redor dela sumiu.

Abutre estava sentado numa cadeira vermelha de encosto alto, com suas longas pernas esticadas sob a metade de uma larga mesa de pedra diante dele. Os relógios estavam todos nos bolsos, os cotovelos descansando sobre os braços da cadeira, e os dedos formando uma tenda diante do rosto, com polegares afiados aninhando-se na barba preta e pontuda.

Atrás dele, a fonte no centro do pátio gotejava e o relógio de ouro balançava acima do relógio de sol, captando e refletindo a luz avermelhada emitida pelas tochas. Dúzias de tochas altas haviam sido colocadas nas lajotas do pátio, tanto pelo calor quanto pela luz. Estranhos símbolos entrelaçados e emaranhados de gravetos e ossos estavam pendurados nas hastes das tochas — todos mandalas de sonhos e amuletos recém-pendurados. Outro fogo havia sido aceso numa bacia de bronze no centro da mesa, e era para esse fogo que o Abutre estava olhando.

A cortina preta atrás do altar do Abutre estava aberta para a cavernosa Cidade da Fúria. Mas, para a consternação da Sra. Devil, El Abutre convidara as mães para deixarem a cidade e se juntarem a ele no jardim. As irmãs vestidas de sombras e seus dois generais passaram pelas proteções do santuário que a Sra. Devil tão cuidadosamente havia mantido contra elas. Agora, elas e os generais estavam sentados à mesa de pedra com Abutre, preenchendo a caverna com o fedor delas e olhando, sem tocar, para o vinho, o queijo, as uvas e as maçãs fatiadas que a Sra. Devil providenciara. Quatro olhos furiosos concentraram-se nos enormes mapas feitos com couro de cavalo que as mães desenrolaram de uma ponta a outra da mesa. O homem de barba branca e com cicatrizes na cabeça estava à esquerda de Abutre. O mais jovem, com o cabelo alisado para trás no topo da cabeça, estava sentado ao lado direito de Abutre. Ele estava com as duas mãos sobre a mesa, com os dedos silenciosamente traçando linhas no couro.

A Sra. Devil estava em pé atrás da cadeira do Abutre, as mãos firmemente juntas na altura da cintura.

Razpocoatl estava inclinada sobre a mesa, com a bacia de fogo projetando sombras finas atrás de cada pena do seu rosto, enquanto em seus olhos havia um brilho alaranjando.

— Nós te prometemos um exército — ela disse. — E juntamos um exército para você.

— Vocês estão me oferecendo gafanhotos sem alma — Abutre falou. — Pois bem. Eu vou soltá-los. Mas seus homens-fera e troca-peles mortos e condenados devem continuar sob meu controle mesmo depois que a conquista estiver completa. Vou assumir o comando da nova humanidade com as almas ainda presentes. Isso é um termo necessário dos seus serviços.

A Sra. Devil assentiu e falou:

— Ainda que precisemos bani-las de volta para a escuridão, elas devem jurar obediência.

Magyamitl não se inclinou para a frente, e seu robe de sombras e seus olhos pretos faziam seu rosto parecer uma máscara. As duas mãos com garras estavam brincando com um colar de carne no pescoço.

— É nosso poder que acorrenta o tempo ao seu coração e à sua alma. Foi nosso labor que ajuntou você a um exército de devoradores, e nossos dois filhos vão comandá-lo. É nossa fúria que lhe dará o mundo. Nós derrubamos o sacerdote e nos alimentamos da sua unção. Nós também temos termos.

Abutre pegou um cacho inteiro de uvas da bandeja e se reclinou em sua cadeira.

— Estou ciente. Apresentem suas condições e eu as ouvirei. — Ele olhou para os dois homens. — Alexandre, Jovem Filho da Noite, e Cipião, o Cicatriz, vocês são de fato um par assustador de foragidos. Estão prontos para verdadeiramente começar essa guerra?

Os dois homens assentiram. Abutre colocou uma uva na boca, sorriu e falou.

— Então, vamos começar. Preparem portais através da escuridão para minha Seattle escolhida. Nosso exército apodrecido entrará nas ruas dela num frenesi com o nascer do sol. Mães, encontrem tempestades para mim. Tempestades frias. Desespero. Então, rasguem os céus entre tempos e deixem a brutalidade delas se juntar à nossa invasão. Neve e gelo me servirão melhor do que lava por enquanto. E encontrem monstros de mares antigos. Quanto maiores, melhor. Encham o estuário com destruidores de navios. Não deve haver escapatória da cidade pela água. — Ele esticou uma mão sobre o couro de cavalo, finalmente batendo com o dedo no ponto que queria. — Comecem com a ilha do garoto dos Milagres. Invadam o momento dele. Encontrem-no. Destruam-no.

As duas mães sorriram.

— Quando o coração dele tiver sido tomado — Abutre prosseguiu — e uma cidade viva pertencer a mim, vamos nos mover para a seguinte, e a próxima, e a outra. Até que mesmo vocês tenham se alimentado o bastante e eu resolva banir os andarilhos empanturrados de volta para seus infernos.

As mães sorriram e as sombras se acentuaram em seus rostos emplumados.

— Mas vocês ainda têm que dar seu preço — Abutre acrescentou. — O que El Abutre deve pagar às mães em troca do mundo?

Os sorrisos ficaram mais largos.

— Apenas essas coisas — Razpocoatl falou.

— Nos deixe escolher servos dentre os vivos e os mortos — falou Magyamitl. — E nos dê uma cidade para governarmos como quisermos.

Razpocoatl estendeu uma mão sombria aberta sobre o fogo. As chamas desapareceram em sua palma, como se tivessem sumido por um buraco. Ela fitou os olhos de Abutre, e seus próprios olhos brancos brilhavam.

— Mas, mais do que isso — ela continuou —, nos dê a garota chamada Glória. Ela será nossa filha, e faremos dela uma rainha da noite e da escuridão.

ONZE

Mãe T

GLÓRIA NÃO TINHA PÉS NEM MÃOS. Mas seus sentidos ainda estavam vivos o bastante para ver, cheirar e sentir. Ela estava numa cidade cavernosa que já tinha visto antes, iluminada por centenas de tochas; e ela estava flutuando numa rua estreita, cruzando por entre homens, mulheres, crianças e cachorros, enquanto passava entre dúzias de pequenas casas de pedra. O ar quente do deserto estava seco sobre sua pele e a fumaça das tochas queimava nos pulmões... mas ela não tinha pulmões. Nem estava respirando.

Ela estava seguindo uma senhora. Como ela sabia disso, não tinha certeza, já que a idosa estava usando um robe com capuz e somente uma mão estava visível, segurando uma bengala alta.

Eu conheço esse lugar, Glória disse. Mas sua voz era um pensamento que nunca tocou o ar.

Sim. A voz pertencia a Espectro.

Esta é a caverna onde Samuca ganhou os braços, ela disse. *Manuelito e Baptisto moravam aqui.*

Sim, Espectro confirmou *Cidades morrem assim como homens.*

O que aconteceu?

Não se distraia. Observe.

A mulher de robe parou diante de uma entrada, adornada com cortina, de uma pequena casa-cubículo. Levantando a bengala, ela bateu levemente na parede, e aí a senhora abaixou o capuz e observou a cidade ao seu redor, como se ela pudesse ter sido seguida.

Seu cabelo grosso e perfeitamente branco estava penteado para trás, num rabo de cavalo, e ela olhou diretamente para Glória, com os olhos focados.

Glória estava encarando o rosto de uma versão muito mais velha de si mesma.

E então a cortina foi aberta, revelando um garoto alto e jovem, com cabelo preto, sem camisa e um grosso emaranhado de colares. O garoto sorriu, fez uma reverência e deu espaço. A velha entrou.

Fique calma, Espectro falou. *Você está vendo o que eu vi.*

Glória não conseguia responder. Estava suando de nervosismo, querendo que o sonho acabasse, mas em vez disso sua visão se aproximou da casa. Ela flutuou para a porta, e então passou pela cortina e entrou.

A casa estava quentinha. Uma fogueira pequena devorava gravetos abaixo de uma panela de barro. O garoto alto estava lá. E uma mulher sentada sobre um lindo tapete no chão, tecido todo de preto, branco e vermelho. Ela estava segurando um bebê, vestido de branco e vermelho, e havia o fundo de um barril de madeira vazio sobre o tapete, ao lado dela. Glória percebeu isso, mas por muito pouco. Seu foco estava em si mesma, na sua versão *mais velha*.

A mulher falou um idioma como vento, rochas e água caindo. Glória assistiu a si mesma ajoelhando-se sobre o tapete diante da mãe e estendendo a mão magra e ossuda para pegar o menininho. Glória se assustou com as manchas na pele dela, com a aspereza do cabelo branco e as rugas profundas na testa.

Eu tô tão... O pensamento de Glória se perdeu.

Linda, Espectro respondeu.

Horrível, Glória corrigiu.

Amável como um campo maduro, Espectro explicou. *Farta como uma árvore antiga ainda dando fruto em sua última estação.*

Glória ficou com vergonha do elogio estranho, mas a cena diante dela superou o momento de reflexão. Sua versão mais velha estava cantando para o bebê, segurando-o firmemente contra o ombro, balançando-o gentilmente sobre os joelhos, cantando sobre o pescocinho dele. Lágrimas marcaram as velhas bochechas com um brilho muito mais jovial.

Espera, Glória pensou. Ela olhou para o garoto alto ao lado da mãe. Esta era a cidade cavernosa de Manuelito. O garoto tinha o rosto, os olhos e até a altura de Manuelito. E o irmão de Manuelito... Ela olhou para o bebê quando a versão mais velha dela estava se inclinando, colocando-o sobre a parte de baixo do barril vazio. Ele chutou e socou o ar com desprazer, entortando as costas.

— Pedro Atsa — a Velha Glória falou, e sua voz envelhecida trazia um rasgado como o de uma brisa carregando folhas. — É estranho te conhecer agora, quando já te conheço de tantos outros tempos. Você vai me encontrar de novo quando eu for mais jovem e você for mais velho. Já te vi entregar sua vida vitoriosamente. Para fazer o que você deve, precisa de coragem além da medida e de um coração sempre se derramando, mas nunca vazio. Pequeno Aguiar, seja teimoso o bastante para dar voltas em Abutre. — Areia escorreu lentamente das mãos de Glória e desceu pelas beiradas do barril, e o bebê ficou parado. — Seja altruísta o bastante para salvar a todos nós. Seja meu amigo e meu professor. Seja fiel ao Criador das estrelas e dos homens, seja forte, destemido e cheio de canção. Seja Tiempo, Pai do Tempo. Que você receba o dobro da porção do espírito dos profetas e peregrinos que eu recebi e que carreguei para você até agora.

Com isso, a Velha Glória fez uma concha com as mãos no ar acima do barril. Um líquido mais claro que água brotou das palmas dela, acumulando-se num orbe antes de se derramar dentro do barril, escorrendo pelos lados.

O barril começou a encher e enquanto isso o bebê estava quieto, com a boca aberta e os olhos arregalados. O líquido subiu acima dos olhos dele e cobriu o rostinho, mas ele não ficou com medo e não lutou. O fluxo foi diminuindo até gotejar. As mãos da velha estavam vazias e, mais uma vez, ela começou a cantar.

O bebê, Glória falou. *Como ele consegue respirar?*

E então metade da casa foi engolida em trevas. Um fedor frio preencheu as narinas de Glória e ela tentou se afastar.

Duas formas aladas e sombrias saíram da escuridão, gritando e avançando sobre o bebê. A Velha Glória de cabelo branco se jogou para a frente, protegendo-o com o corpo. Ela ergueu as mãos e areia girou, mas não antes de lâminas pretas surgirem. Ela caiu inerte no chão, assim como os outros.

Chega, falou Espectro. E o quarto e a casa começaram a sumir. A visão estava diminuindo e o som dos gritos de uma mãe era abafado pela distância crescente.

O quarto estava pequeno e distante, mas cheio de morte. Duas formas femininas vestidas de sombras se inclinaram sobre o bebê. Penas tremiam sobre seus rostos sorridentes quando elas esticaram as mãos com garras ensanguentadas para o barril.

Espectro soltou Glória, e o fogo preto pulou do braço dela e sumiu no ar frio noturno. Ela estava exatamente no mesmo lugar. Samuca e Samara ainda dormiam na grama debaixo de uma lua prateada. Glória se inclinou sobre a barriga, arfando, tentando esquecer o que tinha acabado de ver. Era demais. Tudo aquilo. Ver a si mesma morrer. Escutar uma mãe berrar de agonia enquanto seus filhos eram atacados. Mas, pior de tudo, ver aqueles monstros sobre o bebê, sobre Pedro. Lágrimas caíram na grama, entre os pés dela, e ela poderia ter caído no chão sobre elas, paralisada pelo choro. Mas também havia calor dentro dela. Raiva.

— Aquelas são as mesmas sombras que rasgaram o céu em Seattle? As que nos prenderam aqui? — Glória perguntou.

— São — Espectro respondeu. — As aliadas mais sombrias de Abutre, pelo menos é o que ele pensa. Tzitzimitl Razpocoatl e Tzitzimitl Magyamitl. Deusas de sangue dos astecas. Há muito tempo expulsas da luz. Agora, retornaram.

— Quantas existem? — Glória perguntou. Ela não levantou a cabeça.

— Somente duas que importam agora — Espectro respondeu. — Já houve muitas.

— E elas trabalham para Abutre?

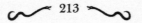

— Ele pode pensar que sim. Mas as habilidades dele não são páreo para as delas.

Glória suspirou, secou o rosto com a parte de trás do braço e se endireitou lentamente.

— Eu morri — ela disse.

— Sim. E sua morte não é o que precisa ser mudado. Se formos vitoriosos, aquele continuará sendo seu fim assim como o fim de Pedro foi ao lado de um trem fumegante, defendendo o corpo estraçalhado de Samuca.

— Mas e depois? Vamos impedir que elas matem Pedro?

Espectro tirou o boné e coçou o cabelo iluminado pela lua. Ele poderia ser só mais um garoto. Só mais um garoto com poder sobre a luz e o tempo, em pé numa ilha no milênio errado, falando com só mais uma garota.

— Impeça-as. Destrua-as. Que sejam banidas! Faça qualquer coisa para evitar que elas tomem o coração de Pedro e a unção para caminhar pelo tempo que você deu a ele.

— Mas como *eu* ganhei isso? – Glória perguntou. — Eu achava que Pedro é que me ensinaria.

— Você deu o dom a ele. Sempre. Ele devolveu um pouco do dom através dessa ampulheta que você está empunhando e eu a preenchi.

Glória inchou as bochechas e balançou a cabeça. A mão direita de Samuca estava serpenteando pelo ar, com os olhos de Pinta focados nela. Mas Pati e a mão esquerda estavam batendo levemente no rosto de Samuca. Ele cuspiu, bocejou e se esticou. Samara continuou imóvel.

— Me fala. Quem me deu esse espírito? — Glória perguntou. — Quem me ensina?

— Sua mãe o deixou com você e com seu irmão — Espectro respondeu. — Laila Navarre, filha de videntes e conquistadores pelo lado da mãe dela. Filha do Caminho da Noite, descendente de Baptisto, filho de Manuelito pelo lado do pai dela. Você não tem professor além de mim.

A boca de Glória ficou seca.

— *Minha mãe?* — ela perguntou. — E Alex? Veio do Manuelito? Mas Alex me *deixou*. Ele prometeu que sempre estaríamos juntos, e aí ele me abandonou numa estação de ônibus.

A cabeça de Espectro pendeu para a frente.

— Alex te abandonou porque eu disse a ele quem ele era. Eu disse que ele havia sido escolhido para esta luta. — Ele olhou para Glória. — Sua mãe tinha um sangue desejável e muita perda. Uma Tzitzimitl encontrou os sonhos de Laila e a atraiu, prometendo-lhe força suficiente para vingar suas perdas e refazer a vida. Tolamente, ela abandonou a vida que lhe restava e fugiu para a Noite antiga, ao invés de ir para a Luz, e a escuridão a traiu. Laila foi presa nas sombras e escravizada.

— Mas e Alex? Ainda que tudo isso seja verdade… não. Tanto faz. — Glória levantou as duas mãos. — Eu não acredito em você.

Espectro suspirou e se sentou de pernas cruzadas na grama.

— Ele tinha habilidades. Ele era necessário. Mas ele também tinha orgulho.

— Necessário para quê?

— Para Samuca dos Milagres. Para Pedro Aguiar. Para o Futuro e para o Passado. Você e ele acabariam juntos no RACSAD. Alex teria sido o guia de Samuca, ficando lado a lado com Pedro. Mas, quando ele descobriu que sua mãe estava enfeitiçada pelas sombras, seu foco mudou. — Espectro arrancou um punhado de folhas de grama e as jogou. O céu atrás dele estava começando a ficar avermelhado. Glória conseguia ver as sombras pretas de ilhas e montanhas no horizonte contra o primeiro calor da aurora.

— Ele foi procurá-la — Glória falou baixinho.

Por anos, ela tinha tentado não pensar no irmão. Ele a tinha abandonado. Sozinha. Ela havia deixado essa dor o mais intocada possível. Ela a tinha deixado assentar na alma e, depois do primeiro ano, não se permitia uma única lágrima nem pela mãe nem pelo irmão. Eles não a queriam. Eles a haviam jogado fora.

Mas, agora, tudo estava ameaçando explodir para fora dela. Para a sua versão mais nova, Alex parecia enorme e destemido. Quando eles fugiram da primeira casa adotiva e moraram nas ruas, ela nunca ficava com medo quando ele estava ao alcance. Quantas vezes ela havia visto Alex assustar homens adultos? Ninguém nas ruas tinha sequer tentado tocar nela sem sofrer. Quantas vezes ele tinha fugido com ela de casas e até de delegacias? Por quantos quilômetros, quantas ruas e quantas ferrovias ela viajara nas costas dele?

Alex teria lutado pela mãe dos dois.

— O que aconteceu? Ele foi morto? — Glória perguntou.

— Sim — Espectro respondeu. — E pior. Assim como sua mãe, a escuridão lhe fez promessas que se enraizaram na raiva dele e o transformaram. Ele foi tomado. Você ainda foi para os Sampaio, para o rancho no Arizona e para Samuca dos Milagres. Padre Tiempo ficou surpreso por encontrar uma garota com tal mente para o tempo. Ele jamais soube que você era uma descendente do irmão dele.

— Você é péssimo! Acha que pode simplesmente usar pessoas desse jeito? Testar meu irmão até acabar com ele e

216

depois vir até mim? Ei! Vamos ver o que acontece? Quem é o próximo da fila quando eu me tornar má?

— Ninguém — o Espectro respondeu seriamente. — Você não deve se desviar.

Glória fechou os olhos. Sua mão direita começou a tremer e ela percebeu que ainda estava segurando firmemente a ampulheta. O vidro estava tremendo e se remexendo na mão. Alguém estava movendo o tempo por perto...

— Glória? — A voz de Samuca. Dois chocalhos começaram a zumbir. — Glória!

Glória abriu os olhos. O sol ainda não tinha nascido, porém o mundo estava mais claro e a lua acima dela tinha ficado fraca como um fantasma no céu mais azul.

O ar estava ficando mais quente. Muito mais quente. E engrossando rapidamente.

— Aqui é nossa ilha? — Glória perguntou. — Onde você nos colocou?

— Onde vocês sobreviverão — a voz de Espectro sussurrou. — Ou onde vocês perecerão. Aqui, vocês vislumbrarão as assassinas de Pedro procurando por Samuca. E por monstros. Movam-se rápido.

Ele sumiu. E a vez seguinte que ela olhou nos olhos dele...

Sentando-se, Samuca apertou os olhos contra a claridade. O sol ainda nem tinha nascido, mas o dia já estava mais claro do que qualquer um que ele já passara no deserto do Arizona. A grama ao seu redor também estava estranha — as folhas eram longas e gorduchas, mas se enrolavam apertadas como conchas de caracol. Quando a temperatura aumentou e a luz do sol começou a se derramar pelo horizonte, cada folha começou a se desenrolar no ar, esticando-se em busca do calor.

Glória estava simplesmente em pé, com as costas para ele e virada para o nascer do sol, com milhares de cobrinhas de grama desenrolando-se ao redor de suas pernas.

Os braços de Samuca estavam chicoteando ao redor dele, carregados de energia. Pinta estava animada, mas Pati tinha medo.

— Glória! — Samuca gritou, tentando chamar a atenção dela.

— Aqui é nossa ilha? — Glória murmurou. — Onde você nos colocou?

Com os olhos lacrimejando, Samuca se levantou, e a grama sobre a qual ele estava ergueu-se de súbito, passando dos seus joelhos. Samara estava deitada de lado a alguns metros, e sua pele estava corada pelo calor crescente. A revista em quadrinhos dela se abriu desajeitada, levantada pela grama que estava se esticando.

— Glória?

Samuca a segurou pelos ombros. Os braços dele se retorciam, e os chocalhos estavam tremendo. O calor estava intenso demais; até Pinta estava ficando nervosa. Areia brotou da mão direita de Glória.

Samuca tinha memórias de estrelas, escuridão e vidro girando, mas isso poderia ter sido tudo um de seus sonhos. Os olhos de Glória, sem piscar, jorravam lágrimas. O rosto dela estava ficando vermelho. A mecha branca em seu cabelo estava clara demais para se olhar.

— Para quando você nos trouxe? — Samuca perguntou.

— Glória! Onde quer que seja, a gente tem que sair. Agora!

218

Glória se virou, levantando o braço esquerdo para bloquear o sol. Ela parecia meio adormecida.

— Cadê Espectro? Ele foi embora? Você o viu? — Glória perguntou.

— Não faço ideia — Samuca respondeu. — Mas vamos virar carne-seca rapidinho se não dermos o fora daqui.

Glória olhou para a ampulheta tremendo em sua mão, derramando areia.

— Alguém está fazendo alguma coisa — ela disse inexpressivamente.

— Glória! — Samuca deu um passo para trás e se virou, procurando abrigo, sombra, qualquer coisa para protegê-los do sol escaldante.

A ilha era quase idêntica à deles: uma lua crescente ao redor de uma enseada natural interna. Mas a terra estava muito mais baixa. Ou a água estava muito mais alta. Eles estavam sobre a ponta oeste, com a aurora vindo sobre eles pelo lado da pequena enseada. Não havia árvores, somente os exércitos de grama encaracolada, e uma gigantesca formação tubular de lava da cor de sangue coagulado espalhada sobre o topo da ilha, onde a casa um dia estaria, porém mais alta e muito mais longa.

— Ali! — Glória apontou com a ampulheta. Samuca se virou, olhando para quilômetros de água a oeste.

— O quê? É um barco? — ele perguntou. — O que é aquilo?

Ela não respondeu. Mas, o que quer que fosse, parecia estar acordando Glória. Ela inclinou a cabeça, finalmente piscando os olhos úmidos.

Samuca viu uma forma preta que facilmente poderia ter sido um navio, se navios pudessem ficar mais longos de um lado enquanto o outro continuava exatamente onde estava. A forma escura estava se expandindo de maneira assimétrica, mas rápida, através da superfície da água e sobre esta, subindo e descendo, dobrando-se numa grande curva que se esticava por quilômetros. E movia-se rápido.

— É um portal — Glória falou. — Entre tempos. E então, de uma ponta à outra, o buraco preto se abriu como um zíper, descendo a mandíbula abaixo da superfície do estuário. Águas se bateram numa sequência de gêiseres furiosos, todas começando a girar lentamente num grande redemoinho.

— Isso não é bom — Samuca falou.

Atrás de Samuca e Glória, o sol se ergueu, e a força do calor quase fez Samuca cair de joelhos. Agulhas de luz se enfiaram nos braços nus e na nuca dele. Pati e Pinta se esconderam debaixo da roupa, junto de sua barriga, tentando ficar na sombra.

Por todo lado, a viçosa grama vertical começou a chiar e a soltar vapor, e o fedor que emanava era como o de coisas podres do fundo de um lago. Glória, ofegando, dobrou-se sobre a barriga.

Esticada sobre o ponto mais alto da ilha, a maciça e tubular lava cor-de-ferida se movia e se esticava.

Não era lava.

A ilha tremeu quando uma enorme cauda espinhosa se ergueu, subindo, subindo e subindo da água, despejando um pequeno lago de respingos sobre o corpo vermelho-escuro e manchado que estava jogado sobre o topo da ilha e descendo até o outro lado.

A cabeça estava fora de vista.

A cauda desceu, batendo na água.

Samuca ficou na chuva do animal e se esqueceu da pele criando bolhas em seus braços escondidos. Ele estava observando a cauda de serpente, mais longa que três caminhões e com barbatanas entre espinhos brutais por cima e por baixo, varrer outra onda de água salgada e lançá-la numa explosão de respingos sobre o monstro relaxado na rocha. Boa parte da água começou a evaporar imediatamente, formando uma névoa, mas o restante caiu como gotas gordas de chuva quente.

Samuca se encurvou ao lado de Glória. Ele estava pingando suor, mas ela estava seca e a pele áspera com o sal.

— Leva a gente para algum lugar! — ele sibilou. — Antes que a gente ferva ou essa coisa nos veja! — Forçando Pinta e Pati a obedecerem, ele levantou o braço direito de Glória com seus dois braços. — Aqui é nossa ilha! É só ir para a frente! Para a frente, Glória! Muito tempo *para a frente*!

Ela o encarou com um olhar vazio, como se estivesse congelada de medo. Samuca girou a mão dela em seu lugar. Areia escorreu da ampulheta, porém mais nada aconteceu. Ele mexeu a mão dela com mais força.

Finalmente, Glória puxou a mão do aperto de Samuca, escorregando e caindo sobre o joelho. Assim que ela girou o pulso como um chicote, um véu de areia girou e derreteu, formando um pequeno domo de vidro diante dela, mas eles estavam presos fora dele.

Dentro do domo, não havia grama encaracolada. Havia grama normal. E samambaias. E uma galinha laranja muito surpresa, inclinando a cabeça e olhando para fora. Samuca conhecia a galinha. Mila a tinha nomeado Cenoura por causa da sua cor, e depois Bolo de Cenoura por causa do quanto ela tinha ficado gorda.

— Samuca, é o tempo certo — Glória falou e riu. — Eu pensei em quando eu queria e funcionou! É a Bolo de Cenoura! Eu consegui!

— Ótimo — Samuca sussurrou. — Mas ainda estamos aqui fora com um monstro maior do que essa ilha! Precisamos estar ali, com aquela galinha!

A fera esguichou outra chuva de gotas quentes, mas, desta vez, a cauda não bateu na água de novo. Ela ficou no ar, como um trem escamoso equilibrando-se sobre a cabeça, girando lentamente, mais alta do que uma torre de caixa d'água.

O corpo vermelho-sangue se dobrou na metade, e a outra ponta da criatura se ergueu, ficando à vista do outro lado da ilha.

A cabeça.

A Cabeça.

Estava fumegando.

O monstro bocejou, sacudindo uma juba de membranas espinhosas como um colarinho letal atrás de uma cabeça que tinha algo de cavalo. Vermelho-ferida por fora, o interior da bocarra da criatura era preto. Os maxilares superior e inferior eram preenchidos com presas amareladas, quebradas e serrilhadas, e bochechas translúcidas de pele dos dois lados estavam tão esticadas quanto tambores. A garganta era escamosa e flácida, coberta por dúzias de aberturas pretas verticais. As narinas eram amplos triângulos irregulares, ambas bufantes. Os olhos da fera não tinham pupilas, e eram caroçudos e do tamanho de abóboras grandes, mas de um amarelo mórbido. E ambos vazavam vapor dos cantos internos.

Samuca tentou concentrar-se naqueles olhos, mas ele mal conseguia ficar em pé naquele calor sufocante, remexendo e retorcendo as costas quase tanto quanto as cobras se retorciam em seus braços.

Glória ainda estava olhando para a galinha dentro do pequeno domo de vidro.

— Faz isso de novo! — Samuca sussurrou. — Mas ao redor *da gente* dessa vez!

Glória levantou a ampulheta e girou lentamente um fio de areia chiando ao redor da cabeça.

Samara começou a gemer, remexendo-se na grama encaracolada e escaldante.

A fera fechou a bocarra e agitou seu colarinho espinhoso. Sua garganta flácida se inflou, alargando dúzias de aberturas pretas verticais como dobras de uma saia.

— A gente tá queimando! — Os olhos de Samara ainda estavam fechados, mas ela soluçou, debatendo-se na grama fumegante. E então ela começou a berrar. — Apaga! Apaga! Apaga o fogo!

E, com o som dos berros, os olhos amarelados se abriram. O que Samuca tinha achado serem olhos eram, na verdade, pálpebras. Elas se abriram de lado, de dentro para fora, e olhos amarelo-vivos focaram pupilas verticais em Samuca, Glória e Samara.

Glória olhou para Samara no chão e depois ergueu o olhar para o monstruoso animal, e então para os olhos de

Samuca. O rosto dela estava de um vermelho róseo intenso, e ele sabia que o seu devia estar também. Mas ele conseguiu ver, pelos olhos dela, que a mente desta estava clareando, e o medo, a percepção e a memória estavam todos cristalizando ao mesmo tempo. E ele sabia exatamente como era sentir aquilo.

— Eu sei — ele falou baixinho e puxou a besta do coldre. — Faça seu melhor o mais rápido que puder. Vou segurar a coisa o máximo que conseguir. Mas, se não for tempo o bastante, pule na água. Volte para os outros. Eu vou ficar com Samara. — Enganchando o pé na ponta da besta, ele se certificou de que as quatro cordas estavam puxadas e estava carregada com flechas.

Samara se sentou na grama, secando as lágrimas.

— Tá tão quente! Quente demais!

A criatura inclinou para a frente a sua cabeça gigantesca e a garganta de balão, apertando os olhos abaixo do próprio vapor. A garganta pulsava com um som mais profundo do que o de qualquer tambor.

Samara gritou e Glória girou a ampulheta, batendo um longo chicote de areia ao seu redor. A criatura se lançou para a frente, disparando das narinas duas nuvens giratórias de faíscas brancas com um estouro que quebraria janelas. As faíscas chiaram sobre a cabeça de Samuca e a grama encaracolada, transformando-a em cinzas carbonizadas. A fera rugiu e se aproximou.

Samuca ergueu a arma, deixando Pati mirar. O primeiro virote desapareceu no canto do olho esquerdo do animal. O monstro urrou com surpresa quando faíscas brancas de calor saltaram do ferimento num jato assobiante. O segundo virote sumiu no olho direito, mas sangue preto borbulhou do ferimento, em vez de fogo.

— Entra aqui! — Glória gritou. A areia estava derretendo e formando uma tela ao redor dela enquanto trabalhava. Samara, com a revista em quadrinhos na mão, estava engatinhando em direção aos pés de Glória.

Samuca correu em direção a Glória, deixando Pinta mirar e disparando mais duas flechas. Depois que elas voaram, ele se espremeu entre a areia afiada e o vidro quente, para o centro do pequeno domo de Glória.

— Olha! — Glória apontou para os pés. A grama encaracolada tinha sumido. Eles estavam sobre a grama grossa e fria do estuário de Puget. Havia até uma samambaia. Samara estava ajoelhada sobre ela, com o rosto tão vermelho quanto o cabelo.

— Olha você! — Samuca apontou para cima. Quase cego, o enorme animal estava com a cabeça baixa, mas sua cauda se elevava. — Tem como a gente engrossar o vidro? Ou sair daqui?

Glória deu um passinho para trás, segurando firmemente a ampulheta com as duas mãos.

O domo cresceu um tanto e se arrastou um pouco com ela, deixando para trás uma faixa de linda grama que secou e amarelou no calor.

Bolo de Cenoura viu os garotos se afastando, sozinha de dentro de seu próprio domo de tempo vítreo.

A cauda do monstro desceu feito um martelo tão grosso como um prédio.

O chão tremeu. Samuca e Glória pularam. Samara gritou e escondeu o rosto com as mãos.

Penas alaranjadas apareceram flutuando no ar dentro do domo de Glória, juntamente com o cheiro de frango.

Glória olhou para Samuca quando a cauda maciça se ergueu de novo no ar, levantando areia, fumaça e penas.

— Bem — Glória disse. — Eu tentei.

DOZE

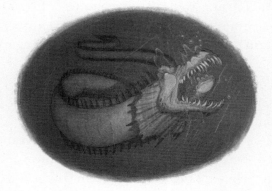

Mamãe Leviatã

MILA E JUDÁ ESTAVAM DO LADO DE FORA DA CASA DE VIDRO, estudando a água prateada do estuário sob o luar. Leviatã estava ao lado deles, alisando as pontas de sua barba, uma por vez. Touro, Cão e o restante dos homens carregavam os barcos com a comida, os cobertores e as toalhas que Mila havia lhes dado.

— Novamente, Sr. Franco — Mila falou na voz mais formal que tinha. — Você tem nossa gratidão por nos soltar.

— Não agradeça a ele — Judá disse. — Ele nunca deveria ter nos atacado e nos amarrado, para início de conversa.

Levi bufou no ar e falou:

— Vocês estavam com minha filha. O que um homem deveria fazer?

— Claramente, ele deveria fazer um grupo de pessoas inocentes como reféns — Judá respondeu, cruzando os braços — e então invocar da escuridão exterior um arqui-foragido sedento de sangue e viajante do tempo.

— Pareceu razoável — Levi replicou. — Eu não confio naquele garoto com as cobras e não confio em vocês.

Judá riu e começou a responder, mas Mila segurou-lhe o braço.

— Você deveria confiar nele — Mila disse. — Sr. Franco, ele salvou a vida da sua filha. E foi ela quem disse isso. Você confia nela?

— Você diz *antes* de ele sequestrá-la? — Levi abriu um sorriso. — Sei que ele é seu irmão e eu respeito o amor que você tem pelo seu sangue, mas ele tem cobras nos braços. *Cobras. Nos braços.* Ele é uma aberração de uma revista em quadrinhos e minha filha ainda está desaparecida. Ele também. Talvez você não tenha percebido.

— Sinto muito por isso — Mila respondeu. — Não sei o que ela estava pensando, correndo para Samuca daquele jeito.

— Não se desculpe — Judá falou. — Ele é um pirata e tenho certeza de que a filha dele está recebendo o que merece, onde quer que esteja.

Levi dobrou a ponta do meio da barba, formando um gancho e então se virou para encarar Judá, olhando para baixo, através de sua barba, para o rosto do garoto.

— Falar desse jeito, garoto, — ele avisou — é capaz de te fazer ficar amarrado de novo. É isso que você quer?

Bartô tossiu educadamente atrás de todos eles, inclinando-se sobre a parte de fora da janela da sala de estar. Seus óculos, quase completamente caseiros, estavam amarrados sobre a cabeça com elástico, e ele estava usando uma touca de tricô azul e verde com um pompom no topo. Mais importante, ele ostentava uma besta extragrande nos braços.

228

— Se você tentar alguma coisa, cara de estrela-do-mar, vou testar essa nova besta que fiz — Bartô disse. — E eu quero *muito* testar essa nova besta que fiz. — Ele grunhiu, levantando-a. — Doze cordas, dois virotes por corda, quatro gatilhos, três tiros por gatilho. Eu poderia te perfurar com 24 virotes agora mesmo.

— Abaixa essa besta, Bartô — Mila mandou. — Temos um acordo com o Sr. Franco. Se ele honrar a parte dele, honraremos a nossa.

— Eu não sei como ele poderia nos ajudar e não sei como você pôde fazer promessas por Pedro desse jeito — Bartô respondeu. — Talvez Pedro não queira transportar o pirata para um tempo melhor. Digo, não seria legal para as pessoas que já estão lá. E talvez Pedro esteja morto demais para tentar, de qualquer forma.

Mila deu um olhar terrivelmente gélido para o garoto. Bartô imediatamente abaixou a besta, deixando-a balançar ao lado da perna direita.

— Os outros garotos estão se armando — ele disse para Mila. — Como você falou.

— No caso de piratas — Judá completou.

— No caso de Samuca e Glória precisarem de nós — Mila corrigiu.

— E Pedro — Bartô acrescentou.

Judá riu e olhou para o estuário.

— Pedro consegue cuidar de si mesmo. Samuca e Glória já estiveram numas enrascadas. Mas aquela outra garota, a fulaninha ruiva, ela é quem vai precisar de ajuda.

Mas Levi o estava ignorando, cheirando o ar e depois apertando os olhos para a água prateada.

— Quando eu for mais velho — Judá lhe disse — e El Abutre estiver morto e tivermos parado de pular entre os tempos, vou encontrar um tempo legal, me aquietar e escrever uma história para você.

— Eu não leio — Levi respondeu, mas estava distraído.

— Quadrinhos, com imagens — Judá falou. — Vou inventar personagens e um deles vai ser você. O nome será Levi, mas ele vai ter ombros magrelos e estreitos, uma barriguinha e só cinco pelinhos vermelhos no queixo. Ele vai amar gatinhos, vai compartilhar a própria comida e vai trabalhar para Abutre, fazendo algo nada legal. Algo entediante. Ou nojento.

— Limpar os ouvidos dele — Levi respondeu. — E lixar as unhas do pé.

— Perfeito — Judá disse. — Você é bom nisso.

— Não — Levi falou. — Eu já vi esse personagem nas revistas em quadrinhos da minha filha. Ele não é nada como eu, então não é um insulto, e você nem sequer inventou isso. — Ele olhou para as três crianças e apontou para a água. — Vocês estão vendo isso?

Mila tentou seguir o dedo grosso do homem, mas o reflexo da lua na água estava forte demais. Levantando uma mão, ela bloqueou a faixa de luz e imediatamente enxergou o que Levi estava vendo com preocupação.

Na escuridão, a água estava se remexendo e girando abaixo de uma longa faixa de névoa numa noite outrora limpa.

— Esse ar — Levi falou.

Mila já sabia o que ele ia dizer e tremeu. O ar tinha uma pontada fria.

— Neve — Levi acrescentou. — E bastante, a menos que eu esteja errado, o que não estou. Uma tempestade

230

de neve está se formando lá no alto. Mas a água aqui está quente e cuspindo vapor.

— E daí? — Judá perguntou.

Leviatã se inclinou até estar na altura do olhar de Judá e a barba curvada se dobrar sobre o peito do garoto.

— Daí que tem alguém fazendo joguinhos. Alguém bem grande, porque esses joguinhos são bem grandes — respondeu o homem grande.

Um estrondo fez tremer o chão abaixo deles. Cada janela na casa ao lado deles tremeu e ressoou. Judá se desequilibrou, mas ficou de pé. Bartô pulou para longe das janelas.

Mila se agachou, apoiando-se no chão. Seu coração estava batendo com adrenalina, tentando voar contra as costelas.

— Isso foi um terremoto? — ela perguntou.

Por toda a ilha, as galinhas dela começaram a cacarejar.

— Não — Bartô respondeu. — Isso foi só aqui.

— Joguinhos grandes — Levi respondeu, levantando-se à estatura máxima. Motores de barco rugiram com vida do outro lado da ilha.

— Hora de vocês irem — Judá falou.

Um segundo estrondo tomou a ilha. Desta vez, janelas racharam.

— Veio do outro lado. — Bartô se virou.

— Você trouxe bombas? — Judá perguntou.

— Sempre — Levi respondeu. — Mas elas não fazem esse barulho.

Levi, Judá e Bartô estavam todos parados, ouvindo os cacarejos amedrontados das galinhas. Mila era a única que se movia, aproximando-se da casa, passando por Bartô. Com Samuca, Glória e Pedro sumidos, ela tinha que estar na liderança não só da cozinha, mas também dos jardins e da casa.

— Vocês não acham que deveríamos descobrir o que é isso? — Mila pausou, limpando a garganta para aumentar a voz. — Judá? Bartolomeu?

Os dois garotos não a ouviram. Duas grandes formas sombrias voaram sobre a ilha, sobre a água, sobre as outras ilhas e sumiram de vista. O céu se rasgou no caminho delas com o som de uma cachoeira itinerante. Uma vasta escuridão se espalhou pelo rasgo, ondulando feito cortina, engolindo até o luar.

Um congelante ar frio rugiu para fora da abertura preta, penteando com vento a água fumegante.

Crescendo por detrás do frio, mundos brilhantes de neve atacaram o ar em exércitos mais espessos do que nuvens.

Em segundos, a Lua sumiu.

Pati e Pinta estavam arrastando Samara para trás pelos ombros, enquanto Samuca corria e Glória empurrava o domo, puxando-o para trás com eles. A garganta do monstro cego se inflava e pulsava e se inflava e pulsava quando ele espirrava o ar acima da ilha completamente cheio de faíscas brancas do tamanho de passarinhos. Grama encaracolada queimava por todo lado, e o vidro de Glória tinha marcas derretidas onde as faíscas encostaram.

A criatura estava com a cauda levantada para um terceiro golpe.

— Para a água! — Samuca gritou e fez a curva com Samara, descendo o barranco em direção ao pequeno cais, batendo o ombro contra o vidro para forçar Glória a segui-lo.

A terceira pancada da cauda do monstro passou de raspão na parte externa da ilha e bateu na água do estuário, lançando uma camada de espuma e respingos tão alto quanto as faíscas.

— Não sei, não, Samuca — Glória disse.

— Eu sei. Vamos! Vem! — Samuca falou.

O vidro se esticou com a pressão de Samuca e o movimento de Glória, até chegarem à margem da água e entrarem nela.

Água bateu contra a lateral do domo, mas o chão abaixo dos pés de Samuca ainda era de grama viçosa e samambaias de outro tempo. O caminho de grama que eles estavam deixando para trás quase instantaneamente perdia a umidade e ficava amarelado no calor. E, onde quer que as faíscas brancas caíssem, um fraco fogo vermelho surgia e se espalhava sob cortinas de fumaça preta.

O vidro entre tempos estava afastando um metro de água. Um metro e vinte. Samuca escorregou, batendo-se contra a lateral e empurrando Glória e Samara mais para baixo. Água fria finalmente molhou os pés de Samuca. Ele encontrou o nível da água. Melhor ainda, encontrou um gancho de ferro preso em concreto: o canto do píer. Ele poderia não ver, mas agora sabia onde estava.

Samara caiu ao lado dele. Glória se aproximou mais cuidadosamente, parando na linha da água. Suor estava escorrendo do rosto corado e ela estava agarrando a ampulheta com as duas mãos, concentrando-se mais do que Samuca já tinha visto.

233

Quase dois metros de água batiam contra as laterais do vidro que encapsulava os três. Acima das cabeças deles, a fera furiosa se debatia contra o céu e uma tempestade de faíscas estalava de calor. Abaixo deles, água bem fria sugava o calor direto do ar.

Glória podia ter parado de caminhar — um pé sobre uma pedra com musgo e outro preso debaixo de uma tora flutuando —, mas ela não perdeu o foco. Dando dois assopros rápidos, conseguiu soprar gotas de suor da ponta do nariz.

Samuca não fez nada além de respirar fundo e desfrutar do breve momento de frescor.

Depois de uns momentos, Glória falou sem tirar os olhos da ampulheta que segurava nas mãos. Areia escorria de uma das extremidades e rolava sobre o chão até ser varrida para a parede de vidro, e areia estava se soltando da parede de vidro, sendo sugada pela outra extremidade.

— Samara — Glória falou. — Você pode tirar esse cabelo aqui da minha cara?

— Tá brincando? A gente precisa de um plano — Samuca falou. — Tem um dragão de verdade ali fora e você quer arrumar o cabelo?

— Não tô brincando — Glória respondeu. — Esse cabelo tá me deixando doida e eu nem acredito que ainda não estraguei tudo. Isso aqui é vida ou morte, Samuca. Você quer voltar para o tempo certo ou não? Eu tenho que descobrir como fechar completamente esse tempo aí fora e abrir completamente o daqui de dentro, e tudo em que consigo pensar é nesse cabelo idiota!

Samara se levantou ao lado de Glória e cuidadosamente colocou as mechas soltas de cabelo preto atrás das orelhas dela. Glória deu-lhe um sorriso rápido, mas sem mover os olhos.

— Não é um dragão — Samara disse. — É um leviatã e também está nos quadrinhos. De onde você acha que meu pai pegou o apelido? — Ela apanhou a revista amassada do bolso e foi para as últimas páginas, segurando-a para Glória. — Viu? Parece bastante. Claro, eu nunca pensei que eles fossem reais. Mas também não achava que vocês fossem reais.

Samara jogou a revista para Samuca, pegou um elástico do pulso e então se sentou numa pedra ao lado dos pés de Glória, puxando o próprio cabelo selvagem num rabo de cavalo cacheado que parecia um pompom, enquanto areia escorria sobre seus pés, entrando e saindo da ampulheta. Quando ela terminou, olhou para cima e perguntou:

— E agora?

— Boa pergunta — Glória falou baixinho. — Samuca?

Samuca estava com água fria até as canelas e os ombros pressionados contra o vidro, que segurava quase dois metros de água morna. Ele estava passando as páginas, olhando rápido para a sua versão que parecia um boneco Ken e para seu confiável bando de foragidos batalhando nas ruas de Seattle contra milhares de homens e mulheres que empunhavam armas e espadas e usavam uniformes pretos. Indo em direção à capa, ele parou numa ilustração de página inteira. Ele estava inclinado para a frente, pilotando uma motocicleta com carrinho de carona, a velha Triumph do Padre Tiempo, sobre a superfície lisa do estuário de Puget. Glória, com o cabelo todo branco, estava inclinada para fora do carrinho, com a ampulheta na mão, girando areia sobre a água abaixo da moto.

Uma beldade ruiva estava na moto, atrás de Samuca, com os braços ao redor da cintura dele. Mas ela estava virada no assento, olhando para trás, para o que os perseguia.

O leviatã, gigantesco, espinhoso e cuspindo faíscas, com seu corpo cor de ferida do tamanho de um trem, estava nadando e pulando da água, indo atrás deles com sua bocarra aberta, cheia de presas.

— Samuca? — Glória perguntou de novo. — Me fala. E agora? Eu acho que não consigo segurar isso aqui até aquele monstro ficar entediado.

Algo bateu com força contra o vidro atrás de Samuca. Samara interrompeu um grito e cobriu a boca.

Samuca saltou para a frente, virando-se e sentando-se na inclinação ao lado de Glória. Pati tremeu no ombro dele.

— O que foi isso? Samuca? — Glória perguntou.

— Outro. Um menor — Samuca respondeu.

Um leviatã menor esfregou a cara contra o vidro e depois continuou nadando, dobrando-se e esfregando o corpo serpentino contra o domo de Glória.

Ela olhou para o monstro, vendo a cauda desaparecer na água escura.

— Era grande? — ela perguntou.

— Do tamanho de um poste — Samuca respondeu. Pati começou a chocalhar e retorcer o braço de Samuca, fazendo uma posição de ataque, e então outra cobra sombria apareceu na água, abrindo a boca para esfregar suas jovens presas no vidro.

Matar. Veneno. Dor.

Pati estava se comunicando com ela. Estava anunciando suas próprias intenções. Mas as serpentes não se importaram. Para elas, Pati era minúscula.

236

Subitamente, mais duas cobras com formato semelhante estavam se aproximando. E, depois, mais duas. Até Pinta fazia tremer o chocalho agora. Todas as feras testavam o vidro com bocas abertas, esfregando a pele escamosa contra a superfície lisa enquanto circundavam e repetiam tudo.

Sombras mais lentas, mais longas e mais grossas estavam passando lá atrás.

A areia tinha parado de entrar e sair da ampulheta de Glória. O domo de vidro estava endurecendo, ficando quebradiço, rachando um pouquinho toda vez que uma fera tocava nele.

Glória secou a testa suada com as costas do antebraço.

— Certo, acho que nossa enseada é um ninho. — Ela olhou para Samuca. — Cara. Se esses são os filhotes, eu odiaria ver a mãe. — A boca dela tremeu. — Ah, espera…

Samuca sorriu surpreso, e então inclinou as costas para trás, se apoiando sobre os cotovelos, e riu exausto.

Glória sorriu, tentou deixar o rosto sério, e então sorriu de novo.

— Isso é um problema sério, Samuca.

Samuca assentiu e mordeu o lábio, tentando não rir. As bochechas dele estavam marcadas com lágrimas quentes, e sua barriga tremia. Samara estava boquiaberta, olhando para ele, depois para Glória.

— Qual é a graça? — Samara perguntou, com os olhos arregalados. — A gente vai morrer?

O chão tremeu com outra pancada da cauda da Mamãe Leviatã. Os bebês de um metro se agitaram rapidamente por uma fração de segundo antes de voltarem a nadar, rondando sua presa.

Glória se jogou ao chão ao lado de Samuca, deitando apoiada sobre os cotovelos.

— Sabe, essa bolinha de vidro onde estamos vai quebrar — ela falou.

— Eu sei — Samuca respondeu.

— Então, a gente vai morrer — Samara disse.

— Estamos vivos agora. Concentre-se nisso — Samuca falou.

— Quer saber outra coisa? — Glória lhe perguntou.

— Talvez. — Samuca levantou os ombros e sorriu. — Mas, do jeito que as coisas estão indo, talvez não.

Glória levantou a mão direita, segurando a ampulheta com firmeza.

— Eu não consigo soltar esta ampulheta. Desde que caímos na escuridão e... tudo *aquilo* aconteceu. É como se o vidro tivesse queimado minha pele e se fundido aos meus ossos. Eu consigo sentir areia nas minhas veias, Samuca. *Areia*. Eu não consigo suportar nem areia no sapato e agora tem areia no meu sangue. Sou uma coceira ambulante.

Glória riu, mas o rosto de Samuca estava sério. Ele se sentou direito, pegando a mão de Glória com as duas mãos, testando os dedos dela com os seus. Glória estava observando as mãos de Samuca e ele sabia como era: os chifres e olhos raivosos de Pati, os olhos brilhantes de Pinta sob escamas rosadas.

— Engraçado — ela disse. — Eu reclamando para você sobre ter algo preso na minha mão.

Samuca sorriu, mexendo nos dedos dela. Ela não estava mentindo. Seus dedos estavam congelados num agarrão firme ao redor da ampulheta com as pontas abertas.

— Isso é bonitinho e tudo mais, mas vocês têm algum tipo de plano? — Samara perguntou.

— Boa pergunta — Glória respondeu. — Talvez ela devesse ter perguntado isso antes de pular atrás de nós na escuridão exterior.

— Tem um plano ali — Samuca falou, com os olhos se iluminando. — E ela já sabe qual é. — Inclinando-se para a frente, ele pegou a revista do chão onde a tinha derrubado. Ele a abriu sobre o colo de Glória, na página do desenho da motocicleta sobre a água.

— Esse é o plano. De acordo com os quadrinhos — ele disse.

O vidro gemeu e rangeu com as mordiscadas de presas. Glória analisou a figura.

— Acha que dá para fazer isso? — Samuca perguntou.

— Duas perguntas — Glória disse. — Primeira: cadê a moto?

Samuca apontou na direção do aquário de leviatãs.

— Por ali. Ainda amarrada no nosso barco, que está amarrado no nosso píer ao nível da água que está a quase dois metros abaixo do nível desta água, e sei lá quantos mil anos no futuro.

— O mesmo tanto de anos no futuro em que estamos aqui — Glória falou. — Eu trouxe a gente para o tempo certo, Samuca. Você viu a Bolo de Cenoura. — Glória fungou e então assentiu. — Certo. Segunda pergunta. — Ela apontou para a versão de Samara na figura, com os braços ao redor da cintura de Samuca. — Quem foi o animal que decidiu deixar essa garota Franco na *nossa* revista em quadrinhos?

— O quê? — Samara pulou e engatinhou para a frente, olhando sobre o ombro de Glória. Samuca viu os olhos da garota se arregalarem. — Eu nunca estive aí antes. Nunca! — Samara riu alto e pegou a revista das mãos de Glória.

— Vou ter que ler tudo de novo. — Ela ficou radiante debaixo da pele queimada. — Será que eu consigo achar outras edições? Vocês acham que se parece comigo?

Samuca e Glória não responderam, e Samara nem percebeu.

Uma faísca branca caiu sobre o teto transparente do domo e o vidro estralou alto, enquanto o fogo escorria pela lateral e morria na água, chiando.

— Assim que você estiver pronta, deveríamos tentar isso — Samuca falou.

— Certo — Glória respondeu. Ela olhou para a ampulheta presa na palma da mão e inflou as bochechas. — Me dá só um minuto.

— Claro. — Samuca entendia. Ele poderia dar um minuto para ela. Com sorte, a pressão da água e as feras ali fora dariam um minuto a eles. Ou dez.

Algo gelado bateu na testa dele e então derreteu sobre os olhos. Por mais estranho que fosse, ele nem teve tempo de se perguntar o que tinha sido.

Milhares de flocos de neve simplesmente apareceram dentro do pequeno domo, voando em altas velocidades horizontais, salpicando os braços e rosto queimados de Samuca com frio gélido.

— Tá nevando aqui. E forte — ele disse.

Glória piscou, tirando flocos de neve dos olhos e removendo neve do rabo de cavalo.

— Beleza. Não dá para eu ficar num globo de neve — ela disse. — Hora de sairmos daqui.

Mila dos Milagres estava em pé na cozinha, olhando através da nevasca para a pequena enseada da ilha e para as duas faixas de terra que quase a circundavam.

Os garotos tinham se armado para irem procurar Pedro no continente. Com Samuca e Glória desaparecidos, o que mais eles desejariam fazer? Pedro não tinha voltado no barco. Portanto, ele precisava ser encontrado. Ou os Garotos Perdidos precisavam procurar. Quando a neve chegou, eles se desarmaram, se agasalharam e se rearmaram.

Os garotos burros queriam carregar o barco e sair na nevasca inesperada, mesmo depois de Judá descrever o redemoinho enorme que ele e Mila tinham visto antes de a neve escondê-lo.

Até Levi anunciou que ele e seus homens não sairiam. Eles tinham tomado posse da sala de estar, aumentando o fogo da lareira até virar um fogaréu. Haviam prometido ajudar a encontrar e a lutar contra Abutre, mas nevascas letais não estavam incluídas.

— O trabalho de uma mulher não é fazerem gostar dela — Mila afirmou para si mesma. Era uma frase que sua mãe usava frequentemente quando tinha que dar ordens a trabalhadores dispersos que não estavam muito ávidos para recolher as colheitas antes de o inverno começar.

Então, Mila proibiu veementemente a expedição, incitando desânimo e reclamações muito sonoras. Ela entrou na cozinha com a intenção de começar o preparo de uma panela de sopa de galinha que apagaria toda a decepção dos Garotos Perdidos, mas, em vez disso, ela se viu diante da janela, observando mistérios que se desenrolavam na ilha.

Apesar da neve grossa, havia fogos vermelhos queimando na grama, mas somente dentro de um estranho caminho amarelo de grama encaracolada e cinzenta que ia para um lado, depois para o outro, e depois descia para a água. E havia um círculo chamuscado lá embaixo, onde a neve estava enterrando um tapete de penas que obviamente tinham pertencido à Bolo de Cenoura.

— Mila… — uma voz atrás dela começou. Ela sabia que era de Mateus de Deus, com seu rosto caroçudo e o cabelo cor de manteiga.

— Não, Mateus. Ninguém vai levar aquele barco a lugar algum.

Outro minuto passou.

— Mila… — Era a voz de outro garoto, mas o tom era o mesmo.

— Não. Vá afiar suas facas ou algo assim. Vou fazer sopa e vou precisar de ajuda para depenar.

— Mila…

— Não.

— Mila…

— Não, Bartô.

— Mila…

— Não, Tiago, Seu Tomás, Dedé e Beicinho. Não, Thiaguinho Z e Jão Z. Não, Judá. Não, Bartô. Por que não? Porque eu falei e alguém tem que ser sensato. Não se preocupem, eu vou fazer sopa. Descasquem batatas para mim. Peguem uma galinha.

Mila era a sensata. Mas ela queria gritar de raiva e depois chorar de medo.

Seu irmão tinha entrado na escuridão, atrás de Abutre, e ela ficou com uma tribo impaciente e uns convidados não muito amigáveis desde então. Queria saber onde seu irmão estava, por que estava nevando, o que era aquele

242

redemoinho no estuário e como o céu tinha se aberto para deixar a tempestade entrar.

Porém ela não sabia, então fez uma sopa. Um grande caldeirão de sopa, para homens demais e garotos demais comerem. Enquanto cozinhava, ela pensou sobre Abutre e a Sra. Devil, e se perguntou como tudo isso os estava ajudando, porque ela sabia que certamente estava. Abutre amava xadrez. Mila tinha passado tempo demais amarrada numa cadeira enquanto ele jogava xadrez à sua frente. Essa nevasca era uma jogada de xadrez. E aquele redemoinho também, de alguma forma.

Mila não era boa no xadrez (era difícil até lembrar como os cavalos se moviam), mas era boa com pessoas. Esperava que Samuca e Glória ainda estivessem vivos e jogando xadrez também. Mas, mesmo que eles estivessem vivos e estivessem jogando inacreditavelmente bem, ainda seria bom para eles se os oponentes começassem a duvidar de si mesmos. A dúvida é uma destruidora de homens e de exércitos.

— Levi! — Mila gritou de repente. — Leviatã Franco! — Ela pegou uma grande colher de pau e começou a mexer o caldeirão de sopa de galinha.

Um momento depois, o homenzarrão com a barba espetada deu a volta no balcão e entrou na cozinha.

— Que foi? — ele grunhiu.

Mila sorriu.

— Se você vai comer, você vai ajudar. Agora, mexa a sopa! — Ela deu a colher para ele. Resmungando, Levi começou a obedecer e Mila se esticou ao lado dele para pegar o sal.

Ao fazer isso, a mão dela entrou e saiu rapidamente do bolso dele, trazendo consigo a caneta-tinteiro de sangue e guardando-a imediatamente na manga esquerda.

Era hora de Mila dos Milagres mandar uma mensagem ao inimigo.

Levi mexeu a sopa por tempo suficiente para reclamar e implorar para sair.

Mila permitiu. Então, ela levantou a manga e destampou a caneta cheia do sangue da Sra. Devil. Hesitando somente por um instante, ela seguiu os primeiros pensamentos e memórias, embolados como apareceram, tudo na letra cursiva elegante e rígida que sua mãe insistia que praticasse diariamente, e ela encheu o antebraço com vermelho.

Nós caminharemos seguros, e nossos pés não tropeçarão.
Não temeremos mal nenhum; nós nos deitaremos e nosso
sono será suave. Não temeremos o pavor repentino,
nem o ataque dos ímpios quando vierem
contra nós. A maldição do Senhor está sobre a casa
do ímpio, mas ele abençoa o lar dos justos.
Certamente, ele quebrará seus dentes e os alimentará apenas
com pó e tristeza. Temam quem pode destruir alma
e corpo. A vergonha será o legado dos tolos. Vocês
certamente morrerão.

Por um momento, ela batalhou contra a própria consciência, porque não queria mentir e sabia que não tinha citado, nem de longe, nenhum dos antigos versículos das Escrituras corretamente. Mas isso era guerra. Então, ela assinou o próprio trabalho simplesmente:

Padre Tiempo.

Afinal, o Padre Tiempo era a única pessoa que ela conhecia que poderia ser intimidador. E tinha certeza de que Pedro não se importaria. Onde quer que ele estivesse. Se ele estivesse vivo, contaria para ele.

Tampando a caneta, ela leu os escritos uma vez e então abaixou a manga e escondeu o objeto.

Mila dos Milagres já estava se sentindo melhor.

— Mila…

— Não, Mateus — ela disse alegremente. — Ninguém vai sair. A sopa está quase pronta.

— Não é isso — Mateus falou atrás dela. — Eu estava lá fora, apagando chamas.

Mila se virou e olhou diretamente para a cara de biscoito de Mateus de Deus.

— E? — ela perguntou. — De onde veio o fogo?

— Não faço ideia — Mateus respondeu. — Mas a moto sumiu.

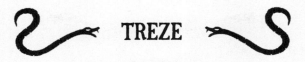

TREZE

Veja a Canção

QUANDO AS PORTAS DO ELEVADOR SE ABRIRAM, seis relógios de ouro flutuaram para fora do colete de Abutre e seguiram seu mestre como asas enquanto ele cruzava o saguão do restaurante. O tempo desacelerou ao seu redor. Homens e mulheres risonhos se tornaram estátuas, e as vozes deles ficaram graves e esticadas, tornando-se finalmente silenciosas para os ouvidos de El Abutre. Quanto aos garçons e garçonetes servindo às mesas, quando Abutre passou por eles, sentiram apenas uma sombra, um calafrio. Mas, quando ele os tocou, mesmo ligeiramente, os ossos deles racharam com a força do toque. Juntas se quebraram e ele já tinha ido antes de suas vítimas sequer sentirem a dor.

El Abutre entrou na área de jantar a passos largos, com um casaco de pele de búfalo no estilo do Velho Oeste balançando sobre suas costas. A Sra. Devil o seguia de perto a passos ligeiros, segurando nos braços dois mapas feitos de couro de cavalo.

O restaurante no topo da torre Agulha do Espaço em Seattle estava cheio de turistas, mas Abutre não estava lá pela companhia nem pela comida. Estava lá pela vista. Do topo da Agulha, ele conseguiria ver por cima da água do porto movimentado e testemunharia a libertação dos primeiros monstros antigos. Do assento correto, conseguiria ver pela janela o tráfego pesado do centro da próspera cidade e testemunharia o caos causado pela ação do seu exército de homens-fera. Era um tempo novo e primoroso, uma versão de 2017 em que ele nunca tinha tocado, madura para sua colheita.

— Aqui. — El Abutre parou entre duas mesas ao lado de uma larga janela. De um lado, estava um casal de adolescentes meio desengonçados e usando roupas de baile de formatura. Na mesa do outro lado, estava um casal de cabelos brancos e usando pochetes e camisetas de orca combinando. Abutre lidou com estes primeiro.

Segurando os encostos das cadeiras deles, ele arrastou os velhinhos para longe da mesa e os jogou dos assentos para o ar. Eles flutuaram como balões de hélio meio vazios, com os olhos mal começando a se arregalar de surpresa.

O casal do baile foi arremessado na outra direção. Abutre juntou as duas mesas desocupadas, colocando-as contra a janela, e lá ficou, alisando a barba e estudando a cidade enquanto a Sra. Devil desenrolava os mapas feitos de couro de cavalo e puxava uma cadeira.

O mapa de couro à esquerda de Abutre era muito mais simples do que o mapa à direita. Linhas imprecisas marcavam fronteiras e rios, e o couro imitava a topografia perfeitamente, com suas pequenas colinas e montanhas. O couro era um mapa completo do mundo e também era completamente mutável. Quando Abutre queria ver uma cidade específica mais de perto, simplesmente olhava para ela no mapa e desejava. O couro inteiro tremulava e mudava, tornando-se um mapa de qualquer parte do mundo que ele quisesse ver.

Agora, uma minúscula paisagem de pelo de cavalo de Seattle marcava o meio do mapa. A Agulha do Espaço do mapa estava tão fácil de ver quanto a real.

O mapa da direita era um mapa do tempo, com os pelos constantemente se movendo e ondulando como um fluido.

Mas o mapa do tempo não importava. Abutre já tinha escolhido seu momento para tomar o mundo. Tinha começado a se preparar para isso antes de concordar em unir forças com as mães. Era o mapa geográfico que ele mais usaria agora, um mapa que ele usaria para visualizar sua invasão de cima e mais de perto.

— Excelente, Devil — El Abutre disse. — Obrigado.

A Sra. Devil sorriu educadamente e assentiu. Os relógios do Abutre escorregaram para dentro do colete. O tempo voltou à velocidade normal ao redor deles.

Quatro corpos rolaram por mesas para os dois lados, e o restaurante foi preenchido com gritos. Janelas explodiram.

Nas ruas abaixo, pessoas horrorizadas viram duas nuvens de mesas, cadeiras e pessoas voarem para fora da Agulha e começarem a cair.

Lá dentro, Abutre inspirou profundamente. Um vento frio soprava pelo restaurante agora, balançando as pontas dos mapas de couro e seu pesado casaco de pele de búfalo.

Por cima de todos os choros, soluços e gritos por ajuda, Abutre ouviu passos se aproximando por trás. Ele se virou para ver Alexandre, o Jovem, caminhando determinado até ele, examinando o caos de ambos os lados com seus olhos líquidos.

— E então? — Abutre perguntou simplesmente.

— As grandes tempestades estão sendo libertas — Alexandre respondeu. Mas sua voz tinha um tom fracamente apreensivo. — Os oceanos foram abertos. As grandes feras que você desejou virão. Cipião está se preparando para marchar com seu exército da Cidade da Fúria para as ruas abaixo.

O Abutre arrumou o casaco de búfalo sobre os ombros e apertou os olhos para o jovem homem de cabelo escuro.

— Você está escondendo algo — El Abutre afirmou. — O que é?

Alexandre levantou o queixo para cruzar o olhar com o de Abutre.

— O garoto que você teme. Ele está vindo.

Abutre rosnou.

— Eu não temo esse menino.

— Você deveria. Ele continua surpreendendo. — Alexandre se inclinou para a frente, alisou o mapa-múndi de couro com as palmas e então deu um passo para trás. O couro se contorceu, revelando grandes ilhas e água ondulando entre elas. Uma forma estava se movendo rapidamente sobre a superfície do mar de couro.

Abutre se inclinou, estudando os pequenos pelos no mapa. Parecia uma motocicleta. Atrás dela, um grupo de serpentes monstruosas a perseguia.

— Ele está pilotando sobre a água? — El Abutre perguntou.

— Sim — Alexandre respondeu.

— E se move através do tempo?

— Sim. Apesar da ausência do padre.

— Diga a Cipião que envie metade do exército agora. Segure os outros até ele chegar. — Abutre cutucou a minúscula motocicleta de pelos com um longo dedo. — Eles todos poderão compartilhar o momento de devorá-lo.

— Talvez possam, talvez não — Alexandre respondeu. — As mães invocaram os *yee naaldlooshii* e muitos outros como eles, troca-peles, transmorfos e homens-fera, todos aliados. Mas o garoto é parte fera, não é?

Abutre congelou de surpresa, mas então seu rosto descongelou e ele riu.

— Você acha que eles verão o garoto como um deles? Ele foi destruído, não mordido ou amaldiçoado. E os *yee naaldlooshii* mataram membros de suas famílias para ganharem os poderes. Dos Milagres... ele não é capaz disso.

Alexandre deu de ombros.

— Talvez.

Abutre olhou para o caos no restaurante. Dúzias de olhos estavam sobre ele agora. Viu várias mãos erguidas com celulares como câmeras e outras usando os aparelhos a fim de, sem dúvida, ligarem para a polícia. Um gerente, rodeado por garçons, estava se aproximando.

— Mate todas essas pessoas e volte para Cipião — Abutre falou, virando-se. — Mas deixe um garçom e um cozinheiro. Eu posso ficar com fome.

Alexandre deu um pisão no chão, abaixou a cabeça até o peito e então sacou duas longas facas, virando-se para o gerente.

Abutre fechou os olhos e concentrou-se no frescor da brisa, ignorando os sons de vidro quebrando, mesas sendo viradas e gritos de dor. Pessoas estavam fugindo ou morrendo. O espaço logo ficaria tão silencioso quanto ele precisava que um poleiro fosse.

— William. — A Sra. Devil estava se inclinando sobre o ombro dele, respirando pesadamente em seu ouvido. Afastando-se, ele olhou rapidamente para ela. O rosto dela estava rígido e furioso. E... *com medo*. Ela usava uma camisa cor de creme, presa até em cima com um broche de abutre entre as bordas de renda que circundavam seu pescoço grosso, e estava com a manga esquerda levantada até em cima. — Leviatã Franco está morto — ela anunciou. — Ou é melhor que esteja.

Abutre levantou as grossas sobrancelhas.

— Ele era um criminoso pequeno. Por que eu deveria me importar?

A Sra. Devil estendeu o antebraço nu, coberto de nítidas letras em vermelho vivo.

— Porque isto aqui foi escrito com a caneta de sangue que eu dei a ele.

Abutre apertou os olhos, examinando as palavras sem interesse.

— A assinatura, William — a Sra. Devil disse. — O padre está vivo e está perto.

Abutre rosnou de frustração.

— Claro que está. — Ele olhou para o mapa, para a pequena figura girando em círculos no mar de pelos. — Então, a longa caçada termina. O garoto e seu padre morrem aqui.

Dentro da nevasca particular deles, Samuca recarregou a besta enquanto Glória tentava despertar a ampulheta e Samara relia a revista em quadrinhos, agora molhada.

A tarefa de Glória era a mais difícil, porém o vidro quebradiço finalmente tinha quebrado ao redor do novo domo.

Enquanto os filhotes de leviatã — entre dúzias emaranhadas de recém-chocados de três metros e irmãos mais velhos de nove metros — se batiam e mordiscavam o vidro novo e morno, Samuca, Glória e Samara tiravam a neve dos olhos e caminhavam com dificuldade pela borda íngreme até a doca lisa por causa da neve, que só era visível dentro do vidro e abaixo dos pés deles. Os leviatãs se tornaram mais agressivos quando os humanos se moveram para a água e ficaram sobre a passarela da doca.

Presas raspavam e caudas batiam, deixando marcas e amassados no vidro de Glória.

Glória suava, apesar da neve. Samuca estava em pé ao lado dela, Pati segurando a besta, pronto para agarrar Glória e nadar se o vidro quebrasse. Samara estava atrás deles, constantemente tocando o ombro nu de Samuca e recebendo um chocalho rápido de Pati sempre que o fazia.

— Eu não faria isso — Samuca falou, girando o ombro e tirando a mão dela de novo. — Eu tô segurando esta besta, e minha mão quer muito atirar em você toda vez que você me toca.

— O quê? Por que você ia querer atirar em mim? — Samara deu um passo para trás e gritou quando uma cauda bateu no vidro atrás dela.

— Não eu. Minha mão. Pati. Ela quer atirar em você. Eu consigo ouvi-la claramente. — Samuca olhou por cima do ombro. — Segura no meu cinto, se precisar. Só não toca no meu braço esquerdo.

— Nem no direito — Glória acrescentou. — Pinta pode não te matar, mas vai te machucar.

— Você não pode mandá-las não fazer isso? — Samara perguntou. — São as suas mãos. Nos quadrinhos...

— Para de falar sobre os quadrinhos — Glória ordenou. — Senão eu vou ficar a favor da Pati.

Com Samara segurando no cinto de Samuca, e Samuca segurando a besta, e Glória segurando a ampulheta que cuspia areia e mantinha as vidas de todos eles, os três seguiram lentamente sobre a doca através de neve salgada de areia até encontrarem as cordas amarradas aos ganchos que prendiam o barco de metal ainda escondido.

— E agora? — Samara perguntou.

— Agora... — Glória começou. — Vamos torcer para este vidro ser bastante flexível.

Samuca olhou para ela.

— Você consegue subir no barco?

Glória balançou a cabeça.

— Não sei.

— Dá para pular? Contar até três e pular? — Samuca perguntou.

— Me levanta. Pelas pernas.

Samuca pendurou a besta no coldre direito, Samara foi para a frente e ele foi para trás.

Agachando-se, ele colocou a cabeça na lombar de Glória e enrolou os braços ao redor das pernas dela, girando Pati e Pinta entre si firmemente antes de segurar nos próprios antebraços.

— Devagar. Samara, cuidado com os pés — Glória disse.

254

Samuca esticou as pernas, levantando Glória quinze centímetros, depois trinta. Conforme Glória subia, o domo de vidro subia também. Os lados curvados deixavam um círculo cada vez menor para apoiar os pés.

— Mais alto — Glória pediu.

Samuca ficou em pé completamente. Samara deu um passo para trás, escorregou no vidro curvado atrás de si e caiu sentada com força. Ela deslizou até os pés de Samuca.

Samara gritou:

— Ai! Odiei isso. Deve ter um jeito melhor. Tem que ter.

Só restava um círculo de sessenta centímetros de doca, coberto de neve e escorregadio sob as botas de Samuca. O restante do vidro estava segurando água morna e ar quente escaldante.

Cuspindo neve e piscando para tirar flocos derretidos dos olhos, Samuca levantou Glória até a altura de seu ombro direito. A doca sob os pés dele foi substituída por vidro, e ele pulou de lado perigosamente enquanto a esfera se fechava abaixo.

Os leviatãs ainda estavam bravos. E a neve ainda caía, mas agora estava se acumulando no fundo da bola.

— Me coloca no barco — Glória falou de cima dos ombros dele. — E depois pulem atrás.

Samuca se moveu para a frente, com as botas rangendo contra o vidro, e a bola se dobrou para dentro, sobre o que tinha de ser a lateral do barco, pelo menos sessenta centímetros abaixo da água dos leviatãs.

O peso de Glória se inclinou para a frente.

— Glória, não! — Os pés de Samuca escorregaram e ele cambaleou. Ele não conseguiria ficar de pé. Samara gritou, Samuca jogou Glória para a frente, e a bola de vidro bateu e rachou.

Samuca caiu.

Água morna molhou suas pernas.

Glória estava gritando.

Samuca sentiu duas mãos segurando-o e puxando-o. Os pés deles chutaram algo tão sólido quanto uma tora com vida. Ele empurrou e se arrastou sobre vidro liso, antes de cair sobre uma poça de água e dois pares de pés. Ele estava deitado sobre as costas com as botas no ar.

— Samuca! — Glória estava gritando. — Samuca!

Ele cuspiu um gole de água salgada e olhou para cima. Um par de criaturas recém-chocadas estava se contorcendo entre seus pés, lutando entre si para entrarem no que tinha sobrado da esfera de vidro.

Pinta já tinha sacado a besta de Samuca. Pati já estava mirando. Dois virotes enfincaram duas cabeças e as serpentes se debateram, nadando para longe com esguichos de faíscas brancas.

Samara puxou os pés de Samuca completamente para dentro enquanto Glória desesperadamente girava mais areia.

— Não! — Samuca falou e se levantou com um salto. Num lado do corpo dele, o ar estava escaldante, e, do outro, neve ainda o acertava. — A gente tá na proa do barco; encontrem a moto primeiro!

Com água quente até os joelhos, Samuca forçou-se até a proa, empurrando o vidro de Glória, curvando-o e rolando-o para a frente.

Samara gritou e Pinta atirou em algo que Samuca não conseguiu ver, mas ele não precisava ver para saber o que era.

256

— Maior! — Samuca gritou. — Glória, deixa a bolha o maior que puder!

A moto estava amarrada numa plataforma na proa, então a água não estaria tão profunda. Centímetros. Talvez trinta. Talvez os leviatãs nem conseguissem alcançá-los.

Samuca chutou o vidro com força, e mais água se acumulou ao redor da sua bota. Esticando-se para trás, ele puxou Glória para a frente, e ambos deram um grande passo para cima e bateram numa roda de motocicleta enquanto o vidro se refazia ao seu redor.

Pinta disparou a última flecha de Samuca, e faíscas brancas sibilaram perto da cabeça dele, sumindo na água.

Samara meio engatinhou e meio nadou até as botas de Samuca.

A nevasca voltou. Eles estavam em pé sobre água quente até as canelas sobre um deque de tábuas de madeira. Flocos de neve derretiam sobre a água, e a moto e o carrinho de carona estavam intactos dentro do domo de Glória, com água até a altura do escapamento. O vidro tinha cortado as cordas que a amarravam.

Ofegante e encharcado, Samuca olhou ao redor. Samara havia cerrado os olhos com força. Uma cauda cortada de leviatã flutuava atrás das costas dela.

— Estamos vivos? — ela perguntou.

— Sim — Glória respondeu. — Por pouco. Samuca tentou matar a gente, mas nós o derrotamos.

Samuca cuspiu água.

— Eu vou tentar de novo. — Ele olhou para Glória. Ela estava ofegando fundo e pingando suor, e o trabalho dela não estava nem perto de terminar. A mecha de cabelo branco tinha, no mínimo, triplicado em largura.

257

— Você tá bem? — Samuca perguntou.

— Eu queria comer um panelão de macarrão e dormir por um ano — Glória respondeu. — Mas primeiro eu precisaria de um banho.

— Um banho. Que tal uma toalha? — Samuca falou.

— Você tem uma aí? — Glória perguntou.

Samuca não respondeu. A neve e a água quente estavam embaçando o interior do vidro, mas pelo menos eles estavam mais elevados agora. Água batia a pouco mais de trinta centímetros no vidro. Menos caudas e presas conseguiam alcançá-los ao mesmo tempo, mas os animais ainda estavam tentando.

Samara se sentou na água.

— Eu perdi os quadrinhos. Ah, não. — Levantando-se com respingos, ela limpou o vidro e olhou para fora da bolha. — Eu tava lá. Eu tava naqueles quadrinhos.

— Você ainda está, mas de verdade — Samuca falou. Recarregando a besta, ele contou os virotes restantes no coldre esquerdo.

— Samuca — Glória disse —, dá a partida na moto. Agora.

A enorme fera cega na ilha estava se balançando acima deles, fazendo tremer o colarinho e pulsar a garganta.

— Certo — Samuca respondeu baixinho. — Você pode ficar aí, mãezona. Vamos embora rapidinho.

— Não ali — Glória disse. — Atrás de você.

Samuca se virou, olhando para a abertura da enseada. Através do vapor, uma gigantesca onda se aproximava. Ele limpou o vidro rapidamente. Uma cabeça cor de ferida do tamanho de uma retroescavadeira estava avançando pela água, seguida por uma cadeia de montanhas de água.

— E aquele deve ser o Papai Smurf — Glória disse. O animal rugiu pela água, derrubando o vapor do interior do vidro com o som.

Por toda a enseada, centenas de cabeças espinhosas se ergueram da água, gritando em resposta.

Raivosa e cega, a Mamãe se juntou ao coro diretamente acima do domo de vidro. Samara abaixou o queixo e cobriu os ouvidos.

— Dá a partida! — Glória repetiu. — Tô pronta!

Samuca pulou na moto, girou a chave e chutou a ignição como Glória tinha ensinado. A moto tossiu. De novo. A moto resmungou. De novo. A moto gemeu brevemente.

— Chuta com força! — Glória ordenou.

Samuca chutou e a moto rugiu, cuspindo fumaça preta do escapamento acima da água. Todas as cabeças na enseada se viraram para eles.

Samara tentou subir atrás de Samuca, porém Glória a segurou com a mão esquerda.

— Carrinho — Glória disse. —Rápido

— Mas na revista…

— Tô nem aí. — Glória jogou a perna por cima das costas da moto e abraçou as costelas de Samuca firmemente com a mão esquerda. — Entra no carrinho ou fica para trás e vira comida de peixe.

Os olhos e pulmões de Samuca já estavam queimando com a fumaça quando a Mamãe Leviatã caiu de cabeça na enseada ao lado deles, feito um trem mergulhando no cânion do Arizona. O coração dele pulou e memórias o atingiram mais rápido que a onda: névoa quente emba-çando sua mente.

A moto estava se erguendo. Estava se inclinando. Do outro lado do cânion haveria um desastre de trem, fumaça, ruínas, dor, um homem com armas impossivelmente rápidas e sete relógios flutuando ao redor dele como asas.

Não. Ele tinha seis relógios agora. E as mãos de Samuca eram mais rápidas.

A motocicleta estava engatada na marcha. E Pinta já estava acelerando com força. Atrás dele, Glória se inclinava bastante. A moto estava virando sobre a onda. Água se levantava em duas ondas brilhantes ao redor da roda dianteira.

No início, Glória pensou que tinha morrido. A quietude que a circundava era fresca e perfeita. E então ela abriu os olhos.

Imediatamente diante do seu olho direito estava um floco de neve, brilhando no sol, flutuando no ar com a mesma firmeza que uma estrela no céu. Assim como uma estrela, era lindo e, como uma estrela, ela sabia que ele era um entre incontáveis bilhões.

Samuca ainda estava na frente dela e o braço dela ainda estava ao redor dele. Dentro do peito dele, sob a palma da mão dela, uma canção estava tocando no coração de Samuca, uma canção que contava uma história, que se erguia e voava alto, que batalhava e se alegrava e depois mergulhava em paz. Cada batida era mais intrincada que qualquer ópera, tão simples quanto algo tocado perfeitamente por uma galáxia de orquestras, e ela sabia que era apenas uma parte de uma única batida cardíaca. Por mais tranquilo que o mundo estivesse ao seu redor, ela levaria incontáveis vidas para conseguir aprender os primeiros movimentos de apenas uma batida.

Duas ondas de água estavam paradas no ar como museus de luz. Ao lado de Glória, um monstro vermelho estava fixado tanto no mar quanto no ar, cercado por sopés e planetas de água. Olhando para o animal, ela viu a glória dele como havia visto a glória no deserto, nas grandes rochas pintadas e empilhadas entre o chão do Arizona e a barriga azul do primeiro céu. E pequenas serpentes vermelhas, estátuas intrincadas de raiva, ignorância, medo e fome, estavam posicionadas ao redor dela, sobre a superfície polida da enseada.

A beleza de tudo aquilo doía dentro dela, embora latejasse como morte e tristeza, mas vinha com uma alegria mais profunda do que ela jamais tinha sonhado. Lágrimas quentes escorreram sobre suas bochechas como gargalhadas e novos espaços cheios de sol se abriram em sua alma. Até este momento, ela nunca tinha percebido o quanto estava morta. Agora, sentia-se viva. Ela se sentia... *realmente...* *nova.* Como uma libélula sentindo suas asas desdobrando-se no sol pela primeira e única vez, asas que jamais poderiam ser esquecidas e que seriam sentidas para sempre.

Ela era uma garota morta, erguendo-se de uma cova desconhecida num mundo de jardins.

— Muito bem — Espectro falou. — Agora você pode ficar tranquila e ver com uma visão que não pode ser ensinada. E, vendo, você pode agora se mover com um movimento que é dado apenas a poucos. Como um pássaro voando, como um peixe no mar, como os ventos no céu, Glória Aleluia agora também consegue voar, nadar e trafegar nas infinitas estradas do tempo. Você se sente viva neste mundo? Você é uma vida neste mundo?

Glória estava com medo de olhar para o rosto dele, porque tinha sido avisada sobre vê-lo de novo. Contudo, quando ela se virou, viu apenas fogo preto, dançando sobre a água perto da saída da enseada.

— Acho que sim — Glória respondeu. — Onde você está?

— Eu estou marcado com fogo nos seus ossos e no seu sangue. E você não "acha que sim". Isso é conhecer. É ser conhecido. É *disso* que se trata. Conhecimento das palavras escritas dentro das palavras e da Palavra por fora de todas as palavras, as notas dentro das notas e a canção por fora de todas as canções. Este conhecimento é dado e, em troca, ele se abre. Prove e veja. Escute. Toque. Mova-se nessa canção. Faça suas próprias canções dentro dela.

O fogo preto se moveu entre as cabeças de jovens leviatãs antes de parar a uns três metros.

— Glória Aleluia — Espectro disse. — Dance com a escuridão, pois você é a aurora. Que toda língua do seu fogo incandesça brilhantemente contra as correntes aprisionando outros. Quando seu tempo acabar e sua vida tiver se desgastado, esta será a canção que Espectro entoará sobre Glória quando ele te recolher.

— Amém — Glória falou. A palavra brotou dela e pareceu adequada.

— Este é o propósito para o qual você foi feita — Espectro continuou. — Você voará nesta nossa canção onde apenas poucos podem escutar, mas esses poucos são tudo e, quando você voar, tornará o restante mais lindo. Para muitos, você será um vento invisível. Será o aroma de esperança. Para outros, você deve ser uma proteção feroz. E não pode ser isso sem ser também destruição e fogo destemido. Como Pedro depois de você, você aprenderá seus dons e seus próprios caminhos, mas a força dele será apenas uma porção da sua, então marque um caminho poderoso. Haverá muita dor. E, nessa dor, você encontrará suas mais profundas alegrias, como as uvas encontram seu vinho. Abra sua mão direita.

Glória olhou para baixo, para o punho fechado, e seus dedos finalmente lhe obedeceram, esticando-se e achatando a palma da mão. A ampulheta sumiu, mas seu formato permaneceu, marcada com fogo, ainda queimando com chamas de fogo preto. Suas chamas escorreram e pularam sobre a água para se juntarem às outras. Calor, tristeza e gargalhadas fluíram por ela quando os fogos se encontraram.

— Sua guerra te aguarda — Espectro falou. — Mas não se esqueça da sua alegria. Torne sua canção mais gloriosa com cada toque seu e o nome de Glória Aleluia sempre será a verdade.

O fogo de Espectro esmaeceu, reunindo-se em si mesmo.

— Espera! Quando é que isso vai voltar ao normal? — Glória perguntou.

— Isso é o normal — Espectro respondeu. — Mas nem todos veem.

— Eu falava da velocidade. — Glória olhou para trás. Samara estava com a cabeça para baixo dentro do carrinho e com os pés para cima. — Como eu faço para ir mais rápido de novo? Eu tô meio congelada.

O fogo de Espectro começou a girar num redemoinho.

— Você pode desacelerar o quanto quiser e acelerar o quanto quiser. Exista em qualquer momento pelo tempo que precisar. Nem você, nem eu, nem ninguém além dos Três acima de nós pode ajustar o verdadeiro tempo dessa canção. É apenas o nosso andamento que muda dentro dela. Aja com a agilidade da luz, como está fazendo agora. Ou

263

fique para trás, com a lenta percussão dos planetas, como você já fez. Agora, vá, seja o que você deve ser.

Com isso, as chamas de Espectro dispararam para o céu. E a enseada explodiu com o movimento.

O floco de neve acertou o olho de Glória. O leviatã afundou na água como um vulcão em colapso. E a onda arremessou a motocicleta, tentando pegá-la em sua boca espumosa.

Mas Glória se movia mais rápido.

QUATORZE

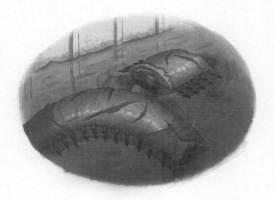

Canção

O DOMO DE VIDRO DE GLÓRIA ESTAVA VOANDO em cacos, deixando-os no tempo antigo e quente, mas ela não precisava mais da concha protetora. Inclinando-se para o lado da moto, afundou a mão na água quente, desacelerando seu tempo.

A água ficou firme, cuspindo as rodas para a superfície com o rugido do motor. Derrapando a roda de trás e jogando jatos grandes e pegajosos, a moto disparou para a frente num caminho de vidro arenoso que se dissolvia em espuma atrás deles.

Samuca fez a curva ao redor da primeira cabeça espinhosa que queria mordê-los e acelerou em direção à abertura da enseada, correndo contra o monstro que se aproximava pelo outro lado.

Samara estava tentando se endireitar no carrinho de carona.

— O que tá acontecendo? Onde a gente tá? — ela gritou.

— Você consegue tirar a gente daqui? — Samuca gritou por cima do ombro.

Glória não respondeu. Ela não tinha certeza exatamente de como fazer isso, mas tinha certeza de que conseguiria. E o Espectro havia dito que ela poderia levar o tempo que precisasse dentro de um único momento.

Mamãe Leviatã se ergueu da água à direita dela, espirrando fogo branco e expondo presas amarelas e serrilhadas. Papai Leviatã nadava pulando da água, cuspindo uma nuvem de faíscas do tamanho de perus sobre a superfície, indo na direção deles. Samuca chegou à saída da enseada e fez uma curva forte para a esquerda, levantando no ar uma camada de água como um escudo. As faíscas passaram direto pela água.

— Glória! Rápido! — Samuca gritou.

Glória sabia o tempo que ela queria. Conhecia a sensação e o gosto dele. Levantando a mão direita da superfície da água, jogou areia preta e flamejante num amplo arco acima da motocicleta.

Uma porta se abriu entre tempos.

A motocicleta passou por ela e caiu quase dois metros, aterrissando com força e respingando água com mais força ainda. Glória bateu o rosto nas costas de Samuca e Samara quase voou para fora do carrinho, mas aterrissou sentada. Ao redor deles, o dia se tornou noite, o frio cortou-lhes a pele e neve lhes salpicou o rosto.

— Haha! — Samuca riu. — Glória, você é incrível!

Ela sorriu, lambendo sangue do lábio.

Imediatamente, Samuca deu meia-volta num grande arco, escorregando e pulando sobre a água em direção à ilha.

Mesmo através da nevasca, a casa de vidro estava visível no topo da ilha, com algumas das janelas a brilhar gentilmente.

— A gente voltou! A gente voltou! — Samuca gritou.

Glória olhou para a tempestade ao redor. Olhou de verdade. Cada floco estava vindo do tempo errado, soprando de um rasgo enorme no céu. E a água estava errada, também.

— Você deixou aberto! — Samara gritou. Ela estava apontando para trás, para o arco que Glória lhes havia feito. Luz do sol escapava de lá.

Assim como o leviatã.

Mas Glória não se importava agora. Ela estava focada nas duas sombras que pareciam pássaros voando acima da motocicleta, quase mais rápidas que a visão. Glória desacelerou o momento e viu tudo.

Com as asas de sombras esticadas, os corpos esqueléticos estavam nus entre elas. As criaturas tinham braços como pernas e braços como braços, e mãos com garras em todos os quatro. Cada costela tinha penas, e suas caixas torácicas estavam cheias de troféus sanguinolentos: os pequenos pés e rostos de quem havia sido morto em sacrifício. Os pesados colares de coração delas balançavam sobre essas gaiolas ósseas conforme os dois espíritos macabros mergulhavam e se cruzavam no ar à frente da moto, rasgando o ar em X pouco acima da água.

As mães eram rápidas demais para os olhos de Samuca, mas Samara apontou e gritou:

— Glória!

A moto ia sair disparado para dentro da escuridão recém-aberta.

Glória passou a mão no ar, e a moto e seus passageiros caíram na água.

267

Não era molhado. Não era espesso. Ao redor deles, a água flutuava e se curvava como vapor transparente. Atrás, os enormes corpos dos leviatãs se moviam lentamente acima deles como esculturas monstruosas. Jovens leviatãs retorcidos flutuavam no vapor como balões.

Samuca gritou de surpresa e o som de sua voz estava tão borbulhante quanto qualquer grito subaquático.

Glória se concentrou. Fazer bolas de vidro era desengonçado. Ela precisava de precisão. Já estava tocando na moto com as pernas e em Samuca com os joelhos, e o braço livre e todo o corpo tocavam a água. Apertando os joelhos com mais força, ela soltou Samuca e esticou o braço esquerdo para segurar Samara no carrinho. Eles tinham passado bem abaixo da armadilha das Tzitzi, porém estavam caindo rápido.

A moto e seus passageiros estavam envoltos numa camada de tempo rapidamente acelerado. A água ao redor deles engrossou, e a moto teve aderência para ir para a frente e subir.

Num momento, Glória via um par de monstros gigantes atrás deles. No momento seguinte, a moto brotou do mar como um tubarão saltando, caindo de novo sobre a superfície, cambaleando, derrapando e então disparando para a frente.

O ar estava frio e cortante, mas respirar era mais fácil.

Flocos de neve se penduravam no ar, quase imóveis, como dez bilhões de enfeites esperando a comemoração.

Glória soltou Samara e prendeu o braço de volta ao redor das costelas de Samuca.

Samuca riu. Flocos de neve e gotículas rodeavam seu cabelo, e o rabo de cavalo de Glória tremulava feito bandeira molhada.

— Aonde vamos? — Samuca gritou.

— Para Pedro, no passado! — Glória respondeu berrando. — No Arizona. E depois voltamos à ilha para pegar nossa equipe!

Samara se agachou o quanto pôde no carrinho, com a cabeça abaixada e os braços ao redor das pernas.

Samuca girou a moto em direção ao sul e acelerou sobre a água. Glória acelerou mais.

Os Garotos Perdidos e Levi e seus homens estavam juntos na doca, estudando os pedaços de monstros do mar que, de alguma forma, flutuavam em água com vapor que estava dentro do casco do barco de metal. Quando eles ouviram a motocicleta, cada um correu pela neve até o cais perto do braço da ilha e cada um viu a mesma coisa.

Isso não significava que eles acreditavam no que viram.

Samuca estava pilotando a moto sobre a água, levantando atrás de si um rastro de água de proporções épicas. Glória estava atrás dele. Samara ia no carrinho de carona.

Dois monstros marinhos gigantescos com bocarras escancaradas e narinas faiscantes mergulhavam e pulavam atrás dele, e um amplo arco iluminado pelo sol estava aberto no ar noturno, quase dois metros acima da água. Água e vapor de outro mar escorriam ali.

Assim como dúzias de longas serpentes de corpo vermelho.

— Deus tenha misericórdia — Levi falou. — O leviatã.

Somente Judá viu a armadilha de sombras e a moto sumir sob a superfície bem a tempo. Meio segundo depois, ele ouviu o motor de novo e se virou para vê-la surgindo do mar, bem distante de onde estava. E então sumiu, perdida na nevasca, escondida pela própria velocidade.

Todos os outros olhos estavam nas feras que vinham atrás, com corpos tão largos quanto o arco aberto, e narinas respingando fogo mais alvo do que a neve a cair.

— Peguem todas as armas! — Levi gritou. — Carreguem os barcos e façam suas preces! Não podemos deixar essas feras entrarem nas nossas águas!

Garotos animados e homens atordoados se colocaram em ação.

Somente Judá e Levi continuaram ali.

— Eles sumiram de novo — Judá afirmou. — Sua filha está viva.

— Eu vi. Não tema pelos seus amigos. Minha Samara é esperta como um tubarão. Ela vai cuidar deles.

— Talvez. — Judá olhou para Levi. — Tubarões não são muito espertos.

Levi riu e bateu nas costas de Judá.

— Mas eles são vencedores. Pode perguntar para qualquer pessoa. Nada supera os tubarões.

Judá viu o par de monstros do tamanho de trens se retorcer e virar em círculos. Claramente, eles tinham perdido o rastro.

— Aquelas coisas superam — Judá falou.

— E eu vou superar elas — Levi respondeu, alisando as pontas da barba. — Já vi nas revistas. Agora, não tente me dizer que você escreveu aqueles quadrinhos, mas não ainda. Se escreveu, você vai saber que tem que mirar nos olhos e se cuidar com os fogos de artifício. Vamos, então, antes que eles percebam que não se dão bem em mares frios e tentem tomar a ilha.

No cais, motores de barco já estavam dando a partida e os Garotos Perdidos urravam.

QUINZE

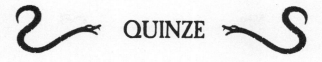

Fim da Caçada

A MOTO PAROU NO ALTO DE UMA COLINA de rocha vulcânica acima do estuário de Puget. Samuca e Glória estavam ao lado dela. Samara estava em pé no carrinho.

— Tô indo — Samara disse. — Vou ficar com você, Samuca. Você não pode me impedir.

— Posso, sim — Samuca respondeu.

— Você acha que eu não consigo acompanhar? — ela olhou feio, levantando o queixo. — Acha que eu tenho medo do escuro?

Glória balançou a cabeça.

— Mas você é uma princesa que acha que é durona porque sempre teve os capangas do papai atrás de você. Você pode ter crescido num mundo duro, mas ele pegou leve com você, Samara.

Samara ficou vermelha.

— Você acha que minha vida foi fácil? Acha que é melhor que eu?

Glória riu.

— O que eu acho...

— Glória — Samuca interrompeu. — Deixa pra lá. — Ele se virou para Samara. — Eu preciso que você fique.

Samara fungou.

— Escuta — Glória disse, acalmando-se. — Nós vamos entrar na escuridão. Pra valer. Não vai ser só um mergulhinho. Se você vier com a gente, você pode morrer. Pior, você pode ficar enjoada, aterrorizada e perdida lá para sempre. Eu desmoronei completamente na minha primeira vez lá. Pode ser que eu não aguente de novo e Samuca não consegue carregar nós duas. — Ela pausou. — E me desculpe por ter te chamado de princesa. Tenho certeza de que sua vida é difícil.

— É um pesadelo — Samara respondeu e puxou os cachos para trás. — Eu odeio.

— Samara. Fica aqui e cuida da moto — Samuca pediu. — Não vamos demorar.

— Ou vamos morrer e sumir para sempre — Glória retorquiu. — Nos dê algumas horas e, se não voltarmos, fique com a moto. Tente ser uma heroína, não uma arruaceira como seu pai. Torne seu mundo um lugar melhor.

Samara se jogou no carrinho.

Glória fechou os olhos e inspirou o ar. Então, ela se agachou e achatou a mão sobre a rocha áspera. Puxando um pouco de pó, ela o lambeu.

— O que você tá fazendo? — Samuca perguntou. — Parece que você está a ponto de começar um ritual.

Glória riu.

274

— Estou marcando meu lugar. Este ponto neste momento é diferente de qualquer outro. Para voltar da escuridão, preciso me lembrar daqui para encontrar de novo.

Samuca olhou ao redor da destruição vulcânica.

— Aqui se parece com vários outros pontos.

— Eu sei — Glória disse. — Por isso estou fazendo isso. Não quero errar por anos. Nem quilômetros.

— Por que não deixa a porta aberta atrás da gente?

Glória abaixou a voz para um sussurro.

— Porque sua alma gêmea ali com certeza vai vir atrás. E outras coisas podem sair.

Samara levantou o olhar, escutando com atenção.

— Alma gêmea? — Samuca sussurrou. — Nem brinca com isso. Ela vai levar a sério.

— Foi mal — Glória sorriu. — E, se eu vomitar em você lá dentro, me desculpe de novo. Com antecedência.

Areia preta surgiu da palma da mão vítrea de Glória e girou, formando um cetro curto e a longa lâmina curvada de uma foice. Samuca deu um passo para trás e observou quando Glória levantou a lâmina e cortou o ar. A ponta sumiu com o som de uma faca numa melancia. Glória puxou a lâmina, com o ar abrindo-se feito pele cortada. A entrada escura se abriu diante de Samuca e Glória, e um fedor muito além de podridão vazou ao redor deles.

— Credo. Vocês vão entrar aí? — Samara tapou o nariz com o braço. Pati e Pinta chocalharam.

Glória mordeu o lábio e estendeu a mão esquerda para Samuca. Ele a segurou com a direita. Por um momento, Glória simplesmente segurou e segurou de novo os dedos dele. Ele conseguia sentir o nervosismo e o medo dela. E sentia também a determinação.

— Nós vamos conseguir — Samuca falou. — Pedro precisa da gente. Nós precisamos conseguir.

Glória assentiu, mas não falou nada. E então ela se abaixou, entrando na escuridão. Samuca a seguiu e, um instante depois, enquanto somente Samara olhava, o ferimento na pele do mundo se curou.

Samuca manteve os olhos fechados, segurando a mão de Glória com Pinta e confiando na visão noturna de Pati... se houvesse algo para ela ver. Quando Glória vomitou, nem sequer piorou o fedor do lugar.

— Você tá bem? Posso fazer algo? — Samuca perguntou.

— Nada. Eu só... Mantenha sua mente no lugar. Escute suas mãos. — Ela caiu de joelhos, quase vomitando. — Espectro me deu a memória dele, marcando o momento. E já estivemos aqui. — Ela vomitou de novo, e Samuca a ouviu cuspindo e depois tentando falar. Ela rolou de lado, segurando os joelhos enquanto falava. Sua voz estava enfraquecendo. — Eu só preciso... me concentrar.

Samuca se agachou, segurou Glória e tentou ajudá-la a andar. Porém ele só conseguiu cambalear de lado e tropeçar nos pés dela. Finalmente, passando Pati atrás dos joelhos dela e Pinta sob os braços dela, ele a levantou. Ainda de olhos fechados, esperando que Pati e Pinta o guiassem para longe de qualquer buraco ou armadilha, ele começou a caminhar para a frente.

— Não precisamos nos mover... para lugar nenhum — Glória disse devagar.

— Precisamos, sim. Alguns lugares são piores do que outros. Só se concentra e me avisa quando estivermos prontos.

A respiração de Glória desacelerou enquanto Samuca caminhava. Ele subiu uma inclinação leve até parecer que

276

estava se erguendo da pior parte do fedor. Ou talvez ele só estivesse se acostumando.

Ele entendia a reação de Glória. Já tinha sentido isso antes e, sem as cobras, ele sabia que se sentiria tonto e perdido na escuridão para sempre.

— Tá bem, Glória — Samuca falou. — Não vai melhorar mais do que isso.

Pati chocalhou. Pinta tentou se encolher, quase derrubando Glória.

A imagem de calor de um urso pesado subiu das cobras pelos braços de Samuca. O grande animal caminhou lentamente na direção de Samuca, rosnando e fungando. Enquanto Samuca se afastava, o urso se levantou sobre as patas de trás e se ajeitou na posição encurvada de um homem.

— *Yee naaldlooshii* — o homem-urso falou babando. — Deixe sua presa. Abutre nos chama para nos juntarmos ao exército dele e nos fartarmos.

— Hã… — Samuca deu um passo para trás. — Eu vou. Daqui a pouco. Tô indo.

— As portas para os vivos estão abertas para nós — o homem continuou. — As Tzitzimime desejam nossa força.

— Sim — Samuca respondeu. — Eu vou vê-las agora.

Depois de um longo momento, aparentemente satisfeito, o homem se jogou sobre as patas da frente e afastou-se lentamente em sua forma de fera.

O chocalho de Pati parou, mas não a tensão dela.

— O que foi aquilo? — Glória sussurrou.

— Um homem-urso morto indo se juntar ao rebanho do Abutre. Eu nem quero saber quantas dessas coisas ele tem a esta altura, mas tenho certeza de que vamos descobrir.

Você consegue ficar em pé? — Ele deixou Glória em pé e segurou-lhe o braço enquanto ela tentava se equilibrar.

— Sim. Foi mal, Samuca.

— Deixa de besteira. Não se preocupa com isso. Eu te carrego pra onde você precisar ir.

— Aqui — Glória respondeu. — Vou tentar abrir uma passagem para a memória que Espectro me mostrou bem aqui. Eu só preciso... me concentrar.

Samuca ouviu Glória cair de joelhos e imagens quentes vieram das duas cobras. O vidro na mão direita de Glória queimou até ficar branco quando ela o ergueu. Seu braço todo ficou branco. E então uma lâmina de foice longa, curvada e vítrea cresceu da sua mão. Samuca parou de prestar atenção nas cobras e usou os próprios olhos. A escuridão exterior agora tinha uma luz que até os olhos dele conseguiam ver. De joelhos, Glória golpeou com a lâmina diretamente para baixo, causando um brilho alaranjado e deixando um rastro de faíscas.

A escuridão se partiu e a lâmina se chocou contra o chão, partindo-o também.

Calor, cheiro de fogueiras e comida, e som de gargalhadas entraram na escuridão.

— Isso tá certo? — Samuca perguntou. — É aqui que deveríamos estar?

Glória colocou as mãos sobre os joelhos e ficou parada, uma silhueta diante da abertura que ela havia feito.

— Sim — ela respondeu. — Quase. Temos que esperar pelo grito.

Samuca engatinhou ao lado dela e olhou pela abertura. Ela havia cortado em dois ângulos. O corte vertical dava sobre um telhado, para as profundas entranhas de uma caverna iluminada por tochas espalhadas. Havia escadas lá, levando a uma rachadura larga. Samuca reconhecia esse lugar. Pinta e Pati também, e ambas se esticaram para a frente, movendo as cabeças nas mãos de Samuca.

— É a caverna de Manuelito — Samuca observou. — Onde eu acordei com as cobras.

— Eu sei. Eu tava lá — Glória respondeu. — Ou melhor... nossas versões mais novas estarão lá quando isso acontecer.

Samuca se inclinou sobre a abertura horizontal que estava cortada no chão. Ele estava olhando para uma pequena casa nativa. Uma panela estava sobre uma fogueira. Um garoto corria, entrando e saindo de vista. A mãe dele cantava. Samuca chegou para o lado, tentando ver mais do espaço abaixo. Seus olhos se concentraram num bebê: gordinho, olhando diretamente para ele, rindo e chutando com curiosidade. Ele estava deitado sobre um tapete ao lado de uma metade vazia de barril.

Samuca observou quando uma mulher com cabelo longo e branco entrou na casa, e aí Glória o puxou para trás.

— Não olha essa parte — ela sussurrou. — Só escuta.

— Pedro nasceu aqui? — Samuca sussurrou de volta.

Glória negou com a cabeça.

— Outra tribo construiu esse lugar. Alguns navajos se esconderam aqui quando estavam sendo caçados. O povo de Pedro. *Meu* povo. Ele é meu tatara-tio. Espectro disse que minha mãe veio de Tisto e Manuelito.

Samuca olhou para Glória e o rosto dela estava iluminado por baixo, pelos cortes que ela havia feito no mundo. Os olhos dela estavam escuros, mas longe de estarem sem brilho. O queixo estava forte e a vontade dela, mais forte

279

ainda. Pedro era tio de Glória? Claro que era. Eles eram as duas pessoas mais destemidas que Samuca já conhecera.

A voz da mulher velha subiu pelo ar e Samuca tentou espiar de novo, mas Glória o puxou de volta.

— Ainda não — ela disse. — Por favor, não olhe. — Eles dois estavam sentados, parados, escutando, mas as palavras estavam baixas demais para Samuca entender.

— Espectro disse que minha mãe foi levada pelas Tzitzimime — Glória afirmou. — Aquelas sombras voadoras que Abutre manda atrás de seus inimigos. Ela queria ser forte como elas são. Ela queria ser uma delas, mas elas a transformaram numa escrava sem vida.

Samuca não sabia o que dizer. Ele se sentia como se um punho estivesse pressionando sua barriga. E, se ele se sentia assim por Glória, como é que *ela* se sentia?

— Glória…

— Não — Glória afirmou. — Tudo bem. Eu prefiro que ela tenha sido traída e destruída por essas coisas. Não consigo suportar a ideia de ela ser como as outras.

— Espectro te contou tudo isso?

Ela assentiu.

— Meu irmão me deixou numa estação de ônibus. No meu aniversário. Quando um policial me arrastou de lá doze horas depois, quase arranquei o olho dele com a unha. Eu queria encontrá-lo e pedir desculpas. — Glória soltou o fraco início de uma risada. — Acho que agora eu consigo. Eu amava meu irmão mais do que qualquer coisa, porque ele era a única coisa que eu tinha. E então odiei meu irmão por um longo tempo depois daquilo. Você lembra como eu tava brava com a ideia de você abandonar Mila? — Desta vez, Glória riu mesmo. — É, eu tenho essa coisa com irmãos largando irmãs.

Samuca estudou o rosto de Glória e não falou nada. Ele observou as sombras marcadas nos traços dela e a forma como torcia o nariz para o lado quando fungava. Quando ela mordeu o lábio e olhou para o lado, ele notou a brancura dos seus dentes pela primeira vez, e, quando ela suspirou e virou a cabeça, cruzando os olhares, ele não viu absolutamente mais nada.

— Espectro tentou levar meu irmão a fazer o que eu faço — Glória disse. — Ele queria que Alex se tornasse seu amigo, morasse no RACSAD e ajudasse o Padre Tiempo a te ajudar. Mas Alex me deixou naquela estação de ônibus e foi atrás da minha mãe em vez disso. Espectro disse que ele está morto. Mas também disse que o que restou dele está trabalhando para os novos aliados do Abutre. Então, você está preso com a ajudante que sobrou.

— Não estou preso, não. Posso te largar a qualquer momento.

Glória sorriu.

— Pois é. Eu poderia te soltar bem fácil também.

— Por que você tá me contando tudo isso? Digo, por que agora? — Samuca apontou para a abertura ao lado deles.

— Porque eu quero que você saiba quem realmente sou — Glória respondeu. — Sou uma garota que poderia se tornar um demônio. Poderia me tornar um monstro completo. Minha mãe tentou. Meu irmão provavelmente é.

Samuca sorriu.

— Não, você não poderia.

— Poderia, sim. E você também. Olha pra gente. Eu tô carregando uma foice que o Anjo da Morte me deu, e você tem mãos de víbora. Isso é legal, sim. Mas é perigoso de verdade. Eu sei que eu poderia me tornar algo terrível, Samuca. Eu sei disso e você também. E isso é a pior coisa que poderia acontecer com qualquer um de nós.

— Você não me deixaria virar isso — Samuca respondeu. — Mesmo que eu tentasse. E de jeito nenhum eu te deixaria virar isso.

Glória meio que sorriu.

— Você acha que conseguiria me impedir?

— Eu sei que sim — Samuca respondeu. — Porque você é lenta e tonta, e eu tenho uma memória terrível. Você tem devaneios e perde a noção das coisas. Pinta poderia te derrotar sozinho.

Glória abriu um sorriso.

Abaixo deles, uma mulher gritou. Samuca se esticou para a frente, a fim de ver o que estava acontecendo, mas Glória praticamente se jogou contra ele desta vez.

— Ainda não — ela disse. — Você precisa prometer para mim primeiro. Não importa o que aconteça lá embaixo, você vai fazer exatamente o que eu disser e só vai proteger este eu aqui. Não tente salvar a versão mais velha, porque ela já está morta.

— O quê? — Samuca olhou pela abertura. A velha de cabelo branco. — Glória, aquela é você? Glória! A gente não pode te deixar morrer!

— Me prometa, Samuca! — Glória gritou. — Essa caverna, neste tempo, é aqui que eu morro. Não podemos mudar isso.

Crianças estavam berrando, cachorros latiam e os sons de caos total estavam aumentando.

Samuca assentiu.

— Ótimo! — Glória o empurrou pela abertura. — Agora me fale o que está vendo.

Samuca estava com as mãos e joelhos em cima da abertura, esticando o pescoço para ver. Pati e Pinta tentavam se esticar para a frente, buraco adentro, mas Samuca as manteve presas debaixo dele.

— Você está morta — Samuca sussurrou. — Mas outra de você entrou pela porta logo em seguida. E outra. As Tzitzis são terríveis. Glória, eu tenho que entrar! Você está copiando Padre Tiempo! Você não tá só morrendo: tá perdendo anos. Seis de você agora, Glória. Por favor. Você é uma pilha ensanguentada na frente da porta.

Risadas grasnadas saíram pela abertura e depois tudo ficou quieto.

— Elas estão em pé sobre o bebê agora — Samuca sussurrou. — Mas estão de olho na porta, caso você venha de novo. Pedro tá gritando.

E estava. Alto.

— Dá para ouvir — Glória disse.

Samuca olhou para trás e viu Glória secando as bochechas molhadas.

— Agora — ela disse e ergueu a ampulheta inquieta. — Mire nos olhos. Todos os quatro. E depois fique longe do caminho.

Samuca assentiu, ficou de pé, verificou a besta, colocou Pati no comando da arma, deu duas respiradas rápidas e pulou.

Ele nem tinha entrado completamente pelo telhado, quando as duas mulheres-demônio se viraram do barril do bebê para ele. As penas ao redor das bocas delas estavam manchadas de sangue e os robes de sombras estavam abertos, revelando duas caixas torácicas repletas de troféus humanos. Todos os oito braços com garras voaram para cima de Samuca.

Pati estava atirando.

Duas flechas azuis atravessaram dois olhos pretos e voaram pela parte de trás do crânio. Duas flechas prateadas fizeram mais estragos nos olhos brancos, ricocheteando nas cavidades oculares. Nenhuma das flechas desacelerou os demônios.

Formas frias e sanguinolentas se bateram contra Samuca antes de ele cair no chão e o empurraram contra a parede. Sombras o encobriram, mas não rápido o bastante. Uma última Glória entrou no quarto, caindo de cima, com a lâmina descendo mais rápido. Samuca não teve nem tempo de gritar quando Glória partiu a primeira Tzitzimitl em duas, da cabeça até o quadril, e depois de novo, de um lado a outro. Razpocoatl, a de olhos pretos, caiu cega no chão em quatro pedaços, debatendo-se como arraias moribundas. Magyamitl soltou Samuca e se virou, cega e abrindo a boca, com flechas tortas e penas ensanguentadas onde os olhos estavam havia pouco.

— Nós *não podemos* morrer! — ela sibilou. — Quantos anos mais você tem para nos dar, sua velha?

— Renda-se! — Glória ordenou. — Com o rosto no chão ou eu vou te fatiar assim como à sua irmã. Jure paz para mim e eu te darei paz.

— Tola! — Magyamitl murmurou. — Quem é você para me ofertar perdão?

— Eu sou Glória Aleluia — Glória respondeu. — E o que eu oferto é condenação.

Magyamitl rosnou.

— Sua lâmina é feita de tempo. Você pode me fatiar, mas eu me juntarei de novo.

— Não se não puder encontrar suas partes — Glória retrucou.

Samuca estava de pé, com as costas no canto, tentando ficar fora do caminho enquanto freneticamente recarregava a besta. Ele viu a mulher-demônio ajoelhada arrancar os virotes tortos dos olhos e jogá-los no chão.

Agora. A ordem de Pati subiu pelo braço esquerdo de Samuca. *Atacar.*

Matar, Pinta falou.

Samuca abaixou a besta para os pés. Ele viu Glória mover a lâmina e viu a Tzitzimitl rasgar uma porta no ar e levantá-la como um escudo. O golpe de Glória sumiu ali e a mulher atacou com as asas.

Pati e Pinta puxaram Samuca para a frente – um passo e um salto. Pinta bateu o punho dele nas costelas do monstro. Pati esmagou a lateral da cabeça cheia de penas usando os nós dos dedos do punho de Samuca.

Magyamitl girou, enfiando os dentes no braço esquerdo de Samuca e agarrando a garganta dele com suas mãos de garra.

Glória sumiu. Onde ela estava antes, Samuca via apenas ondulações.

Enquanto dentes afundavam nas escamas de Pati e garras perfuravam a pele do pescoço de Samuca, o tempo parecia lento para ele também. Ele se perguntou se agora não era nada além de uma estátua submersa e esfumaçada para Glória. Não se perguntou por muito tempo.

O ar no quarto vibrou e Magyamitl guinchou. Uma asa preta flutuou livremente e caiu no chão. Glória jogou Samuca no chão e sumiu no tempo acelerado.

Mas por pouco tempo.

Samuca rolou para o lado, chocalhando enquanto a cabeça com boca escancarada e outros pedaços do corpo caíam ao seu redor.

Glória reapareceu, respirando fundo, com o cabelo quase todo solto do rabo de cavalo. Marcas ensanguentadas de garra marcavam o rosto dela de uma bochecha à outra.

Com o pé, ela tocou pedaços das Tzitzimime que ainda estavam se movendo e depois os chutou para longe um do outro.

Alisando o cabelo para trás, ela olhou para Samuca, que estava no chão.

— Obrigada por aquilo. Ela me pegou de surpresa.

Glória concentrou-se no quarto de novo. O garoto mais alto estava aterrorizado e agachado ao lado do corpo da mãe. Cinco mulheres velhas mortas estavam empilhadas perto da porta, e uma estava perto do barril do bebê. Pedaços das Tzitzimime se debatiam e cobriam o chão. Uma panela fervia no fogo. Glória andou de fininho para o jovem Manuelito, porém o garoto virou o rosto, enterrando-o na manga da mãe.

— E agora? — Samuca perguntou.

Glória suspirou.

— Agora, vamos embora.

— Mas não podemos deixar eles. — Samuca olhou para Manuelito e Pedro. — Nosso objetivo era um resgate.

— Era uma prevenção. — Glória puxou o cabelo para trás. — Pedro ficou com o coração dele. Eu vou voltar para terminar a unção dele como andarilho do tempo. E não consigo fazer isso ainda. Não sei como. Tem que ser minha versão velha. Aí Pedro vai crescer como adotado em várias casas no sudoeste do país antes de assumir o papel de autoridade sobre os séculos dos quais ele deve cuidar.

— Glória olhou para Samuca. — Temos que ir. Agora que isso aconteceu. Eu posso chegar aqui de novo daqui a pouco e aí uma de mim morreria.

— Certo. Tá bem. — Samuca entendia. Mais ou menos. Mas ele não gostava. Atravessando o quarto, ele se inclinou sobre Pedro. O menininho com rosto gordinho sorriu para ele e chutou as perninhas, mas as bochechas estavam molhadas de lágrimas. Samuca cuidadosamente colocou a mão com Pinta no barril e secou as bochechas macias de Pedro com o polegar.

— Oi, Pedro — Samuca falou. Ele tentou sorrir para o amigo feliz, um bebê que não sabia que sua mãe nunca mais cantaria para ele nesta vida, que não havia nada naquele quarto, naquela casa ou naquele momento que fosse motivo para sorrir ou mexer as perninhas.

Uma tristeza quente borbulhou em Samuca, apesar de ele tentar abafá-la. Rapidamente secando os próprios olhos nas costas de Pinta, ele fungou duas vezes e estabilizou a respiração.

— Sinto muito pela sua mãe — ele sussurrou, secou os olhos de novo, mordeu o lábio e desviou o olhar. — Sinto muito por um monte de coisas. — E então sorriu de volta para o bebê e segurou os pezinhos dele. — Mas que bom que você ainda tá aí.

Pedro chutou. E riu.

DEZESSEIS

Guerra na Ilha

Quando Samuca e Glória apareceram no topo da colina de pedra vulcânica preta e mergulharam no ar frio de Seattle, os dois fediam a sangue, fumaça e podridão para lá de podre. Cada pedaço das Tzitzimime, gotejando, debatendo-se e escorrendo, foi coletado e misturado em quatro cobertores. Depois, com uma tocha, Samuca e Glória arrastaram os cobertores, atravessando o teto, para dentro da escuridão. Samuca deixou Glória encolhida no chão e carregou cada um dos cobertores o mais longe possível para cada direção, longe o bastante para deixar as cobras de seus braços apreensivas. A essa distância, ele colocou cada fardo no chão e ateou fogo no cobertor.

Quatro grandes fogueiras. E, enquanto as chamas se erguiam acima da cabeça de Samuca e faziam fumaça suficiente para uma floresta, a pilha de pedaços de Tzitzi que sobrava quando o cobertor terminava de queimar não parecia diminuir. Todas as quatro fogueiras queimaram fortes e altas. Quando Samuca finalmente ajudou Glória a se levantar e perguntou se ela poderia levá-los de volta, as quatro fogueiras ainda se erguiam, dando sinais de que não iriam apagar. Jamais.

Quando Samuca e Glória apareceram no topo da colina de pedra vulcânica preta e mergulharam no ar frio de Seattle, os dois pararam e olharam para um local vazio onde a moto e Samara deveriam estar.

— Ótimo. E agora? — Samuca falou.

Glória o encarou e sorriu. Com um grande movimento em arco, ela girou a ampulheta ao redor de si e de Samuca.

— Quando eu já fiz algo — ela garantiu —, fica bem mais fácil. Prometo.

Um cilindro de vidro se formou rapidamente ao redor dos dois, e uma lâmina se formou entre a ampulheta de Glória e a parede. Com um puxão, ela fez o cilindro girar.

— Sabe de uma coisa? — Samuca perguntou.

— Provavelmente — Glória respondeu.

— A gente tá fedendo muito — Samuca disse.

— Concordo — Glória complementou. — Perfeito para lugares apertados.

Eles dois observaram o tempo correndo para trás fora do vidro: nuvens passando, nevascas crescendo, diminuindo e crescendo. Noite. O pôr do sol foi ao contrário: o sol subiu e desapareceu na aurora. Noite de novo.

— Nossa! Quanto tempo ficamos fora? — Samuca perguntou.

Glória bocejou e apoiou a cabeça sobre o ombro de Samuca.

— Lá está ela — Samuca falou. — Garota disciplicente.

Glória riu.

— Mas o que isso significa?

Samuca não respondeu. Ele e Glória viram Samara e a moto pularem de ré colina acima até ela parar de novo no lugar.

Glória quebrou o vidro, e ela e Samuca apareceram no ar ao lado da moto.

Samara gritou e pulou do assento. O motor da moto ainda estava ligado.

— Graças a Deus que vocês voltaram. De onde vieram?

— Isso ia demorar *um tempão* para explicar — Samuca respondeu e pulou sobre a moto. — A gente te conta depois.

Samara pulou para o carrinho.

Glória olhou para o relógio no bolso de Samuca. Estava apontando sobre a água, através da nevasca, em direção a Seattle.

— Ele tá aqui? — ela perguntou.

— Ou ele deixou uma porta aberta para cá — Samuca respondeu. — Você tá pronta?

Glória subiu no assento traseiro e segurou na barriga dele com o braço. Ela não precisava dizer mais nada.

Samuca apontou a moto para a descida de pedra, em direção à água, e acelerou.

Abutre estava em pé diante de uma janela com os longos braços cruzados. Atrás dele, o vento frio soprava toalhas de mesa e lixo pelo restaurante vazio. Uma parede de neve estava se arrastando para a cidade, vindo sobre a água. Centenas de luzes piscando inundavam as ruas perto das docas, acompanhadas de um coro de sirenes gritantes.

Sua praga tinha começado, mas ele estava inquieto. Dos Milagres tinha sumido dos mapas.

E, desde o desaparecimento, a Sra. Devil não tinha parado de se debruçar sobre as duas peles. Ela estava encurvada ao lado de Abutre, sussurrando preocupações para si mesma.

— Devil — Abutre falou. Ele não via sinal algum das mães em lugar algum no céu. Elas deveriam ter aberto mais tempestades a essa altura. Elas deveriam estar destroçando milhares de vidas nas ruas.

Era mais provável que elas estivessem nos calcanhares de dos Milagres, aonde quer que ele tivesse ido.

— Aqui! — a Sra. Devil saltou de animação, apontando no mapa. — Ele voltou! Sobre a água, voltando para a ilha dele. Derrube-os agora, William!

Abutre alisou a barba.

— E suas mães? Aonde elas foram?

— O quê? — A Sra. Devil analisou o mapa e olhou janelas afora.

— Se quisermos reabrir uma passagem para a ilha, teremos que voltar para a escuridão e fazer isso com nossas próprias mãos.

— Elas devem estar aqui, em algum lugar.

Abutre se virou sobre os calcanhares das botas e começou a caminhar pelo restaurante, passando sobre corpos e cadeiras, mas mantendo o olhar nas janelas.

— Traga os mapas! — ele vociferou.

A Terra do Nunca estava tão repleta de risadas e gritos quanto de neve. Os Garotos Perdidos e seus novos aliados tinham tido êxito em repelir a primeira invasão de leviatãs. Umas doze serpentes menores de seis metros de comprimento foram mortas na enseada, e quatro de mais de nove metros foram mortas tentando alcançar a casa. Havia marcas de faíscas derretidas dos sopros delas por todas as janelas. Tiago e Simão cuidaram das feras maiores.

Apesar da vitória inicial, a ilha ainda estava em alto alerta. Os monstros realmente gigantescos ainda não tinham feito tentativas, porém estavam por ali, circundando.

Mila estava grata, aliviada e ainda muito perturbada. Mas ela também estava se recusando a cozinhar qualquer carne de fera. Absolutamente não. E a sugestão nem tinha graça. Isso só significava que ela ainda estava preocupada com Samuca, Glória e Pedro. A hora de rir ia chegar quando eles voltassem.

Ela estava descascando cenouras quando Samuca e Glória entraram pela cozinha e ela deu um cortezinho no dedo com o descascador, mas não ligou. Ela teria rido, chorado, jogado os braços ao redor do irmão e gritado para todos os bobos estudando serpentes mortas para subirem imediatamente para a casa… aí ela viu a cara dele. Ela ainda o abraçou.

— Pedro está a salvo — Samuca falou. — Mas ainda não terminamos e os garotos não podem saber que estou aqui. Eu não vou levá-los. Só passei aqui para pegar minhas armas.

— Por quê? — Mila perguntou. — Samuca, tem que ser agora?

— Sim. Tem — Samuca respondeu e a abraçou de novo. Aí Glória a abraçou também, o que não era normal. Mila não disse nenhuma palavra sobre o fedor deles, porque estava óbvio que nenhum deles tinha certeza se voltaria.

Havia muitas coisas que Mila queria dizer. Ela queria implorar para Samuca ficar. Queria tocar o sino do jantar e convocar todos os garotos para o impedirem. Mas não eram *vontades* que controlavam Mila dos Milagrea nem jamais controlaram.

— Você consegue mesmo fazer isso sozinho? — Mila perguntou ao irmão. — Você consegue impedi-lo?

Samuca não respondeu. Ele não sabia. Olhou para o relógio e a corrente apontando para o ar no passador da calça.

— Eu consigo chegar até ele, Mila. Ele está atacando. Tenho que tentar.

— Então, pegue suas armas — Mila respondeu. — E pegue ele.

Samuca estava saindo da cozinha em direção ao próprio quarto. Mas este era um daqueles momentos que Mila sabia que poderia ser o último.

— Samuca. Estou orgulhosa de você. Independentemente de qualquer coisa. Obrigada por tornar isso fácil.

Samuca deu outro abraço na irmã e correu.

— Glória — Mila falou.

Glória deu um passo à frente.

— Oi?

— Leva uns bolinhos.

— Ah, sim, por favor. — Glória riu. — Cuide desses idiotas por mim enquanto estivermos fora.

Quando Samuca e Glória desceram correndo a lateral da ilha, longe da enseada, na direção do local em que tinham escondido a moto, Samuca estava com suas armas e eles estavam sentindo o cheiro de bolinhos de maçã na nevasca forte.

E Samara Franco estava enfiada no fundo do carrinho de carona, pronta para lutar. Ela olhou para os dois.

— Eu não vou sair desta coisa.

— A gente precisa mesmo da moto? — Glória perguntou.

Samuca focou a atenção em Samara.

— Escuta. Eu não tô de brincadeira. Se você sair, eu te dou um bolinho de maçã. Se você ficar, eu vou te dar um bolinho mesmo assim e aí vou te levar para um lugar onde você tem uma chance muito boa de ser dilacerada por troca-peles.

— Eu fico — Samara respondeu.

O relógio de Samuca estava flutuando acima da sua coxa, puxando para a frente. Ele verificou as duas armas e apoiou a besta sobre o guidão.

— Prepara a lâmina.

— Tá — Glória respondeu. — Dá uma volta por ali para termos certeza para onde o relógio tá apontando.

— A gente tá indo pra onde? — Samara perguntou. — Eu sei que você não tava falando sério sobre esses troca-peles.

— Tô falando seríssimo. Pega um bolinho. Vamos seguir esse relógio.

Samuca deu um bolinho para ela, colocou outro na boca, tirou a neve do rosto e deu a partida na moto, imediatamente acelerando para a frente, em direção à margem da água.

— Peraí! — Glória gritou. Ela passou a mão direita diante do rosto de Samuca, com os dedos abertos e a palma vítrea esticada. E a mão dela estava tremendo. Areia escorreu sobre a perna de Samuca.

— Ele tá mexendo com o tempo? — Samuca perguntou. Ele olhou para Glória e depois para a água cinza abaixo da tempestade. — E ele sabe que a gente tá aqui.

O relógio de Samuca subitamente puxou para o lado, apontando para a praia.

Uma onda de vento quente partiu a tempestade de neve e, a cem metros da moto, um arco escuro se abriu sobre a água rasa.

Formas animais pesadas saíram rosnando em pares e trios, caindo sobre a margem.

De onde ela estava segurando o guidão esquerdo, Pati sabia o que estava vendo.

MATAR. Ela enviou o pensamento o mais alto que podia, porém o garoto estava atordoado. Ele não fez nada.

Rosado! Pati tentou se comunicar com a cobra na outra mão de Samuca com sua ordem. *Yee naaldlooshii! MATAR.*

Atacar, Pinta respondeu. *Morram!*

Antes mesmo de Samuca poder processar o que estava acontecendo, ele sentiu a raiva quente pulsando nos braços, e Pinta e Pati estavam direcionando o guidão para o arco escuro.

— Samuca! — Glória gritou.

Pati soltou a embreagem. Pinta girou o acelerador. Arremessando pedras do pneu traseiro, a moto disparou para a frente.

As formas animais se viraram, dúzias já na margem.

— Atira! Atira neles! — Samara gritou. Levantando-se no carrinho, ela pegou a besta de cima do guidão.

Glória levantou a mão direita e areia preta pulou dela num tornado rápido, comendo a neve. Quando eles se aproximaram dos animais raivosos, Glória girou o enorme chicote sobre a praia, fazendo as feras caírem na água rasa. Mas todas elas se levantaram rapidamente, a maioria em formas de homens e mulheres, todos furiosos.

Glória focou o chicote de tempestade no arco, mas, quando a moto passou rápida diante da passagem repleta de monstros, dardos pulsantes e flechas fervilhantes chiaram para fora da abertura como um enxame.

Samara revidou os disparos.

— Vai para trás! — ela gritou. — Flanqueia eles!

Samuca ouviu disparos de armas na ilha acima deles e olhou para a casa. Tiago e Simão estavam descendo, pulando rochas. Judá, Bartô e Leviatã Franco atiravam. Mais homens da gangue de Franco estavam aparecendo.

Samuca forçou a moto sobre a água, entre duas camadas de respingos. Glória golpeou para baixo com sua tempestade numa pancada fervente e se inclinou, desacelerando a superfície da água com seu toque.

Com disparos, gritos e rugidos atrás deles, Samuca guiou a moto para trás do arco escuro.

Samuca tirou flocos de neve dos olhos.

— Você consegue fechar? — ele gritou por cima do ombro.

— Ou abrir outro! — Samara gritou. — Bem na frente daquele. Mande-os de volta para o fogo!

— Isso eu consigo! — Glória riu. — Chega mais perto!

Samuca acelerou. Glória ergueu a mão e, com um longo golpe de areia, a superfície da água desacelerou numa linha reta e estreita diante deles.

— Funcionou! Fica aí em cima! — Glória gritou. Segurando os ombros de Samuca, ela ficou em pé sobre os apoios dos pés e, inclinando-se para a frente por cima dele, levantou a mão direita.

A areia preta formou uma nuvem fervente e enorme no formato de uma lâmina de ceifador, muito acima da cabeça de Samuca.

— Cuidado! — Samara gritou.

A maior parte dos invasores estava arremessando dardos de fogo nos Garotos Perdidos na ilha, mas um urso enorme e sarnento tinha avançado sobre a água. Com um rugido de trovão, ele golpeou o ar com a pata.

Pati e Pinta soltaram o guidão.

Cinco garras amarelas flamejantes sibilaram sobre a água, rápidas como um relâmpago. Duas delas desviaram nas ondas, voando para longe. Uma explodiu no painel da moto no meio do guidão, espalhando vidro, faíscas e metal sobre o rosto de Samuca.

Pinta agarrou a quarta garra quando ela atingiu o peito de Samuca.

Pati acertou a quinta garra bem na frente do rosto de Glória. Ela atravessou a palma de Samuca e a cabeça de Pati antes de beijar com uma queimadura entre as sobrancelhas de Glória.

O braço esquerdo de Samuca caiu para o lado, mole e flácido, a mão atravessada com a garra de fogo. Samuca tombou para a frente e começou a cair da moto.

O urso ergueu a outra pata.

— Não! — Samara esvaziou a besta no peito do urso.

Glória agarrou Samuca, segurando-o com a mão esquerda.

Pinta segurou o acelerador e começou a guiar.

Mas a cobra se desviou do caminho que Glória tinha feito. A moto quicou sobre o líquido. E então afundou.

Glória fechou os olhos e soltou o ar pelas ventas. Em qualquer momento, ela possuía tanto tempo quanto precisasse. E, neste momento, ela precisava de muito tempo.

Enquanto o mundo caótico ao seu redor desacelerava, um único batimento cardíaco bombeou por suas veias e ouvidos com um ruído longo e doloroso, como um piano caindo de escadas. E, durante esse único batimento, a mente dela correu por quilômetros...

Pati tinha acabado de salvar a vida dela. E ela morreu por isso. Ela tinha que estar morta. A garra atravessou a cabeça dela bem diante dos olhos de Glória. Samuca perderia o braço esquerdo. Ou talvez Glória o levasse de volta no tempo e Manuelito poderia dar-lhe um novo. Um mais gentil.

Samuca foi atingido no peito. Talvez gravemente. Talvez ele não fosse usar mais braço nenhum, afinal.

A moto estava afundando. Mesmo que Samuca estivesse mole, Pinta estava pilotando. Mas nada bem.

Samara estava viva. E lutando. Bem. Ela nem sempre era uma princesa.

Glória estava brava. O ruído em seus ouvidos era isso. Raiva. Fúria. Homens-fera estavam atacando o povo dela. O Samuca dela. Eles poderiam ser mortos-vivos, mas ela carregava uma lâmina para isso.

Glória abaixou o braço direito, e a foice de areia preta do Ceifador veio com ele, esticando-se como uma longa praia de

*morte sobre a água, chiando, fervilhando e piscando no tempo
lento da visão de Glória.*

*Qualquer coisa que existisse no tempo poderia ser partida
pelo tempo...*

Quando o batimento cardíaco terminou, Glória Aleluia
golpeou com a lâmina.

Rápida demais para qualquer urso.

Um trovão fez tremer os ossos do espaço-tempo.

A superfície da água pulou com o choque.

Os tímpanos de Samara estouraram. Janelas explodiram
no topo da ilha.

A lâmina de Glória partiu rochas por todo o caminho
até o coração da ilha. E cada homem e fera, na água ou em
pé na margem, caiu em duas metades.

A moto bateu no fundo raso com canos e motor fervendo
e deu um pulinho para a frente até parar na margem, agora
perfeitamente silenciosa.

Glória se esticou ao redor de Samuca e desligou a moto,
que cuspiu e ficou quieta. Vapor estava subindo ao seu
redor. Pinta ainda segurava o acelerador.

Os Garotos Perdidos estavam em silêncio acima dela.
Samara se levantou devagar do carrinho. A entrada do
arco escuro estava repleta de feras, homens e mulheres
desfigurados vestindo peles podres. A água estava cheia de
pedaços de semelhantes seus, flutuando e tendo espasmos.
Os leviatãs não se importariam.

— Não há nada para vocês aqui! — Glória gritou. —
Voltem para sua escuridão!

A multidão não recuou.

Samuca se moveu enquanto Glória o segurava e se sentou, respirando com dificuldade. Tossindo. O braço esquerdo e Pati ainda estavam flácidos, pendurados no ombro dele.

Samara começou a se mexer no carrinho, tentando recarregar a besta.

Dois homens pálidos com barbas amareladas abriram caminho para a frente da aglomeração. Eles estavam usando apenas tangas, e sua pele era da cor da neve caindo. Os pelos escuros de grandes lobos cresciam em suas costas e grossas caudas balançavam entre as pernas.

— Ele está vivo? — um deles perguntou.

— O urso que o golpeou não está — Glória respondeu. Ela ergueu a lâmina de novo. — Eu farei a mesma coisa com vocês se não voltarem para sua escuridão.

O outro homem-lobo falou.

— Temos que levá-lo para Abutre. Nós juramos. Mas ele não disse que o garoto era um *yee naaldlooshii*.

— Vocês não o levarão para lugar nenhum. Nunca — Glória afirmou.

— Vocês não viram o que aconteceu? — Samara riu. A voz dela estava alta demais, como alguém de fones de ouvido gritando. — Ela acabou de partir pelo menos cinquenta de vocês de uma vez!

— Tô pronto — Samuca falou. — Me levem até ele, que eu vou.

— Samuca, não! — Glória inclinou a boca para perto da orelha dele. — Você não pode. Você tá ferido — ela sussurrou.

— Glória, sim. — Samuca sorriu fracamente. — Eu tô aqui para isso. — Então, ele olhou para o sangue no peito. Abrindo a mão direita, fez uma careta de dor com o ferimento na palma direita que Pinta havia ganhado.

301

Percebendo que o braço esquerdo não se movia, ele olhou para Pati. A garra de urso não estava mais queimando, porém ainda estava atravessada na mão de Samuca e saindo pelo olho esquerdo de Pati.

— Levanta meu braço — Samuca pediu.

— Samuca… — Glória sussurrou. — Por favor. Eu posso fazê-los ir embora.

— Levanta a Pati.

Os dois homens-lobo saíram do portal e pisaram na água.

— Não! — Samara berrou. — Para trás!

Glória fez tremer a mão direita e os dois homens pularam de volta para o portal, balançando as caudas molhadas. Então, Glória estendeu a mão ao redor de Samuca e levantou Pati e o braço mole na frente do peito dele.

Samuca olhou para a enorme garra ensanguentada saindo da cabeça de Pati e da mão dele. Parecia que um dos chifres dela tinha virado uma presa enorme.

— Você sabe o tamanho do cérebro de uma cascavel? — Samuca perguntou.

— Não — Glória respondeu, olhando de relance para a multidão que estava observando. — Não sei.

— Do tamanho de uma ervilha — Samuca respondeu. — É fácil errar. — Segurando a garra com a mão direita, ele a arrancou da mão e a jogou na água.

A pálpebra restante de Pati tremeu. Ela piscou e a pupila vertical concentrou-se em Samuca.

— Acorda — Samuca falou. — Eu sei que tá doendo, mas vou precisar de você.

— Samuca! — Judá gritou da lateral da casa acima deles. — Estamos descendo!

— Não! — Samuca gritou de volta. — Não estão. Fiquem bem onde estão!

Pinta girou a chave. Samuca acordou a moto e jogou o braço esquerdo mole sobre o guidão. Seus dedos se fecharam lentamente. Olhando para Samara no carrinho, ele sorriu.

— Tá pronta para mais? — ele perguntou.

— Na real, não — Samara respondeu.

— Ótimo. Nós também não. — Acelerando o motor da moto, Samuca tentou piscar para clarear a mente. Pati estava parecendo um pouco menos um peso morto. — Digam a Abutre que estamos chegando! — ele gritou. — Agora, abram espaço. Não vou passar por cima de uma multidão.

Samuca esperou até todas as formas terem se afastado e o arco acima da água estar completamente vazio. Então, ele acelerou a moto lentamente para a frente sobre a água e subiu no portal, saindo da neve e entrando na escuridão.

DEZESSETE

Marcha Sombria

Duzentos metros adentro, Samuca parou a moto, e o motor cuspiu e tremeu até ficar em rotação baixa. Glória conseguia sentir o coração dele batendo sob a palma dela e as costelas dele subindo e descendo com sua respiração surpresa. Mas não havia luz alguma. E eles pareciam completamente sozinhos. Ela não conseguia ver nem o chocalho que estava tocando em seu queixo, conforme a tensão de Pati aumentava, mas ela estava feliz que Pati estivesse consciente o bastante para fazer qualquer coisa.

— O que aconteceu? — Samara perguntou. — Pra onde todos eles foram?

— Nós… — Glória começou, mas ela realmente não sabia.

— Nada disso tá nos quadrinhos — Samara disse.

— Chega de falar dos quadrinhos — Samuca falou. — Você estava legal lá, por um tempinho. — Samuca ligou o farol dianteiro da velha moto. — Vamos.

— O relógio tá se mexendo? — Glória perguntou. — Talvez só dirija um pouco e fique de olho nele.

— Tá apontando para a frente. Tô no caminho — Samuca falou.

— Creeeedo — Samara gemeu. — Tô passando mal. É horrível aqui.

Uma forma pálida e sarnenta passou diante do farol. Era um dos homens-lobo, mas andando de quatro, enorme e cinza, sua pele humana pálida era a barriga.

— Aí vamos nós. — Samuca engatou a moto e acelerou para a frente. — Vamos seguir os *yee naaldlooshii*.

A moto pulou e seguiu subindo e descendo por elevações escuras, quase perdendo de vista a silhueta do lobo.

— Samuca! — Glória o apertou por trás e sussurrou no ouvido dele. — À sua direita!

Um homem estava correndo ao lado deles, com o que primeiro pareceu um cervo em suas costas. Mas seu rosto rosnou para eles de dentro do peito do cervo, e então ele ficou de quatro e saiu correndo, passando o lobo. E mais formas estavam aparecendo de todos os lados, todas se movendo na mesma direção, todas quase invisíveis no perímetro da luz, e algumas passando rapidamente na frente. Centenas. Milhares. Não era difícil imaginar o que teria acontecido se elas todas tivessem conseguido chegar à ilha.

— O relógio também está apontando para cá — Samuca falou. Glória conseguia vê-lo flutuando no ar acima da coxa dele e estava puxando na mesma direção que a manada monstruosa.

— Mesmo que eles não contassem para ele — ela sussurrou —, ele com certeza sabe que eu estou indo.

Uma mulher alta com cabelo branco e curto parou na frente da moto e Samuca travou os freios bem na hora. Os olhos dela estavam escondidos atrás de uma venda de sombras. Seu corpo todo estava enrolado em faixas de múmia da mesma escuridão, exceto as mãos pálidas e os pés.

Dos lados da mulher, esticando-se muito além do alcance do farol, homens e mulheres vestidos em peles maltrapilhas estavam ombro a ombro, virados para dentro como uma cerca limitando uma estrada. Nenhum deles estava armado, mas todos eram selvagens, deformados, animalescos. Alguns estavam com sangue manchando o queixo e o peito, e sarnas e manchas pretas nas mãos.

A mulher vendada e enrolada em escuridão ergueu uma mão pálida para o peito. Quando ela falou, sua voz era fria e sem vida:

— Eu me chamo Laila. Guiarei vocês a Abutre.

— Perfeito — Samuca respondeu.

Mas, conforme se moviam, o rosto de Glória se apertou contra o ombro dele por trás. Ele conseguia sentir que todo o corpo dela tremia e o calor de lágrimas encontrou sua pele. Glória estava desmoronando.

— Samuca — ela sussurrou. — Ela é minha mãe.

Samuca dirigiu a moto lentamente, mantendo certa distância da guia sombria. Conforme iam, as fileiras de homens e mulheres troca-peles, transmorfos e homens-fera se fechavam atrás deles como um zíper e prosseguiam em silêncio, iluminados ocasionalmente apenas pela luz vermelha do freio.

Ar escuro e fedido os pressionava por todos os lados, enevoando o cérebro dele. Samuca estava alerta apenas pela fome e pela dor. E porque Pati estava completamente viva e muito, muito brava, fervendo com ameaças de violência e vingança contra quem lhe arrancara o olho. Samara estava encolhida, dormindo no carrinho, e Glória estava apoiada no ombro de Samuca em completa inércia. Ela poderia estar acordada. Poderia não estar. Ele não ia perguntar. Não depois do que contara para ele. As costas dele estavam doendo com o peso de Glória, mas essas dores poderiam ser ignoradas. Ela tinha dores maiores.

Quando Laila parou, não parecia haver qualquer marca que Samuca pudesse ver. Nenhuma porta. Nenhum portão.

A moto parou. O exército na escuridão atrás deles continuou, parando apenas a um passo atrás da moto. Ele empurrou a moto para a frente um pouco. O exército se moveu para a frente o mesmo tanto, sem nenhum som de pés. Samuca não conseguia nem ouvi-los respirando.

— Bem, isso é angustiante — Glória sussurrou no ombro de Samuca.

— Combina com o resto, eu acho — Samuca falou e imediatamente quis não ter falado. — Desculpa, eu quis dizer...

— Eu sei — Glória disse e se endireitou, escorregando para trás na moto. — Eu deveria falar com ela?

Samuca endireitou as costas e girou os ombros.

— Talvez. Mas você sabe de que lado ela está.

— Isso importa?

— Sim. Ou não.

Uma alta rachadura de luz pálida apareceu na escuridão. O som de correntes batendo ecoou por ela e a abertura se alargou, revelando uma larga escadaria de arenito que subia para uma caverna com um teto tão alto que, olhando de primeira, parecia um céu em tempestade.

— Venham — Laila chamou. Virando-se, ela começou a subir.

— Bem, acho que vamos andando daqui — Glória disse.

— Não, vamos de moto — Samuca respondeu. — Eu não vou deixar ela aqui. — Samuca se levantou sobre os apoios para os pés e acelerou para os degraus.

Samara se mexeu, chutando e se debatendo em cada degrau. Glória se levantou sobre os apoios também, com as mãos sobre os ombros escamosos de Samuca, pouco antes dos chocalhos.

Samuca ultrapassou Laila, e a mulher vendada não pareceu surpresa. Ele subiu até estar piscando sob a luz vermelha da cidade subterrânea, e ar frio e úmido encheu seus pulmões.

No topo dos degraus, a moto pulou sobre uma praça com chão de pedra maior do que um estádio da Califórnia. A praça estava cercada com prédios de colunas e pináculos, todos de arenito, e enormes estandartes amarelos com um abutre preto de duas cabeças tremulavam lentamente nos edifícios, soprados por uma brisa lenta.

A praça estava cheia de homens e mulheres em peles desgastadas, organizados em agrupamentos imperfeitos, mas não havia crianças em lugar algum. O mar selvagem se abriu, revelando o caminho para o centro da praça.

Samuca pilotou para a frente, ciente de como eles deviam parecer estranhos, ciente de quanto Pati e Pinta eram visíveis para cada par de olhos pelos quais eles passavam. Ele era conhecido ali. Completamente.

Com as roupas e a pele molhadas, Samuca tremeu e apertou a mandíbula para impedi-la de tremer. O braço de Glória enrijeceu ao redor dele, e ele estava grato por isso.

— Onde estamos? — Samara perguntou. — O que é isso?

— Um lugar onde eu preferiria não estar — Samuca respondeu. — E é só isso que sei.

E então ele viu Abutre.

El Abutre usava um casaco de búfalo ondulante que se misturava com seu longo cabelo preto abaixo das orelhas e ele estava com os braços cruzados nas costas. Sua barba tinha sido besuntada recentemente, formando uma ponta, e ele estava com um sorrisinho de prazer flagrante. Seis relógios de ouro flutuavam acima dele, e uma sétima corrente quebrada apontava para Samuca, do colete do foragido, conforme a moto se aproximava. Samuca conseguia sentir o sétimo relógio repuxando em seu cinto com a gentil insistência de um ímã.

— É ele mesmo — Samara chiou, encolhendo-se para trás no carrinho. — Dá a volta, Samuca. Volta!

Mas os olhos de Samuca estavam travados nos de Abutre. Pinta e Pati estavam ficando tensas nos braços dele, fazendo tremer as escamas, enrijecendo os músculos, desesperadas para atacar.

— Não olhe para trás — Glória disse. — A multidão está se aproximando por trás.

Abutre estava acompanhado pela Sra. Devil, vestida toda de preto com um abutre de ouro preso no colarinho, e dois homens estavam em pé juntos ao lado, ambos de preto — um mais velho e careca com uma barba branca espessa, e

310

o outro jovem e alto, com as laterais da cabeça raspadas e o cabelo em cima penteado para trás. No chão entre eles, havia um pesado bloco de madeira pálida e esbranquiçada com uma curvatura para a garganta na parte de cima. Um machado de cabo longo com uma lâmina preta estava apoiado no bloco.

O braço de Glória apertou tão forte as costelas de Samuca que ele arquejou de surpresa.

— Alex — ela sussurrou no ar. — Samuca, meu irmão, Alex.

El Abutre abriu largamente os braços, sorrindo.

— Samuca dos Milagres! — ele falou, e sua voz ecoou pelos prédios e sobre a multidão. — Glorina Sampaio! Bem-vinda, filha de Leviatã. Esta é minha Cidade do Refúgio, embora muitos a chamem de Cidade da Fúria. A que devo tamanho prazer?

Samuca desligou a moto e disse:

— Abutre, eu estou aqui para te matar.

Samara se afundou no carrinho até onde conseguia. Glória desceu da moto pela parte de trás. Samuca girou a perna sobre o guidão e caiu sobre as pedras do chão. El Abutre viu as armas nos quadris dele e seus lábios formaram um sorriso.

Glória estava ao lado de Samuca, apertando a mão direita ao redor do vidro queimado que empunhava. Mas seu foco estava no garoto com água no lugar dos olhos.

— Troca-peles! — El Abutre gritou e seus relógios dançaram acima da sua cabeça. — Cavalheiros e damas, amigos-fera e todos mais. Estamos aqui para testemunhar a execução de um monstro! Uma criatura que jamais deveria ter sido criada!

311

— Sim! Estamos! — Samuca falou. A mente de Pati estava quente e sua cavidade ocular pinicava. Ela começou a chocalhar com mais força do que nunca. Pinta não estava muito aquém.

— Ele não é digno de estar na presença dos *yee naaldlooshii*! Ele não passou pela morte, nem pode mudar sua pele, nem matou um parente. Ele escolheu se opor a nós e a todos os que habitam na escuridão! O que devo fazer com ele?

— MATAR! — A multidão bateu os pés, grunhiu, rosnou e berrou, e Abutre desfrutou do eco. Quando ele diminuiu, Samuca falou.

— Eu passei pela morte! — Samuca gritou. — Quantas vezes, Abutre, você me matou, mas eu ressuscitei para te enfrentar? Quantas vezes a minha alma entrou e saiu das sombras? — Samuca olhou para a multidão e ergueu seus braços para o alto. Sangue escorria pelas escamas. — Isso é pele humana? Quantos homens têm víboras como braços? Mentes de víboras compartilhando seus pensamentos?

O espírito da multidão enfraqueceu e virou um gemido.

— Parente! — uma voz gritou. — Um parente ou você é falso!

— Tá bem — Samuca respondeu. — Se os *yee naaldlooshii* precisam ter matado um parente, perguntem a Abutre quantas da minha irmã estão enterradas no jardim que ele perdeu. Quantas, Abutre? E você me culpou por quantas delas?

A multidão ficou em silêncio.

— Eu sou Samuca dos Milagres e vim matar Abutre!

El Abutre riu, mas a multidão estava em silêncio. Ele abriu os braços e chamou a multidão para se juntar a ele.

— Sangue! — ele gritou de novo. — Matem-nos e pe-
guem-nos. Há três aqui para alimentar vocês! Sangue!

— Sim, por favor — Samuca falou.

— Seu sangue, garoto! — Abutre rosnou. — Eu vou
te secar. E, desta vez, não tem nenhum padre para te levar
embora. — Jogando o grande casaco para trás, Abutre
revelou as duas armas. — Desta vez, dos Milagres, vou
arrancar seu coração e dar para minhas aves pretas colo-
carem em seus colares.

— Aves pretas? — Samuca perguntou. — Você tá falando daquelas mulheres horríveis? Elas viraram picadinho.
Eu não esperaria elas voltarem por um bom tempo.

Samuca soltou a besta e concentrou-se nas armas. Ele
conseguia sentir o relógio de ouro apontando e viu seis
outros relógios erguendo-se ao redor do inimigo.

A multidão estava silenciosa.

Glória colocou a mão dela sobre Samuca.

Uma quietude estranha e poderosa foi derramada sobre
ele. Fogo preto queimava atrás dos olhos e atrás dos três
olhos nas mãos.

— Você vai fugir, Abutre? — Samuca perguntou. —
Está com medo?

Os olhos do Abutre estavam gélidos.

— Hoje você morre, dos Milagres. Para sempre.

Samuca sorriu.

— Depois de você...

Num instante, os relógios de El Abutre torceram o
tempo ao redor dele, que sacou as duas armas. Disparos
alternados iluminaram sua expressão de fúria. Mas o toque
de Glória estava sobre Samuca, desacelerando o mundo
e acelerando suas mãos já rápidas. Pinta estava atirando

313

não em Abutre, mas nas balas dele. Chumbo colidiu com chumbo e ricocheteou pela caverna. Pati também não estava atirando em Abutre, mas nos relógios de ouro dele.

Um relógio explodiu logo após o outro em cacos de vidro e molas, enquanto Pinta defendia Samuca e Glória.

As mãos de Samuca eram rápidas demais. Correntes de ouro e pérolas, agora soltas, caíram ao redor das pernas de Abutre, e ele cambaleou de lado, arfando.

El Abutre havia atirado cinco vezes.

Samuca tinha atirado onze.

Cinco balas bloqueadas. Seis relógios estilhaçados.

Pinta ainda tinha uma bala.

William Soares perdeu suas asas. O tempo passou assobiando por ele como passa para qualquer homem normal. Abutre não era um arquiforagido. Era apenas um assassino com a alma mais culpada de todas.

— Dos Milagres! — ele rosnou e levantou as duas armas uma última vez.

— William, não! — a Sra. Devil gritou.

Pinta disparou sua última bala, que voou pintada com o fogo preto que somente Glória via e compreendia: Espectro estava na caverna e Abutre não escaparia.

A bala perfurou a barba do foragido e atravessou sua garganta, explodindo a parte de trás do colarinho de búfalo numa nuvem de areia preta.

Os olhos do Abutre se arregalaram e ele caiu de joelhos. A Sra. Devil correu para a frente, ajoelhando-se ao seu lado e chorando enquanto examinava o ferimento.

Os dois generais deram um passo à frente. O homem barbudo falou primeiro.

— Cipião, o Cicatriz, general da Furiosa Magyamitl, cumprimenta seu irmão, Samuel, o Milagre, general da Furiosa Glória. Você derrotou nosso general. Honre-nos e tome o lugar dele.

El Abutre tossiu e gargarejou sua fúria enquanto morria.

O irmão de Glória ergueu a voz.

— Alexandre, o Jovem, general da Furiosa Razpocoatl, cumprimenta seu irmão, Samuel, o Milagre, general da Furiosa Glória. Você derrotou nosso general. É seu direito tomar o lugar dele.

Enquanto a Sra. Devil chorava, Cipião e Alexandre arrancaram o casaco de búfalo das costas do Abutre e o puseram de pé. O arquiforagido, destruidor de nações, gargarejava e chorava enquanto eles o arrastavam para o bloco. Os calcanhares em suas botas se debatiam sobre as pedras.

Alexandre juntou as correntes de ouro e pérolas sobre a madeira. Com um golpe do machado, todas as sete correntes foram cortadas e Abutre caiu de bruços, sem vida.

A multidão riu, comemorou e gemeu de fome.

Cipião e Alexandre seguraram os braços dele e o ergueram de novo, apoiando seu pescoço na curvatura, seu cabelo escuro estava jogado para a frente, escondendo seu rosto.

— Venha e tome seu troféu! — Alexandre gritou.

A multidão rosnou e cada um dos pés bateu contra o chão. Eles queriam que Samuca pegasse o machado.

Glória olhou para Samuca. O rosto dele estava pálido, e os olhos, preocupados. Ele balançou a cabeça quase imperceptivelmente. Ela pegou a mão dele e subiu com os pés no assento da moto, erguendo alto a mão da ampulheta.

Samuca esperou, perguntando-se, mas já sabendo. Quando Glória falou, sua voz encheu o sangue dele com fogo e alegria.

315

— Eu sou Glória Aleluia. Este é meu general, Samuel, o Milagre, que matou Abutre. Eu sou uma voz na Canção. — Ela sorriu. — Eu sou a Madre Tiempo, mas alguns me chamarão de Morte porque carrego a foice do Ceifador. — Ela balançou a ampulheta, e uma lâmina preta enorme surgiu dela, curvando-se logo abaixo da entrada da caverna. — *Yee naaldlooshii*, com esta lâmina, eu destruí Tzitzimitl Razpocoatl. Destruí Tzitzimitl Magyamitl. Se qualquer um de vocês entrar em meu mundo e ferir os vivos, eu o destruirei.

A multidão grunhiu e murmurou, mas Samuca estava ligando a moto. Só o rabo de cavalo de pompom de Samara estava à vista no carrinho.

— Alex — Glória falou, sentando-se sobre a moto atrás de Samuca. O irmão dela já a estava encarando. — Se ainda tem alguma parte de você aí, vem comigo. Por favor!

Alex balançou a cabeça.

— Você é uma tola. Você os enraiveceu. As mães vão retornar.

Glória sorriu.

— Eu te amo, Alex. Se você mudar de ideia, estarei na estação de ônibus muito tempo atrás.

Samuca girou o pneu traseiro sobre o chão de pedra e derrapou uma meia-volta com a moto.

A multidão gemia enquanto abria caminho.

Mila estava se esforçando ao máximo para cantar na cozinha, mas as músicas se desfaziam em pensamentos, preocupações e algumas orações incompletas, que ela estava preocupada demais para terminar.

Ela ainda estava com sopa no fogo. Mas tinha começado a preparar outra panela. Com todos os homens de Levi, ela ia precisar. Depois de caçarem monstros marinhos na nevasca e lutarem contra uma invasão de monstros, todos estariam com fome. Todos. Até aqueles que tinham entrado naquele portal horrendo atrás daquelas criaturas horrendas. Ela sabia que eles tinham sobrevivido. E eles iam voltar. Ela se convenceu disso cozinhando para eles.

Ela estava fazendo macarrão quando a linda mulher velha, de olhos brilhantes e cabelos perfeitamente brancos saiu da despensa e lhe sorriu pelas costas. Então, ela não viu nada. Mas sentiu algo novo, algo forte, algo tão firme e fixo quanto as estrelas.

Ela sentiu esperança. E era segura.

As músicas de Mila voltaram.

No andar de cima, aquela mulher com o cabelo branco descascou camadas de vidro e desfez tempestades de areia até estar ao lado de um garoto navajo sem espírito. Então, juntando sua voz baixa à música que Mila cantava lá embaixo, ela juntou as mãos sobre o peito do menino e elas se encheram até transbordar com o que parecia água.

— Pedro — ela disse. — Já faz muito tempo e tempo nenhum. Acorde. Aquele que dita o tempo fala sobre você nele. Tome a vida que é sua. Caminhe nas solitárias e sinuosas estradas até as mortes que são suas. Viva de mãos abertas.

Pedro espirrou subitamente. Então bocejou, esticando-se sobre a cama estranhamente torta. Quando seus olhos se abriram, ele piscou e sorriu de surpresa.

— Glória? — ele perguntou.

Quando Pedro Atsa Tiempo desceu as escadas, Mila estava cortando cenouras e temperando frango. Quando ele falou o nome dela, Mila se virou e quase se desmanchou em lágrimas, de tanto que estava feliz em vê-lo. Ele parecia mais vivo do que ela se lembrava, mais forte, mais vívido, como se seus olhos escuros tivessem visto mistérios e rido deles.

Melhor que isso... ele estava com fome.

E, se Pedro tivesse olhado pela janela, além do amontoado de leviatãs comendo carcaças estranhas e além dos Garotos Perdidos observando-os da margem, ele teria visto uma moto cruzando a água.

DIÁRIO DE JUDÁ Nº 21
NATAL DE 2034 D.C.

Abutre está morto. Nós estamos vivos. Se isso não é paz na terra e boa vontade para com os homens, eu não sei o que é.

Como presente de Natal, desenhei quadrinhos para todo mundo. Até deixei Samara bem maneira.

Mila fez uma torta para cada um de nós. A minha era de pêssego e eu a comi inteira no almoço.

Glória prometeu o melhor presente para a gente. Pelo menos, todos pensaram isso no início. Cada um dos Garotos Perdidos podia escolher um tempo e um lugar. Quem quisesse ir embora para o seu próprio lugar e tempo podia. Mas eu nem me lembro do meu e acho que muitos dos outros também não se lembram.

Nós votamos e decidimos ficar na Terra do Nunca por alguns meses. É legal aqui, mesmo tendo que colocar tábuas nas janelas quebradas. Bartô finalmente consertou os geradores, então temos eletricidade sempre que conseguimos encontrar combustível, mas fogueiras e lamparinas são legais quando a gente se acostuma com elas.

Pedro vai ser o primeiro a ir embora. Tem coisas que ele precisa aprender, coisas que precisa fazer, e lugares e tempos onde precisa estar. Quanto mais ele aprende a navegar pelo tempo com Glória, mais quieto fica. À noite, às vezes eu o flagro escrevendo bilhetes para sua versão do futuro. E ele diz que a versão do futuro responde. Eu nem tento entender.

Samuca falou que não podemos ficar aqui para sempre, mas eu não o vejo com pressa para ir embora. Claro, sei que ele tá certo. Todos nós sabemos. Mas estamos desfrutando da paz deste mundo demolido, por enquanto.

Nunca vi nada mais lindo do que neve caindo sobre águas prateadas e calmas.

Glória e Samuca agem como se fossem sair e se aventurar sem a gente. Eles são necessários, aparentemente. Mas todos nós fomos bem claros a respeito de como nos sentimos quanto a isso. Nós estamos juntos esse tempo todo. Assim que ela disser que é hora de ir, cada um de nós vai junto, não importa aonde ela disser que iremos.

Eu não achava que era possível Pati ficar mais malvada. Porém, agora só com um olho, ela tá mais rabugenta do que nunca.

Eu tinha o plano de tentar conversar com as cobras enquanto Samuca dormia. Fazer perguntas a elas. Mostrar cartões de sim ou não para elas tocarem e responder, para ver o que elas entendiam. Pode demorar um pouco até isso acontecer.

Bartô fez um cinto especial para Samuca, no qual ele poderia prender Pati com segurança à noite, mas ela ficou tão furiosa dentro dele que arrancou umas escamas. Talvez ela estivesse tendo os próprios pesadelos. Na noite seguinte, ela rasgou o cinto enquanto Samuca estava dormindo, mas aí só se enroscou com Pinta na barriga de Samuca e não se comportou mal de forma alguma. No fim das contas, Pinta a acalma. A única hora que você consegue ficar perto de Pati e confiar nela para não fazer nada com você é quando as escamas dela estão tocando as de Pinta, aí ela sabe que não tá sozinha.

Eu consigo entender isso. Especialmente com as coisas que elas já viram...